# REINAS GEEK

Título original: *Queens of Geek*

1.ª edición: febrero de 2020


Juan Ignacio Luca de Tena, 15. 28027 Madrid
www.fandombooks.es

Asesora editorial: Karol Conti García

Diseño de cubierta: Liz Dresner

ISBN: 978-84-18027-15-4
Depósito legal: M-37149-2019
Impreso en España - Printed in Spain

JEN WILDE

# REINAS GEEK

Traducción de Adolfo Muñoz

FANDOM BOOKS

**A LOS RAROS, A LOS FANS Y A LOS *GEEKS*.**
**A LOS PROSCRITOS, A LOS INADAPTADOS**
**Y A TODO LO QUE HAY ENTRE MEDIAS.**
**LOS DÍAS DE ESTAR AL MARGEN HAN TERMINADO.**
**AHORA SOIS LOS SUPERHÉROES.**
**VOSOTROS SOIS MI GENTE, Y ESTO ES PARA VOSOTROS**

1

# TAYLOR

—AQUÍ ESTÁ, AMIGOS —DIJE CUANDO NOS ACERCÁBAMOS—. Lo que siempre habíamos soñado. ¡Nuestro Santo Grial!

Charlie, Jamie y yo nos colocamos delante del edificio, uno al lado del otro. Tenemos lágrimas en los ojos mientras admiramos su indescriptible belleza.

—Nuestra Disneyland —añade Charlie, con su pelo rosa ondeando ligeramente en la cálida brisa.

Jamie asiente con la cabeza mientras una sonrisa se extiende por su cara de oreja a oreja:

—Nuestra Graceland. No me puedo creer que de verdad estemos aquí.

Los tres respiramos hondo.

—¿De verdad nos lo merecemos? —pregunté.

Charlie da un valiente paso adelante.

—Sí. Nos lo merecemos.

Y lo pronunciamos en un susurro, porque el propio nombre nos resulta precioso:

—SuperCon.

Y avanzamos los últimos pasos hacia el edificio.

Multitudes de *cosplayers* hacen cola en las diversas entradas del edificio. Yo sonrío a los que miran hacia mí.

Pasamos por delante de Batman, que se está haciendo una foto con Groot; de Jessica Jones, que camina de la mano con Michone; y de Goku, que hace cola detrás de Darth Vader para pedir un café. Una niña vestida como el Capitán Malcolm Reynolds corre hacia un grupo de chicos disfrazados de Marty McFly y les pide que le dejen echar un vistazo de cerca a sus monopatines voladores.

Mis almas gemelas, tan *geeks* como yo.

—Durante años —digo al acercarme más—, hemos estado mirando lo que publicaban otros en las redes sobre la SuperCon, al otro lado del mundo. Y ahora estamos aquí.

—¡Charlie! —Una mujer de pelo rubio rizado camina hacia nosotros a toda prisa, sonriendo y saludando con la mano.

—¡Ah, hola! —A Charlie se le ilumina la cara y le da un abrazo. Nos señala con un gesto—: Estos son los amigos de los que te hablé: Taylor y Jamie. Chicos, esta es mi nueva manager, Mandy.

—¡Eh! —dice Jamie con una sonrisa estelar.

Yo saludo con un gesto de la cabeza:

—Hola.

—¡Bienvenidos a la SuperCon! ¿Qué tal el vuelo?

—Largo —responde Charlie—. ¿Cuándo has llegado?

—Ayer. Tenía que organizar algunas cosas. —Empieza a revolver en su bolso—. Tengo tres pases para vosotros, pero me temo que solo he conseguido un pase VIP para ti. Tus amigos tendrán que formar parte del público general mientras tú te dedicas a atender a la prensa.

La sonrisa de Charlie se desvanece, y nos mira a Jamie y a mí, como disculpándose.

—Mandy, ¿no hay nada que puedas hacer? A lo mejor podrías llamar al estudio y decirles que estos dos son de mi equipo. Que los necesito conmigo.

Mandy niega con la cabeza, moviéndola despacio.

—Lo siento, todos los pases VIP se agotaron hace meses. No tengo influencia para conseguir ni uno más. Puedo meteros ahora en la convención sin necesidad de hacer cola, pero, si queréis asistir a alguna charla o queréis que os firmen, tendréis que poneros en la cola como todo el mundo.

Me pongo tensa y siento que las palmas de mis manos están pegajosas. La sola idea de pasarme los tres días siguientes haciendo cola detrás de cientos de personas me pone de los nervios. Se suponía que una de las ventajas de ir con Charlie era poder colarnos en todas partes. Notando mi pánico contenido, Jamie me anima con una sonrisa.

—Tranqui, Taylor. —Se inclina hacia mí, mirándome desde detrás de sus negras pestañas con sus ojos castaños—. Al menos no tendremos que aguantar a las fans de Charlie a nuestro alrededor todo el tiempo.

Me levanto las gafas de gruesa montura negra y aparto la vista para fijarme en sus zapatillas Converse.

—Vale.

Mandy me mira con curiosidad, pasando los ojos de mí a Jamie, y otra vez a mí.

—¡Me encanta tu *cosplay*! Vas de Reina de Firestone, ¿no?

—¡Ajá! —Sonrío, alisándome un poco la capa.

Nunca había hecho *cosplay*, pero no pude resistir la tentación de vestirme como mi heroína literaria para venir a la SuperCon. Me miro el disfraz, felicitándome para mis adentros. Lo he clavado: una gabardina negra sobre la camiseta sin mangas y unos vaqueros grises metidos por dentro de las botas Doctor Martens: soy exactamente como la Reina de Firestone. Estoy temblando de los nervios, pero, ahora que estoy aquí, pienso que ha valido la pena. Hasta ha merecido la pena cambiarse en el lavabo del avión para dejar el equipaje en el hotel antes de que nos den la habitación y poder venir derechitos a la SuperCon.

Charlie sonríe orgullosa y me pone una mano en la espalda.

—¡Hasta se ha cosido a la espalda el sello de la corona! ¡Date la vuelta, Taylor!

Dejo caer la mochila al suelo y me doy la vuelta con incomodidad, mostrando mi obra.

—¡Es alucinante! —dice Mandy—. Me encantan esas películas. Aunque no he leído los libros.

Abro mucho los ojos:

—¡Los tienes que leer! ¡Son los mejores libros del mundo! A mí me cambiaron la vida. La verdad es que las películas son también como para cambiarle la vida a una, pero donde ocurre la magia de verdad es en los libros.

Se ríe al ver mi entusiasmo y da una palmada.

—Bueno, ¿estáis listos para entrar? ¡Pues vamos!

La seguimos: ella va abriéndose camino serpenteando por entre la multitud por la parte de atrás del edificio. Tres guardias de seguridad con armas del tamaño de un bazuca protegen una puerta en la que dice «PRIVADO: SOLO PERSONAL».

Mandy les muestra su pase, que le cuelga del cuello por un cordón, y nos dejan entrar bajando la barbilla de un modo que me resulta intimidante. Los tacones de Mandy castañetean en el suelo de hormigón cuando recorremos un estrecho pasillo. Oigo el rumor de la multitud al otro lado de la pared. Soy un manojo de nervios e impaciencia. ¡Hay tantas charlas que escuchar, tantas firmas que lograr, tantos juguetitos que comprar y tan pocos días para hacerlo todo! Nerviosa, tamborileo con las yemas de los dedos contra el pulgar mientras trato de usar mi fuerza mental para hacer que Mandy camine más aprisa, porque, cuanto antes lleguemos dentro, más cosas podremos hacer de todas las que hemos puesto en la lista. Le doy a Jamie con el codo:

—¡No me puedo creer que estemos aquí de verdad!

Él le quita la tapa al objetivo de su cámara y asiente con la cabeza:

—Ya lo sé. ¡Es una pasada!

Hace dos semanas estábamos en el insti. Yo llevaba mi uniforme de invierno, tan pesado y áspero, con su falda larga, los calcetines hasta la rodilla y una corbata viejunísima. Charlie, Jamie y yo estábamos apiñados en la fría biblioteca, empollando los exámenes de mitad de curso. En Melbourne llovía, hacía frío, estaba triste. Ahora estamos en San Diego, en los Estados Unidos de América, en mitad del verano, en la convención de cultura pop más famosa del mundo. Y todo gracias a Charlie, a su canal de YouTube con sus tres millones de visitas y a la pequeña peli indie australiana en la que participa y que se está convirtiendo en la bomba del año.

—Entonces —dice Mandy mirando hacia atrás, a nosotros, mientras camina—, ¿vosotros dos habéis crecido con Charlie?

—Sí. —No es que yo sea muy habladora con gente a la que acabo de conocer.

Jamie se encoge de hombros y ladea la cabeza:

—Más o menos. Yo nací en Seattle. Pero a mi madre le dieron un trabajo en Melbourne hace cuatro años, así que vivo allí desde entonces.

Mandy afloja el paso para ponerse al lado de él:

—Bueno, ¡bienvenidos a Estados Unidos!

—Gracias. Me alegro de volver.

Charlie le pasa un brazo alrededor y se vuelve hacia Mandy.

—Que no te confunda su acento americano; este tío ahora es un auténtico australiano. ¿A que sí, Taylor?

—Sí. —Empiezo a canturrear «One of Us, One of Us» y se me escapa una risotada, seguida sin querer de un bufido. Soy la Reina de Todas las Torpezas.

Mandy se sonríe, pero me mira como si hubiera llegado de otro planeta.

—¿Cómo os conocisteis, en el instituto?

—Ajá —responde Charlie—. Lo vamos a dejar ya pronto. Cuando me dijiste lo de mi invitación a la SuperCon, decidimos convertirlo en un viaje épico, los tres. Este es mi regalo de graduación para los tres. Una especie de celebración por adelantado.

—Y de preparación para el curso que viene —añade Jamie—, cuando nos vayamos juntos a Los Ángeles. Charlie se convertirá en una gran estrella mientras Taylor y yo estudiamos duro.

Me guiña un ojo, y yo siento que me arden las mejillas.

—Charlie me ha hablado de vuestros planes en Los Ángeles —dice Mandy—. Me aseguraré de que trabaja duro para convertirse en una gran estrella. —Mira a Jamie—. Al veros pensé que erais mayores. No tenéis pinta de ir al instituto.

Supongo que ese último comentario en realidad lo hizo solo por Jamie, porque sé que yo sí que tengo toda la pinta de ir al instituto. Normalmente, la gente se piensa que tengo bastante menos de dieciocho años. Creo que es porque soy baja, rellenita y tengo unos ojos grandes e inocentes. O puede ser por mi entusiasmo por todas las cosas de la cultura pop. O por mi timidez perpetua. O por todo ello junto.

A mí Charlie también me parece una chica normal de dieciocho años. Es mucho más alta que yo, y delgada, y lleva el pelo rosa brillante y una camiseta del videojuego *The Last of Us*.

En cuanto a Jamie, no me extraña que Mandy pensara que era mayor. Muestra un asomo de barba fuerte por la línea de la mandíbula, porque no se ha afeitado desde que salimos de Melbourne. A eso, añadidle su altura de torre y un pelo castaño oscuro despeinado hacia atrás (despeinado gracias al largo vuelo sobre el Pacífico), y puede pasar perfectamente por un chico de veintiún años. Tiene todo el aspecto de Peter Parker, desde la camiseta hasta la cámara que le cuelga del cuello.

Observo a Mandy por el rabillo del ojo, intentando adivinar qué edad tiene. Cuando Charlie me dijo que tenía una representante, me había imaginado una señora de mediana edad con traje de chaqueta y pantalón y un teléfono móvil adosado a la mano. Pero Mandy es joven, posiblemente de treinta y pocos, y lleva una camiseta de *Crónicas vampíricas* debajo de una camisa azul a cuadros. El cordón que lleva alrededor del cuello exhibe el logo de la SuperCon: un círculo azul eléctrico con una ese y una ce en el medio.

Se para delante de una puerta:

—Jamie y... Perdona, ¿me puedes repetir tu nombre?

—Taylor —le digo. No me molesta que lo haya olvidado. Soy la típica chica que nadie ve. No del tipo «ay, esa pobrecita». No me entristece en absoluto. Soy invisible por voluntad propia. Mi madre me llama cariñosamente «la señorita introvertida» y, aunque mi hermana pequeña a veces me dice que las fiestas son mi criptonita, la verdad es que me gusta ser la que observa a la gente desde la barrera.

—Taylor, eso es, perdona. Vosotros dos podéis entrar a la planta principal por aquí. Charlie, tenemos que ir a tu primera cita.

Charlie asiente con la cabeza y me da un fuerte abrazo.

—Bueno, ¡divertíos los dos!

—Lo haremos —le digo.

—Os pongo un mensaje cuando acabe.

Jamie y yo pasamos por la puerta y nos metemos en un barullo de personas. Yo respiro hondo por la nariz:

—¡Uff!

Apenas ha comenzado el día, y la planta ya está a tope. No había visto tanta gente en mi vida. Una serie de escaleras mecánicas, ahí cerca, está abarrotada de *cosplayers* que parecen tan anonadados como yo. Hay filas de cabinas que se extienden por toda la planta, y el constante murmullo de voces retumba en el alto techo y en las amplias ventanas que inundan de luz natural el sitio. He leído en internet que el año pasado vinieron más de cien mil personas y, a juzgar por la manera en que las hordas de fans pasan a mi alrededor, pegados unos a otros, yo diría que este año se superará la cifra con facilidad.

Por la cara de Jamie se extiende lentamente una sonrisa:

—Estamos aquí —dice con un sonsonete espeluznante que imita la voz de la niña de Poltergeist, una de sus películas favoritas.

—Vale —digo yo—. Esto es importante para nosotros. Quién sabe si volveremos alguna vez. Así que vamos a hacernos una promesa. —Me volví hacia él y lo miré a los ojos—: Este finde es todo diversión, todo el tiempo. Nada de preocupaciones. Nada de quejas. Nada de estrés. Solo diversión, fandom y frikismo. ¿De acuerdo?

—De acuerdo. —Me ofrece la mano y yo se la estrecho—. Eso me suena bien. Lo único que quiero hacer este finde es ver a Skyler, comprar cómics y frikear a tope.

Me río. Los dos sabemos que lo prometo más por mí que por él. Jamie no es de los que se preocupan por todo; yo sí. Pero estoy decidida a que los próximos cuatro días sean diferentes. Me paso los pulgares por debajo de las correas de la mochila y me la subo un poco.

—Lo primero es lo primero —digo con una sonrisa tonta—. Tengo que entrar en Tumblr y decirles a los fans que estoy aquí. Luego buscaremos la cola para la firma de Skyler Atkins.

**LAREINADEFIRESTONE:**
¡Tíos!, ¡tías! ¡Estoy en Estados Unidos!

¡SuperCon, estoy DENTRO DE TI!

Sufro un desfase horario de la leche, ¡pero estoy tan emocionada que no pienso dormir en días!

No me lo puedo creer.

Es la primera vez que cruzo el charco. Estaba tan nerviosa en el aeropuerto pasando por seguridad y haciendo todo eso que me entró una ansiedad del copón. ¿Soy la única que se siente así? Porque todo el mundo parecía muy tranquilo.

A veces, veo gente en el supermercado o en algún otro sitio ordinario que sonríen y hablan de nada con extraños, tan contentos, y no parecen ni tensos ni incómodos en absoluto, y yo solo quiero ir y preguntarles cómo lo consiguen. Cómo consiguen hacer todo lo que necesitan hacer y salir al mundo y ser humanos sin sentir que el peso de todo los aplasta hasta anularlos. Ya no voy a tiendas sola. Me abruman. Lo peor es lo de pagar. Soy demasiado tímida para hablar con la de la caja. Solo la idea de hacerlo me agota.

Observo todo el tiempo, intentando averiguar cómo ser una humana adulta observando a los otros, y siempre me asombra lo fácil que parece cuando veo a los demás. Y entonces me convenzo de que algo no funciona en mí por no ser capaz de hacer esas cosas sencillas y normales.

Estoy divagando. Ya paro.

De todas formas, solo quería poneros al día. ¡Me voy a ver si veo a Skyler firmando! ¡Aaaah!

Aquí hay un GIF de Skyler siendo adorable.

#ReinadeFirestone #SuperCon #GIF #SkylerEsUnCielo #LaÚnicaReinaVerdadera

# 2

# CHARLIE

DESPUÉS DE DECIR ADIÓS A TAY Y A JAMIE, MANDY Y YO RECORREmos un pasillo. Entramos en un gran montacargas que nos sube a una sala redonda y espaciosa llena de personal de la SuperCon y de invitados famosos.

—Esta es la sala verde —dice Mandy—. Todos los invitados entran y salen de aquí entre charla y firma o antes de ir a comer o cualquier otra cosa que ocurra.

Le suena el teléfono y se aparta un poco para responder. Mirando discretamente las caras famosas de la sala, deambulo un poco por el borde de la sala y me voy hasta la mesa de picoteo, que está llena de dulces y bollos. Dondequiera que miro, veo heroínas y monumentos de Hollywood, vampiros de televisión y cazadores, y compañeros *youtubers.* Algunos están sentados ante una mesa mientras otros hablan de pie, en grupo, compartiendo historias y riéndose juntos. Una cara me llama especialmente la atención.

Una chica bajita que lleva la camiseta del personal de la SuperCon se acerca para añadir otra caja de rosquillas a la mesa del picoteo, y yo la saludo con una sonrisa.

—Eh —digo, sin dejar de mirar la cara familiar del otro extremo de la sala—. ¿Esa de allí no es Alyssa Huntington?

La chica mira hacia atrás y asiente con la cabeza:

—¡Desde luego! Ha venido a hacer promoción de su nueva película.

Intento no mirar a Alyssa, pero fracaso estrepitosamente.

—Es muy raro verla en persona. Llevo años viendo sus vídeos. Ella es una de las razones por las que yo empecé a hacer *vlogs*.

La voluntaria me dirige una mirada de soslayo y se pasa una mano por la nuca:

—¡Tiene gracia que digas eso, porque yo llevo años viendo tus *vlogs*! Soy una gran fan tuya. Y a mí también me encantó *El levantamiento*.

No me pasa a menudo que me reconozcan los fans, así que me pilla por sorpresa.

—¡Muchas gracias!

Ella mira a su alrededor antes de atreverse a decir:

—¿Sabes? Siento de verdad lo de Reese y tú.

Me retuerzo por dentro:

—Ah, no pasa nada.

—¿De verdad te engañó? ¿O ya habíais roto cuando tomaron esas fotos?

Se me tensa todo el cuerpo. Cojo una rosquilla y la muerdo demasiado fuerte, haciéndome daño en la mandíbula. Mastico innecesariamente despacio, esperando que ella cambie de tema antes de que tenga que responder a la pregunta. No lo hace, así que me trago la rosquilla apartando la mirada y digo:

—Eh..., ¿te parece si hablamos de otra cosa?

Se queda con la boca abierta y arquea las cejas.

—Ay, Dios mío, lo siento. No me daba cuenta... ¿Sigues enamorada de él?

Me paso la mano por delante de la cara y niego con la cabeza:

—No. Decididamente no. Es solo... que es algo personal. Y esperaba que la SuperCon pudiera ser un medio para mostrarle a todo el mundo que estoy bien, que sigo adelante, ¿sabes?

Asiente con la cabeza y me pone una mano en el hombro:

—Lo entiendo perfectamente. Me alegro por ti.

Busco por la sala a Mandy y la veo de pie junto a una ventana, tecleando en su iPhone con una expresión de preocupación en el rostro. Me excuso ante la chica y voy hacia ella.

—¿Todo bien, Mandy?

Me lanza una mirada y frunce los labios:

—Mmmm...

Yo levanto una ceja:

—¿Estás segura?

—Ajá.

Me acerco a la ventana y miro por encima de la creciente masa de personas que se acumula fuera.

—¡Esto va a ser total! —digo—. Me muero de impaciencia de conocer a mis fans. ¿Cuánta gente piensas que estará hoy en la firma?

Mandy se aclara la garganta, y yo me vuelvo hacia ella. La veo frunciendo la frente.

—En serio, Mandy, ¿qué pasa?

Ella suspira y mete el móvil en el bolso.

—Ha habido un cambio de planes.

Me encojo de hombros:

—¿Y...?

El cambio de planes, por importante que sea, no puede ser tan malo... Estoy en la SuperCon. Nada puede estropear eso.

—Reese tenía que empezar a filmar su nueva película la semana pasada, pero se ha pospuesto. Así que... va a venir. Aquí. A la charla. Llegará mañana por la mañana.

—¡Ah!

Me equivoqué. Sí que hay algo que puede estropearme completamente la estancia en la SuperCon: Reese.

Respiro hondo por la nariz y cruzo los brazos.

—Bueno, supongo que estábamos destinados a encontrarnos tarde o temprano. Espero poder afrontarlo.

Mandy tensa los hombros, y después se muerde el labio inferior. Yo dejo escapar un suspiro:

—¿Qué pasa?

—El estudio se empeña en que actuéis como si hubierais vuelto juntos. Solo hasta que salgan los primeros resultados de taquilla. Seguimos estando en la semana de la inauguración, y piensan que un renacer de vuestro amor sería estupendo para mejorar las cifras, con todos esos fans a los que habéis roto el corazón.

Me burlé:

—¿Y qué se supone que tengo que hacer? ¿Fingir que sigo enamorada del tío que me ha pisoteado?

Mandy me mira fijamente, frunciendo un implorante ceño.

—Ya sé que no es justo pedirlo.

—No, no lo es. —Estoy furiosa—. No soy una pieza de utilería de los ejecutivos del estudio, para que me usen cada vez que necesitan un paripé para los medios. —Intento hablar con calma. Lo último que quisiera parecer delante de todos mis colegas es una diva que le grita a su representante.

Mandy asiente, comprensiva, pero en su cara puedo ver que ella ya les ha dicho eso mismo.

—¿Qué pasa si digo que no?

—Han amenazado con reemplazarte en la secuela.

Me dejo caer en un sofá que hay por allí y me tapo la cara con las manos. No recuerdo haber estado tan furiosa nunca.

—¿Qué crees que debería hacer?

Mandy medita un instante y después me mira a los ojos.

—Creo que *El levantamiento* es tu gran inicio en el cine. Nadie esperaba que una pequeña película independiente australiana tuviera tanto éxito. Creo que perder esta oportunidad pondría en peligro tu carrera. Y, como Reese no hará la secuela, tú serás la artista principal. Eso es impresionante.

Profiero un largo gruñido de exasperación.

—Pero —prosigue ella, apoyándose contra el cristal y arreglándose la camisa— también pienso que tú tienes el talento y los fans como para seguir en la secuela, sin importar lo que diga el estudio.

Relajo los hombros:

—Gracias.

Sonríe con los labios cerrados.

—Les llamaré y les diré que no harás el paripé.

Miro a Mandy, nerviosa, mientras ella habla en voz baja y lacónica por teléfono.

Escribo a Taylor y a Jamie en el chat del grupo que siempre usamos:

Reese viene mañana.

**Taylor:** ¿De verdad? Uf. No te agobies, tía. No pierdas encanto solo por eso.

¡Puaj! Qué mierda. La SuperCon tenía que ser MI momento. Iba a demostrarle a todo el mundo que estoy de puta madre sin él. Todo el mundo iba a ver lo alucinante que soy y a comprender que no necesito colgarme de su brazo. La gente dejaría de sentir compasión por mí y de preguntarme por él. ¡Iba a ser estupendo!

**Taylor:** ¡Todavía puede ser estupendo! ¡No solo escaparás a su sombra, sino que lo harás pedazos! ¡PUMBA!

**Jamie:** ¡Sí! ¡Pedazos! Y recuerda: no le dejes meterse en tu cabeza.

**Taylor:** Totalmente de acuerdo. Si interfiere en tu cabeza, yo interferiré en su cara.

Mandy apaga el teléfono y se me acerca.

—¿Cómo ha ido? —le pregunto, al ver sus labios fruncidos y que aparta la mirada.

—Están decepcionados. Pero saben que te necesitan, así que lo superarán.

—¿No me han despedido?

Niega con la cabeza.

—No, no te han despedido. Pero te piden que seas amable y cortés con Reese Ryan, que es un rubio surfero que atrae ventas en taquilla y que tiene el pelo ondulado, unos chispeantes ojos azules y una sonrisa que hace temblar las rodillas de las chicas de todo el mundo.

Pongo los ojos en blanco.

—O sea que él puede ser todo lo despreciable que quiera. Con tal de que yo haga el papel de dulce compañera y parpadee de vez en cuando ante las cámaras, estarán contentos.

Mandy deja caer los hombros y asiente con la cabeza:

—Más o menos.

Rechino los dientes de frustración y cierro los puños.

—Es bastante frustrante. Han pasado seis meses, y la gente sigue viéndome como su ex.

—Todo cambiará. Sobre todo cuando salga la secuela.

Mandy sonríe, y yo le respondo con otra sonrisa:

—Gracias por dar la cara por mí.

—Para eso estoy. No te preocupes por Reese. Solo será un día, realmente. Lo más probable es que solo tengas que verlo en la charla.

Asiento con la cabeza. Eso me hace sentir un poco mejor. Al menos tengo el día de hoy para disfrutar de la convención y pasarlo bien con mis fans.

Alguien me da una palmadita en el hombro, y me vuelvo. Y veo que Alyssa Huntington está sonriéndome. Estoy a punto de lanzar un grito; se me nota, y lo lamento inmediatamente.

Ella me reconoce y se le iluminan los ojos:

—¡Eres tú, Charlie!

Me señala con el dedo, y yo intento no reventar de emoción al comprobar que ella sabe quién soy yo. Puede que compartamos los mismos círculos de internet, pero siempre me he visto a mí en los márgenes del estrellato *youtuber,* mientras que ella brilla fulgurante justo en el centro.

—Me parecía que eras tú. Llevas el pelo distinto. ¡Pero es alucinante!

—¡Gracias! Sí, me lo he teñido hace poco. —Noto cómo las mejillas se me ponen del mismo color que el pelo: rosa chillón. Todavía me estoy acostumbrando—. ¡A mí también me encanta tu pelo!

Ella se pasa la mano por la cabeza parcialmente pelada.

—¡Gracias! Me lo hice para una nueva peli que estamos rodando.

Intento pensar en algo que decir para proseguir con la conversación, pero me faltan las ideas. Mi cerebro se ha ido por ahí. He tenido cosas de esta chica colgadas en las paredes de mi cuarto desde que debutó en la serie *Venus surgiendo* cuando tenía dieciocho años.

Taylor llegó a escribir *fanfic* de Alyssa Huntington para mí. He visto todos sus vídeos docenas de veces, desde sus colaboraciones divertidas con otras estrellas de YouTube a las entrevistas en profundidad con líderes científicas femeninas y con activistas políticas.

Ahora la tengo delante de mí, sonriendo como si fuera la persona más dulce del mundo.

Y yo no sé qué decirle.

—Me encanta tu canal —musito—. Y esa charla TED que hiciste sobre feminismo interseccional fue alucinante. Mi mejor amiga, Taylor, y yo la hemos visto como mil veces.

Sonríe.

—Gracias. Me trolearon un montón por ella, así que para mí significa mucho cada vez que alguien me dice que le ha resultado útil.

Muevo la cabeza hacia los lados:

—La verdad, tú has hecho mucho por mí. Me has inspirado a hablar por mí misma. Yo no habría empezado con mi canal si no hubiera sido por ti. Te he venerado durante años.

Me pregunto si me estaré pasando exponiendo la verdad así, pero su amplia sonrisa me quita las preocupaciones. Un empleado de la SuperCon se acerca a Alyssa:

—Estamos listos en unos dos minutos.

—Vale, gracias —dice Alyssa. El empleado se va y Alyssa se vuelve hacia mí—: Me tengo que ir, pero deberíamos hablar mientras estamos aquí.

Se calla un segundo, ladea la cabeza y añade:

—¿Qué tal le va a Reese, por cierto? He visto el tráiler de *El levantamiento*. Los dos estáis fenomenales en él.

Dudo un instante. No sé qué responder a eso. ¿Me lo pregunta porque de verdad quiere saber cómo está Reese? ¿O quiere saber si Reese y yo seguimos juntos? ¿Tendrá una nueva novia? Normalmente estoy al día de los rumores sobre su vida amorosa, pero podría haberme perdido algo.

Todas esas preguntas me pasan por la cabeza y me dejan paralizada, sonriendo como una tonta mientras ella espera mi respuesta.

—Mmmm —empiezo—. Reese está bien, creo. Pero rompimos hace seis meses.

—¡Ay, Dios, lo siento! Oí que habíais vuelto.

Rechazo esa idea con un movimiento de la mano.

—Sí, parece que circula ese rumor desde hace cosa de un mes.

Abre la boca para decir algo, pero el empleado la llama por su nombre, diciéndole que ha llegado el momento de empezar la charla.

—Mierda —dice ella—. Tengo que irme. Pero nos vemos, ¿vale?

Asiento con entusiasmo:

—Sí, claro.

Su mirada se demora un momento en mí. Luego se va. La veo alejarse caminando y desaparecer por la puerta doble. Después me vuelvo hacia Mandy, que me está sonriendo, y estallo en una risotada de emoción.

—¿Esto acaba de pasar o lo he soñado? —pregunto.

—Acaba de pasar —dice ella, abriendo unos ojos como platos—. ¡Ya lo creo!

# 3

# TAYLOR

**REINADEFIRESTONE:**

¡Ey, colegas!

¡Justo ahora estoy en la cola para ver a la única y exclusiva Skyler Atkins!

¡Aaaah! ¡Me cago en todo!

Me siento mareada y emocionada y aterrorizada... ¿Es normal cuando una está a punto de ver a su ídolo? Espero que sí, porque siento que podría vomitar encima de este tío que está aquí delante de mí.

Pero ni siquiera una cosa así me sacaría de este flipe. He esperado este día toda la vida. Desde que vi el primer libro *Firestone* en la biblioteca de mi colegio y me quedé toda la noche en vela leyéndolo. Los libros de Skyler han sido mi mundo durante más de una década. La Reina de Firestone me hizo sentir que no estaba sola. Cuando salió el sexto y último libro, lo leí de cabo a rabo de una sentada. Y después me pasé días llorando porque se había acabado. (¡Un saludo a todos los firestoneros que me ayudaron a sobrevivir esa semana!). Me imagino que sabéis cuánto significa esto para mí, pero, por si acaso no está claro, aquí van las tres supermaneras en que Skyler me ha cambiado la vida:

1. Creando un mundo en el que me siento segura. Seré sincera. Yo no me siento segura en el mundo real. Es grande y da miedo y a veces me hace polvo de lo confuso que es. Pero en Everland, la Reina de Firestone reina y protege su reino. Es una heroína. Lucha por aquellos que no se sienten lo bastante fuertes para luchar por sí mismos. Yo necesitaba crecer. Mierda, a veces lo sigo necesitando.

2. La Reina de Firestone es el mejor modelo que puede tener una joven. Al comienzo de la serie, ella está aterrorizada. El miedo la domina. Los monstruos mataron a sus padres y la persiguieron a ella, así que ella se esconde del mundo para protegerse a sí misma y proteger a su hermana Crystal. Pero, poco a poco, comprende que resulta más peligroso esconderse que luchar, así que se convierte en una guerrera, una reina y una heroína, aunque sigue teniendo miedo. Aprende a confiar en sus poderes y sus habilidades, y salva a su pueblo. Pero, mientras todo eso ocurre, sigue teniendo miedo. Eso es lo que más me gusta de ella: no carece de miedo. Está aterrorizada, pero sigue luchando. Tiene momentos de duda, cuando huye, pero regresa. No abandona. En ocasiones, fracasa, cae, comete errores... Es auténtica.

3. Leer la serie *Firestone* me introdujo al poder de las palabras. Tengo problemas para expresarme hablando. Mis pensamientos se mezclan, me aturullo y me

paralizo. Nunca termino de decir lo que quiero decir, y por eso durante mucho tiempo me quedaba simplemente callada. Leer las historias de Skyler me inspiró para escribir, y descubrí que puedo decir cualquier cosa que quiera, simplemente encontrando un bolígrafo o un teclado y dándome rienda suelta. Yo querría que la gente se acordara de mis historias dentro de una década y las leyera y pensara: «Jo, me alegra haber leído esa historia. Me ayudó a ser quien soy». Eso es lo que Skyler hizo por mí.

¡Mierda! ¡La cola avanza! ¡Tengo que dejarlo!

Le doy a «PUBLICAR», cierro Tumblr y vuelvo a meterme el teléfono en el bolsillo de los vaqueros. Alguien me toca en el hombro y, cuando miro detrás de mí, veo a una chica bajita y delgada que me sonríe nerviosa:

—Hola —me dice, metiéndose un mechón de pelo negro tras la oreja—. Perdona, es que tengo que hacer pis. ¿Podrías guardarme el sitio en la cola?

Me río y le digo:

—Por supuesto.

—Muchísimas gracias —dice antes de salir de la cola e irse a toda velocidad.

Al lado de Jamie, doy saltos de puro nerviosismo:

—¡No me puedo creer que por fin vaya a conocer a Skyler Atkins!

Es cuanto puedo hacer para contenerme de chillar y sacudir las manos, pero es que no quiero parecer rara.

—¿Qué vas a decirle? —pregunta Jamie, alargando el cuello para ver mejor el estrado. Es tan alto que ni siquiera tiene que ponerse de puntillas para ver por encima de todas las cabezas.

—Lo tengo todo planeado —digo—. Daré un paso hacia delante, posaré suavemente mi pila de libros en la mesa de firmas y le sonreiré con mi mejor sonrisa. Entonces, le daré la mano y me presentaré. Le diré que la Reina de Firestone es mi heroína y que leer los libros de *Firestone* me ayudó a pasar la primaria, y que las películas me ayudaron a pasar la secundaria, y que...

—Eh —dice él, mirándome desde arriba—. Creí que yo te había ayudado a pasar la secundaria. —Y me guiña un ojo.

Pongo los ojos en blanco.

—Vale, vale. Por supuesto que las películas y tú y Charlie me habéis ayudado a pasar la secundaria.

La cola se mueve, y yo avanzo prácticamente de un salto. Y entonces vuelve a pararse.

—¿La ves?

—No... Debe de estar sentada.

Jamie y yo llevamos cinco horas esperando en la cola. Levanta la tapa de su bolsa y saca dos barritas Snicker. Me ofrece una.

—¿Quieres?

Niego con la cabeza:

—Estoy demasiado nerviosa por ir a conocer a Skyler como para comer nada.

Él levanta una ceja:

—¿Has comido en el avión?

—Un poco. Pero estaba demasiado nerviosa por venir a América.

—¿O sea que no has comido en condiciones desde entonces? Eso son unas... ¡catorce horas! —Me mete los Snickers en la cara—. Come. Te vas a desmayar.

Arrugo el rostro y rechazo la barrita con un gesto de la mano:

—Ya comeré después. Pillaremos un almuerzo tardío.

Me mira como si yo hubiera dicho que no sé quién es David Tennant.

—Estás loca.

—Estoy bien. En estos momentos, me alimento de pura adrenalina. Te dejaré alimentarme después, cuando me vaya a pique.

Aprieta los labios y asiente con la cabeza, satisfecho. Devuelve la segunda barra de Snickers a la bolsa.

La cola vuelve a avanzar. Sonrío de impaciencia, me salgo un poco hacia un lado de la cola y me pongo a contar.

—¡Ya solo tenemos a cincuenta y tres personas por delante!

—¿Crees que Charlie nos conseguirá alguno de esos pases VIP? —pregunta Jamie con la boca llena de chocolate y cacahuetes.

—No, ya oíste a Mandy. No creo que seamos lo bastante importantes.

Traga.

—Habla por ti. Yo soy muy importante. Tengo muchos libros encuadernados en piel, y mi apartamento huele a rica caoba.

—*El reportero* —digo sonriendo levemente—. Eso hace 5-4.

Él arruga la frente:

—Nanay... Estamos empatados: 4-4.

Me recoloco la pesada caja que llevo en los brazos. Sostener seis libros en una caja de metal edición limitada durante cinco horas me parecía una buena idea cuando llegamos. Pero habrá valido la pena cuando Skyler me los firme.

—No, tú no pillaste mi referencia a *One of Us* en el avión.

—Eso fue porque tu imitación de Joe Pesci daba grima.

Lo fulmino con la mirada:

—¿Cómo te atreves?

Se introduce el último bocado de chocolate en la boca y sonríe. Una miguita le cae a la camiseta: su camiseta favorita, de color gris oscuro con un dibujo de Zelda en la parte de delante. Y ahoga un grito.

—¡No! —Se quita la miguita y se estira la camiseta a tres centímetros del pecho para observar los daños producidos. No ha dejado mancha. Me mira—: ¡Ha faltado poco...!

La cola vuelve a avanzar. No puedo evitarlo: chillo como una niña en una tienda de caramelos:

—¡Iiiiiih! ¡Nos estamos acercando!

Jamie aprieta la boca, intentando no reírse.

—Nunca te había visto tan emocionada.

—¡Por supuesto que sí! ¿Qué me dices de cuando estrenaron a media noche *Firestone IV,* cuando estábamos en noveno curso?

Esboza una sonrisita:

—Es verdad, reconozco mi error. —Se calla, mirándome desde lo alto antes de dirigir la mirada al frente—. Esa fue nuestra primera y última cita.

Me burlo de él:

—No lo fue. —Intento decirlo sin darle importancia, pero me traicionan mis mejillas, que se ponen coloradas—. Quiero decir que no fue nuestra primera cita. —Eso vuelve a sonar raro, así que lo intento de nuevo—: Quiero decir que no fue una cita. En absoluto.

—Bueno, yo creí que lo era.

—Aquello fue un grupo de amigos yendo a la fiesta de una librería para celebrar la salida del nuevo libro de *Firestone.* Lo dejé muy claro antes de que se abrieran las cajas.

Se frota la nariz, recordando.

—Ya me acuerdo. La nariz todavía me suena a rota cada vez que estornudo.

—Eso fue culpa tuya.

Asiente con la cabeza:

—Lo sé, lo sé. Esa fue la última vez que le pasé el brazo por detrás a una chica sin preguntar primero.

—Me pilló por sorpresa, eso es todo. No sabía que tenías intenciones...

Le da una risita de incomodidad mientras avanzamos arrastrando los pies con la multitud.

—Ni yo sabía que tenías ese gancho de derecha.

Me retuerzo en los dedos un mechón de pelo mientras espero a que diga algo críptico, como hace a veces cuando hablamos sobre la CITA QUE TODO EL MUNDO SABÍA QUE ERA UNA CITA MENOS YO.

Sigo lamentando que nadie me dijera que todo el mundo pensaba que era una cita. Pasé por alto todas las pistas hasta que fue demasiado tarde. Ni siquiera entonces tuve la confianza para hacer nada al respecto. Unos meses después, Jamie empezó a salir con una chica de su clase de fotografía. No duró, pero verlos juntos me dejó claro que, cualesquiera que fueran los sentimientos que él tenía por mí, habían desaparecido hacía tiempo.

Si ahora tuviera que ser sincera, diría: «Si yo hubiera sabido que sentías algo por mí, te habría dejado pasarme el brazo». Pero no lo pienso decir. Hay muchas cosas que no pienso decir. Pronto estaremos en la universidad y, si todo va de acuerdo con los planes y nos aceptan en la Universidad de California-Los Ángeles, nos veremos inmersos en el estudio y tendremos nuevos amigos y una nueva vida, y todas las cosas que he dejado sin decir dejarán de perseguirme.

Por eso necesito conocer a Skyler.

Si puedo ser lo bastante valiente como para conocer a mi ídolo, para hablar con ella, entonces podré hacer lo que sea. Tendré lo que se necesita para salir al mundo, a la universidad, por mí solita.

Por mí solita.

La voz de Jamie suena lejana cuando dice:

—¿Sabes? He oído que Skyler no va a firmar para escribir los guiones de las dos últimas películas de *Firestone.*

Levanto la cabeza de repente y miro a Jamie a los ojos. Mi expresión de sorpresa acaba con su seriedad, y me sonríe con todo descaro.

—Eso no tiene la más mínima gracia —digo.

—Solo trataba de sacarte de tus pensamientos, fueran los que fueran.

—¿Qué quieres decir?

—Parecías tan preocupada... —dice—, como siempre te pasa cuando tu mente se escapa hacia el futuro.

—Ah, sí... —Con el dedo índice me levanto un poco las gafas hasta el puente de la nariz.

—Recuerda: aquí no están permitidas las preocupaciones.

Asiento con la cabeza.

Empezó a llamarlos «escapes de mi mente hacia el futuro» unos meses después de que nos conociéramos. Nadie había notado hasta entonces mi tendencia a desaparecer en ensoñaciones ultraanalíticas, inducidas por el pánico. Solo él.

Me pongo bajo el brazo la caja de libros y saco el móvil del bolsillo de los vaqueros. La pantalla se enciende con notificaciones de mis miles de seguidores en Tumblr y Twitter. Abro Twitter y empiezo a recorrer hacia abajo las respuestas.

—Los fans se están volviendo locos ahora mismo —digo con una sonrisa—. Tropecientos aficionados a *Firestone* me están preguntando si ya la he conocido.

—Seguro que están todos temblando de la emoción —dice con sarcasmo—. Ya les gustaría a ellos estar en tu lugar.

Ahogo un grito con un gesto teatral:

—¡Jamie García! —Le doy en el brazo con el codo—. ¡No te burles de ellos!

Me devuelve el codazo:

—Solo estoy bromeando. Ya sabes que a mí también me encantan los habitantes de internet.

—Sabes que eres el único raro de todo el mundo que los llama «habitantes de internet».

—Eso es lo que son, gente que vive en internet.

Alguien da unos golpecitos a un micrófono cerca del estrado. Doy un salto del susto. Vuelvo a meterme el móvil en el bolsillo y me pongo de puntillas, esperando ver a Skyler allí delante.

—¡Atención, todos! —dice una voz. Veo a un tipo bajito que está de pie delante del estrado, con el micrófono en la mano. Lleva un cordón y una camiseta de la SuperCon como todos los empleados que he visto por aquí. De pronto, se forma una piña de gente en torno a la mesa de firmas.

—Me da en la nariz que Skyler se va... —dice Jamie levantando las cejas.

—A todos los que seguís esperando, lo siento muchísimo... —dice el chico del micrófono—, pero se nos ha agotado el tiempo. La señora Atkins tiene que coger un vuelo y ya está a punto de perderlo.

Los gemidos y gritos ahogados llenan la sala. Algunos se enfadan con Skyler, otros están dispuestos a defenderla. Yo estoy sencillamente aturdida.

—Un momento, ¿qué...?

Jamie me mira desde arriba, pero yo evito su mirada. Abre la boca, pero no dice nada. Debe de ver la desesperación en mi rostro.

—Vuelvo enseguida. —Camina por la cola y empieza a hablar con uno del personal.

—¿Qué demonios...? —dice una voz detrás de mí. Me vuelvo y veo a la chica cuyo sitio le estuve guardando mientras ella iba al aseo. Me mira confusa—. ¿Qué ha pasado? ¿Me he perdido algo?

Yo asiento con solemnidad:

—Sí: Skyler se va. Tiene que ir al aeropuerto.

Se le entristece la cara.

—¡Ah!

Yo lanzo un suspiro:

—Lo sé.

Ella arrastra los pies de un lado para el otro y se muerde la mejilla por dentro. Después me tiende la mano:

—Soy Josie. Gracias por guardarme el sitio, aunque parece que al final no ha servido de nada.

Le estrecho la mano y le ofrezco la sonrisa más cortés que consigo esbozar. Algo muy difícil, cuando me estoy sintiendo tan decepcionada por la marcha de Skyler.

—No pasa nada. Me llamo Taylor. —Ya no sé qué más decir después de eso, así que las dos nos quedamos allí de pie, mirando a nuestro alrededor.

—Ahora estoy hecha polvo de verdad —dice Josie—. Skyler es mi escritora favorita.

Yo dejo caer los hombros:

—Lo mismo digo. Todavía no me hago a la idea.

Empezamos a hablar sobre nuestros momentos favoritos de los libros, pero ni siquiera eso nos levanta el ánimo. Josie consulta la hora en su móvil.

—Bueno, creo que será mejor que me vaya a mi puesto, si no va a haber firma.

—¿Tienes un puesto?

Sonríe:

—¡Sí! Estoy en el Callejón de los Artistas, vendiendo mis libros. Pásate si estás por la zona.

Sonrío:

—¡Alucinante! ¡Lo haré!

Josie se va justo cuando vuelve Jamie frunciendo el ceño.

—He intentado enterarme de si Skyler volvería este fin de semana, pero el tipo no lo sabía. El hombre estaba hecho polvo, la verdad. Todo el mundo se le enfrentaba.

Siento cómo las lágrimas me empañan los ojos. Bajo la vista hacia la caja de libros que tengo en los brazos, intentando fijarme en las letras de los títulos para evitar ponerme a llorar. La multitud empieza a moverse, y yo levanto la vista para ver a los que estaban primeros en la fila, que siguen a Skyler y a sus acompañantes hacia la salida de atrás.

Jamie se agacha un poco para susurrarme al oído:

—Tengo una idea.

Lo veo por el rabillo del ojo.

—Es demasiado tarde. Se va.

—¿Confías en mí?

Tamborileo nerviosamente con los dedos en el lateral de la caja.

—Por supuesto que sí. —Abro la cremallera de mi bolsa y meto con cuidado la caja de los libros dentro antes de volver a cerrarla.

—¡Entonces, vamos!

Me tira del codo y empieza a sacarme de la cola y a alejarme de la multitud. Todo el mundo, incluidos los guardias de seguridad y el personal de la convención, está distraído mirando a Skyler mientras ella sale rápidamente por detrás del estrado. Jamie me lleva hasta una puerta en la que dice «SOLO PERSONAL» y la abre con cuidado. Mira dentro y, entonces, echa un último vistazo a seguridad antes de entrar en el pasillo prohibido, tirando de mí.

—¡Jamie! —le regaño—. ¡Vas a conseguir que nos echen!

Mira a su izquierda y a su derecha, examinando el pasillo, y después se agacha para mirarme a los ojos.

—No nos pasará nada. ¡Has venido hasta aquí para verla, y no nos iremos hasta que la veas!

Empezamos a correr por el pasillo. Las paredes son de un blanco roto y están completamente desnudas. Lo único que oigo son nuestras zapatillas pegando en el suelo. Giramos la esquina justo a tiempo para ver la parte de atrás de la cabeza de Skyler, su pelo rojo encendido meneándose en el aire cuando ella sube los escalones con sus acompañantes.

—¡Ahí está! —digo sin voz. De repente, no me preocupa lo imprudente que resulte lo que estamos haciendo, ni que nos puedan echar: tengo que verla.

Estoy muy cerca. Si pierdo esta oportunidad, si me acobardo, no sé cómo encontraré el valor para encarar el curso que viene. No se lo diría nunca a nadie, pero la idea de ir a Los Ángeles con Charlie y Jamie, lejos de mi familia, me aterroriza.

Seguimos corriendo, pero dos guardias de seguridad salen de una sala delante de nosotros.

Jamie frena derrapando.

—Cambio de planes.

—¿Qué hacemos?

Me coge de la mano:

—¡Corre! —Nos damos la vuelta y volvemos corriendo por donde hemos venido. Doblamos la esquina otra vez, justo cuando entran tres empleados procedentes del salón de las firmas.

—¡Mierda! —susurro.

Jamie me mete en una sala adyacente de un empujón y, hasta que estamos dentro, no me doy cuenta de que es el lavabo de caballeros.

—¡Dios, aquí apesta!

Su boca se curva en una torcida sonrisa y me pone un dedo en los labios:

—¡Chis!

La puerta de los aseos empieza a abrirse y, de nuevo, me aparta del camino. Entramos de un salto en el primer cubículo, y Jamie cierra la puerta y pasa el pestillo lo más silenciosamente posible.

Un alegre silbido llena los aseos, seguido por el sonido de un hombre aliviándose.

Me encojo y me separo todo lo posible sin tocar la taza del váter, esperando que mi gabardina no llegue a pegar contra el suelo. Estamos apretados, Jamie y yo, sin poder evitar que nuestros cuerpos se aprieten uno contra el otro. Él es delgado, pero alto y ancho de espaldas, y yo soy rellenita. Las mejillas me arden, e intento mirar a cualquier parte que no sea a él, aun cuando siento que sus ojos me penetran con ardor.

La puerta del aseo vuelve a abrirse, y el silbido se apaga en el pasillo. Suelto un suspiro de alivio.

—¿Sabes? —dice Jamie, que sigue mirándome—, si no estuviéramos en un cubículo de los aseos lleno de pis, esto parecería romántico.

Yo pongo los ojos en blanco y le aparto del camino de un empujón. Descorro el pestillo de la puerta y me asomo.

—Bueno, el caso es que es un cubículo lleno de pis. Y yo necesito salir de aquí antes de que el hedor me haga vomitar.

Salimos del aseo y corremos por el pasillo. Yo no vuelvo a respirar hasta que llegamos otra vez a la sala de las firmas, que sigue vaciándose de los fans de *Firestone.*

—Ha sido tan estúpido por nuestra parte, Jamie... ¡Si nos hubieran cogido, nos habrían prohibido volver a la SuperCon por toda la eternidad!

—Yo me habría echado la culpa —dice—. Y si hubieras visto a Skyler, habría merecido la pena.

—Eso es otra cosa —digo, parándome para quitarme la mochila—. Pero a Skyler no le habría gustado verse perseguida fuera de la sala de firmas por un par de locos. ¡Podría habernos hecho detener por seguirla o acosarla o yo qué sé! —Abro la cremallera de la bolsa y me aseguro de que la caja de libros no se ha estropeado en la carrera.

Miro hacia arriba para ver a Jamie inmerso en sus pensamientos.

—Yo no lo creo.

Me pongo de pie y me echo la mochila al hombro. Él suspira.

—Lo siento, Taylor. Lo que pasa es que odio verte decepcionada. Además, tú nunca haces nada insensato. ¡Piensa en ello como una aventura! Correr algún riesgo de vez en cuando te viene bien.

Empiezo a caminar, y él me sigue.

—Yo no corro riesgos. Yo soy una niña buena que odia la confrontación y teme a la autoridad del tipo que sea, ¿recuerdas?

Se ríe.

—¿Cómo iba a olvidarme? ¡Vamos, todos tus héroes favoritos son aventureros! Indiana Jones, Marty McFly..., y creo recordar que hasta Bill y Ted vivieron una aventura estupenda.

Lo miro entrecerrando los ojos y sonrío:

—Las aventuras de Bill y Ted y las de Marty incluían máquinas del tiempo. Y a mí me gustaría tener una de esas máquinas justo ahora para volver quince minutos atrás y darte un puñetazo antes de que pudieras arrastrarme otra vez allí.

Jamie, poniendo su mejor voz, dice:

—Eso no me haría quedar muy bien.

Estallo en una carcajada. Él esboza una sonrisa de triunfo, contento de que no siga enfadada con él.

—Toda esta aventura me ha dado hambre. Vamos a pillar algo de comer. Se supone que dan cosas ricas en algún sitio por aquí cerca.

# 4

# CHARLIE

—¡HOLA! ¿CÓMO TE LLAMAS? —PREGUNTO CON UNA SONRISA amistosa, cerniendo el bolígrafo sobre un póster de *El levantamiento*. La chica que se encuentra al otro lado de la mesa parece arrobada y sonríe de tal modo que casi puedo ver la totalidad de su multicolor aparato ortopédico.

—Cara —dice, pero al pronunciarlo parece más una risita nerviosa que un nombre—. Tú eres mi *youtuber* favorita de todos los tiempos. ¡He visto tus *vlogs* tantas veces...!

—¡Eso es maravilloso! ¡Gracias por verme! —le guiño un ojo y empiezo a escribir una nota cariñosa en el póster, añadiendo mi autógrafo al final. Una luz brillante me toma por sorpresa y levanto la vista para ver a Cara levantando el teléfono para hacerse un selfi conmigo. Miro a la cámara, sonriendo justo a tiempo para el segundo *flash*.

—Aquí tienes, Cara —le digo entregándole el póster—. ¡Muchas gracias por venir! ¡Espero que te guste la película!

Cara parece a punto de estallar en confeti y fuegos artificiales. Vacila, como si quisiera preguntar algo. Y entonces sencillamente suelta:

—¿Reese y tú habéis vuelto?

El corazón se me para.

«Ya estamos otra vez», pienso.

Hago un esfuerzo por tragar saliva, muy consciente de que Cara (y Mandy y el resto de las chicas que se encuentran a una distancia en la que pueden oírme) me está mirando, esperando con ansia mi respuesta.

—¡No, pero seguimos siendo amigos! —digo con mi sonrisa falsa más auténtica.

Cara ahoga un grito. Parece tan feliz que se me hace difícil mirarla.

—Si volvéis, ¿os casaréis?

Tengo que contenerme para no sentir náuseas:

—¡Ah! —Me da una risa de incomodidad—. No, solo somos amigos. Decididamente, no habrá campanas de boda. Además, ¡solo tengo dieciocho años! Ni siquiera sé si quiero casarme.

Cara abre la boca para hacer otra pregunta, pero tengo que detener la locura antes de que crezca demasiado:

—¡Gracias por venir, Cara!

Cara sonríe antes de marcharse en una nube.

Siento una palmada en el hombro y me vuelvo para ver a Mandy mirándome desde arriba:

—Cinco minutos más, después tenemos que irnos. Tienes tres entrevistas para *El levantamiento* y, después, el concurso de *cosplay* y la fiesta de promoción antes de terminar el día.

Asiento con la cabeza, pero no puedo evitar sentirme culpable. Me apoyo en el codo para observar la fila de personas que esperan para que les firme sus pósteres y demás artículos de promoción. Tiene que haber por lo menos cien personas más que esperan emocionadas. Es la primera vez que acudo a un encuentro con los fans y no quiero decepcionar a nadie.

Miro a Mandy, que me devuelve la mirada, como entendiéndome. Lanza un suspiro y saca el teléfono.

—Vale, les diré que necesitamos otros treinta minutos. ¡Pero nada más!

Le sonrío agradecida:

—¡Gracias, Mandy!

Mandy le hace un gesto a la siguiente persona para que avance. Es una chica más o menos de mi misma edad, con el pelo negro azabache trenzado en una larga trenza y con los labios pintados de rojo brillante.

—¡Hola! —le digo.

—Hola —dice la chica con labios temblorosos—. ¡Soy superfán tuya! ¡He visto todos tus vídeos! Y anoche vi *El levantamiento.* ¡Es buenísima...! —Habla tan aprisa que yo apenas la sigo.

—¡Guau! —Sonrío mientras le cojo el póster para firmarlo—. Muchas gracias por tu apoyo. ¡Cómo me alegra que te gustara la película! ¿Cómo te llamas?

La chica no responde. Ni siquiera me vuelve a mirar. Por el contrario, mira hacia arriba, sobre mi cabeza. Abre la boca de la sorpresa:

—¿Ese es... Reese Ryan?

Se me cae el alma a los pies.

«¡No!», pienso.

Realmente espero que aquella chica se haya confundido, pero luego las que están en la cola detrás de ella empiezan a chillar. A gritar. Todo el efecto Reese Ryan se extiende ante mis ojos como magia. O como la peste.

—¡Mierda! —pronuncio muy bajito.

Lentamente, me doy la vuelta en la silla, temiendo encontrarme su cara, aun cuando la estoy buscando. Él me está mirando desde el balcón del segundo piso, exhibiendo una sonrisa llena de dientes mientras saluda a sus adoradoras con la mano.

Hasta el último músculo de mi cara quisiera fulminarlo, dirigirle una mirada que lo convirtiera en polvo allí mismo. Pero rápidamente recuerdo que se supone que tengo que ser amable con él y ofrecerle la sonrisa más cálida que sea capaz de esbozar.

«Puedo hacerlo», pienso. «Soy actriz, al fin y al cabo».

Él me lanza por el aire un beso repugnante y me guiña un ojo, y yo le disparo imaginarios rayos letales que parten de mis ojos.

Él está disfrutando el momento. Yo respiro hondo.

«Tienes que fingir», me digo. «Finge que estás en el mundo al revés. Sí, eso es. Vivo en el mundo al revés, donde la gente dice hola en vez de adiós, donde el día es la noche y donde todavía puedo pensar que Reese es un buen chico».

Pero, si esto fuera realmente el mundo al revés, sería fácil tratar con Reese, porque sería un tipo bueno, afectuoso y auténtico en vez de un falso gigantesco con tendencias narcisistas y pene diminuto.

«¡Ja!».

Ahora sí estoy sonriendo.

Me estremezco por los chillidos que retumban detrás de mí y saludo con la mano a mi ex.

Él me vuelve a guiñar un ojo, señala a la izquierda, hacia unas escaleras, y entonces desaparece.

«Por favor, que no baje aquí. Por favor, no, por favor, no...».

Baja la escalera como si estuviera echando una carrera. Está disfrutando del momento. Viene hacia mí pavoneándose, agitando la mano y lanzando por el aire besos a las fans como si estuviera en un programa televisivo de última hora de la noche. Con cada paso que da, yo quiero salir corriendo más y más lejos.

Reese acelera, corre hacia mí y me levanta en sus brazos, haciéndome girar como si estuviéramos en una empalagosa comedia romántica. Me posa en el suelo, pero sigue con las manos firmemente plantadas en mis caderas:

—¿Cómo está mi pequeña Charlie?

«Uf».

Mantengo mi falsa sonrisa y le quito las manos de mis caderas lo más juguetonamente posible.

—Estaré mucho mejor si no vuelves a llamarme «mi pequeña Charlie».

—¡Uy, alguien tiene el día sensible! —dice, conservando su falsa sonrisa en medio de la cara. Me gira para que me quede mirando a la entusiasmada multitud y me echa un brazo sobre los hombros—. ¡Sonríe para los fans!

Sonrío. Y saludo. Y pienso en todas las maneras de las que podría aniquilarlo completamente delante de todo el mundo si quisiera. Un rápido codazo en las costillas funcionaría. O un rodillazo en las ingles. ¡Ay, qué bonito sería eso! Pero no, tengo que pensar en los fans. Y en mi carrera. Y en *El levantamiento 2*.

Y entonces empiezan a canturrear:

—¡Chase! ¡Chase! ¡Chase...!

Ese es nuestro nombre conjunto, formado por Charlie y Reese. La primera vez que lo oí, hace como un año y medio, pensé que era bonito. Lo llevé con orgullo, como una medalla honorífica, como si ese nombre que nos daban a los dos demostrara que estábamos destinados el uno al otro. De algún modo, me hacía sentirme validada, digna. Ahora solo me hace sentir idiota.

Aun así, sonrío. Y saludo con la mano. Y hago como si no me hubiera costado meses juntar el millón de trocitos de mi corazón después de lo que él hizo con él.

Una de las fans empieza a correr hacia nosotras, y luego la siguen todas las demás. De repente, se me viene a la cabeza la escena de la estampida de *El rey león*.

Mandy aparece delante de nosotros:

—¡Es hora de irnos!

Reese me coge de la mano mientras nos rodean los de seguridad y algunos empleados, y nos hacen subir la escalera y entrar en una sala privada. En cuanto se cierra la puerta y Reese, Mandy y yo estamos fuera de la vista, aparto mi mano de la suya.

—¡Qué prisas! —dice pasándose las manos por su pelo dorado por el sol.

Le dirijo una mirada fulminante.

—¿Qué demonios es esto?

Se encoge de hombros:

—¿El qué?

—¿Qué estás haciendo aquí? Se suponía que no tenías que venir hasta mañana.

—El estudio ha pensado que sería buena idea hacer hoy las entrevistas contigo e interactuar con los fans.

Se me cae el alma a los pies.

—Maravilloso.

El teléfono de Mandy suena, y ella sale de la sala para contestar, dejándonos solos. Me siento en una de las dos sillas que están preparadas para las entrevistas. Un póster grande de *El levantamiento* se alza orgulloso a mi lado. La imagen es de Reese corriendo, con los vaqueros y la camisa de franela rasgados y manchados de sangre. Yo estoy justo detrás de él, un poco retirada en la foto para que todo el mundo entienda que la estrella es él.

Recuerdo ese día. Intentando correr en vaqueros apretados, con un sujetador que me eleva el pecho, un top cortito, tres tallas demasiado pequeño, bajo el calor del verano australiano, mientras el director me gritaba que «corriera de manera más sexi».

Pero, aun así, fue lo más divertido que he hecho. No hay nada mejor que servirse de la fantasía como medio de vida.

Noto que Reese me está mirando, así que saco mi móvil y empiezo a teclear un mensaje.

911. Reese. Aquí. Ahora. Qué mierda.

Le doy a enviar al grupo de chat y levanto los ojos: compruebo que Reese sigue mirándome fijamente.

—¿Qué...?

Levanta una ceja:

—Tienes el pelo rosa.

Me paso una mano por el pelo, un poco avergonzada.

—Sí, tuve que hacerlo. Tuve un papel de estrella invitada en un programa de ciencia ficción, y querían «una chica asiática con el pelo teñido» (original, ya lo sé), pero me gustó, así que me lo dejé así.

—¿Qué programa es?

—*Starscape.*

Reese ni siquiera intenta disimular su sonrisa condescendiente.

—Bueno, cualquier papel es bueno, ¿no?

Pongo los ojos en blanco.

—En realidad, soy la primera actriz chino-australiana que trabaja en ese programa, así que es importante.

Asiente con la cabeza, pero parece distraído:

—Mola.

Vuelvo a fingir que tengo algo importante que hacer en mi móvil. Ni Taylor ni Jamie han respondido todavía. Seguramente están ocupados pasándolo en grande mientras yo estoy aquí atrapada con él. Reese se me acerca y se sienta a mi lado. Puedo notarlo mirándome, así que inclino un poco la cabeza y dejo que me caiga el pelo a modo de barrera entre nosotros.

—Entonces... —dice aclarándose la garganta.

Lo ignoro.

Él suspira y se inclina hacia delante, apoyando los codos en las rodillas y mirando a la alfombra.

—Mira, lo siento, ¿vale? Lo de, ya sabes... Pero, te lo juro, lo de Lucy no fue más que una vez.

Me vuelvo para mirarlo, entrecerrando los ojos.

—Creí que se llamaba Sarah.

Cierra los ojos y los aprieta.

—Sí, eso quería decir: Sarah.

Me levanto y le lanzo una mirada de asco.

—¿Hubo más de una?

Levanta la vista hacia mí y se encoge de hombros, avergonzado. Yo me cruzo de brazos.

—Vaya, realmente eres un capullo.

Antes de que tenga la oportunidad de defenderse, Mandy vuelve a entrar. Me mira, después mira a Reese y luego otra vez a mí para decir moviendo la boca sin pronunciar ningún sonido: «¿Estás bien?».

Asiento con la cabeza. Ella me responde con una débil sonrisa y dice:

—El primer entrevistador está aquí. No he podido mantenerlo a raya con el ejército de fans que iba hacia vosotros. ¿Estáis preparados?

—Lo más que puedo estar. —Me vuelvo hacia Reese—. Pero necesitamos normas. Ya no estamos juntos, da igual lo que digan el estudio o los fans. No tienes permiso para tocarme, bajo ninguna circunstancia. Si te sonrío, no es una invitación. Me importa un bledo si todos los asistentes a la charla de mañana entonan para nosotros el «que se besen» al estilo William y Kate, porque eso no va a ocurrir.

Me vuelvo a sentar en la butaca y empiezo a contar con los dedos:

—Nada de cogernos de la mano. Nada de ponerme la mano en la cadera. Nada de guiñarme el ojo. Nada de lanzarme besos. Ningún contacto corporal. Nada de nombrecitos cariñosos. Y cuando aparezcan las preguntas inevitables sobre nuestra ruptura o las posibilidades de que volvamos juntos, no tenemos más que dar la respuesta estándar de que eso es asunto privado nuestro. Si no estás de acuerdo con alguna de estas cosas, dímelo ahora. Prefiero ir al estudio y abandonar la secuela ahora mismo que sacrificar mi espacio personal y mi comodidad.

Él levanta las manos y asiente con la cabeza:

—¡Vale, vale! ¡Jo! Ya lo he pillado. Nada de bromas.

Vuelvo a fulminarlo con la mirada, preguntándome cómo no vi aquel lado de él cuando estábamos juntos. No era más que encantador y cariñoso al principio, dejando flores y notas en mi caravana, repasando mis frases conmigo durante horas para calmarme los nervios y tratando a mi familia como si fuera la familia real cuando venían a verme al estudio. Todavía recuerdo a mis hermanas derritiéndose delante de él, y la sonrisa de sorpresa de mi madre cuando él le regaló una caja de sus bombones favoritos. Así es como conquistó mi corazón, siendo bondadoso con mi familia. Y por eso me dolió tanto cuando todo terminó. No solo me faltaba al respeto, sino que les faltaba al respeto a las personas que más quiero en el mundo. También les hizo daño a ellos.

Suena mi teléfono y veo una respuesta:

**Taylor:** ¡No me lo puedo creer! Lo siento, chica. ¿Va a hacer las entrevistas contigo? Está bien, tú puedes hacerlo. Eres Charlie Liang. Él no es más que un bicho con el ego muy inflado y adicción al blanqueo dental. Se lo puedes decir de mi parte ;)

Suelto una risita. Taylor siempre sabe cómo hacerme reír.

Mandy se asegura de que estamos preparados y, entonces, abre la puerta para dejar entrar al primer reportero y al equipo de la cámara.

5

# TAYLOR

**REINADEFIRESTONE:**

Pues... no llegué a ver a Skyler. Tenía que coger un avión.

Estoy hecha polvo.

Faltó muy poco. Solo había cincuenta y tres personas entre ella y yo. ¡Cincuenta y tres!

MIERDA. Ni siquiera sé qué decir.

Voy a quedarme aquí sentada comiendo patatas fritas y haciendo como que no me importa haber perdido la gran oportunidad (que solo se presenta una vez en la vida) de conocer a mi ídolo.

Aquí tenéis un GIF de la Reina de Firestone, del segundo libro, cuando muere Crystal y ella lanza ese grito épico.

Así es como me siento justo ahora, chicos.

Esos son mis sentimientos.

#MierdaMierdaMierdaMierda #CorazónRoto
#Noestoyllorandoahoraparanada   

Le doy a publicar y me meto el móvil en el bolsillo. Entonces, comienzo la Operación Hacer Como Que No Estoy Llorando Ahora Para Nada por Dentro.

—Espero que Reese hoy no se porte como un capullo con Charlie.

Jamie levanta la cámara y me hace una foto; luego, apoya los brazos en la mesa y se inclina hacia delante.

—Yo también. Pero ya lo conoces. Capullo una vez, capullo para toda la vida.

Jugueteo con los dedos en mi vaso de Coca-Cola.

—Lo sé. ¡Pero Charlie tenía tantas ganas de venir aquí! Esta tenía que ser su ocasión para brillar. No es justo que él aparezca de pronto y ahora ella se tenga que acomodar.

—Es peor que injusto: es arcaico —dice Jamie, moviendo la cabeza hacia los lados como diciendo que no.

—Pero Charlie puede manejar la situación. Es muy lista. Mucho más lista que Reese.

La camarera viene hacia nuestra mesa con la comida.

—¿Hamburguesa vegana y patatas fritas?

—Para mí —digo, levantando la mano como si estuviera en el instituto. La camarera coloca el plato delante de mí.

—Y ¿doble hamburguesa de queso con panceta y con patatas fritas con queso y chili? —Desliza el plato delante de Jamie, que lo mira con devoción.

—Dios mío, cuánto echaba de menos las hamburguesas americanas —dice, cogiendo con sumo cuidado la suya y venerándola de cerca.

Yo arrugo la nariz y le digo:

—Te va a dar un ataque al corazón a los dieciocho.

Le da un mordisco enorme y lanza un gemido teatral. Entonces, alza lentamente sus ojos hacia los míos y me dice completamente serio:

—Y habrá merecido la pena. —La grasa le corre hacia la barbilla, pero la recoge con la lengua—. Además, llevo cuatro años comiendo pescado rebozado con patatas fritas y langostinos a la barbacoa. Me lo merezco.

—En primer lugar, sabes que lo que hacemos a la barbacoa en Australia no son langostinos, son gambas. En segundo lugar, no es obligatorio comerlas: yo nunca he comido gambas, y menos a la barbacoa. Y, por último, ¡en Australia hay muy buenas hamburguesas!

Levanta las cejas y mueve su hamburguesa sinuosamente delante de mi cara. La mostaza gotea sobre la mesa.

—No es una hamburguesa si le pones piña y remolacha. Qué raros.

Antes de que tenga la ocasión de defender las preferencias culinarias de mi país, él posa la hamburguesa en el plato. Sus ojos buscan en la mesa y, después, en las mesas vecinas. Se limpia la boca con una servilleta y me mira:

—No tienes kétchup. Voy a buscarlo.

Se levanta de la mesa y camina hacia el otro extremo de la cafetería, en busca de mi salsa.

Entra una pareja de jóvenes cogidos de la mano. La chica va vestida de la Reina de Firestone, igual que yo. Se colocan en una mesa delante de la nuestra y su novio se va al baño.

Bajo la vista a mis patatas fritas, sonriendo para mí, sintiéndome afortunada de estar en la SuperCon, rodeada de personas que son tan apasionadas de la Reina de Firestone como yo.

Pienso si comerme una patata frita, pero decido esperar a Jamie. No está bien comerse las patatas fritas sin salsa.

Levanto la vista y lo veo regresando hacia la mesa, con una botella llena de kétchup en una mano y el iPhone en la otra.

Está tan distraído por algo que está leyendo en la pantalla que se para en la mesa que está delante de la nuestra y después se sienta delante de la otra Reina de Firestone.

La chica está tan sorprendida que simplemente se queda mirándolo. Yo me tapo las manos con la boca, intentando no reírme.

Entonces, el novio sale de los servicios y se acerca a la mesa con expresión de perplejidad.

Observa a Jamie con las manos en las caderas y se aclara la garganta.

Jamie finalmente retira los ojos del teléfono y mira al chico, confuso.

—¿Te puedo ayudar en algo? —pregunta el chico.

Jamie baja una ceja:

—¿No? —dice, como si fuera una pregunta, y yo no puedo contener la risa más tiempo.

Entonces, mira a la chica que está sentada frente a él y da un respingo cuando se da cuenta de que no soy yo.

Se levanta tan rápido de la mesa que parece que ha salido volando como Flash.

—Lo siento, me he equivocado de mesa. ¡Perdonadme!

Levanta las manos inocentemente antes de darse la vuelta y sentarse avergonzado en la mesa correcta.

No puedo parar de reír.

—¿Por qué no me dijiste que me había sentado en la mesa equivocada?

—No podía. —Hago esfuerzos por respirar—: No podía... dejar de... reírme.

Me mira entrecerrando los ojos, pero le tiemblan los labios:

—Pues podrías haberme puesto un mensaje. O un tuit. O haberme hecho señales de humo.

Hace esfuerzos para no reírse.

—Esa chica seguramente piensa que soy un acosador.

Me pasa la botella de kétchup, y yo la cojo, controlando la risa hasta convertirla en una leve risita disimulada.

—Gracias. Nunca se había arriesgado nadie a que le dieran una paliza solo para traerme kétchup. Creí que el novio te iba a incrustar en el suelo como en aquellos viejos dibujos animados de *Looney Tunes.*

Sonríe con petulancia y extiende los brazos, descansándolos en el asiento.

—Bueno, ya sabes, a veces un hombre tiene que hacer lo que tiene que hacer para asegurarse de que una dama tenga sus condimentos.

—La dama se lo agradece.

Pongo la botella bocabajo y golpeo el culo para que el kétchup se derrame sobre mis patatas fritas. Jamie inclina la cabeza humildemente:

—Solo soy su humilde servidor —dice con un espantoso acento británico—. Haga conmigo su voluntad.

Levanta las cejas provocativamente y acompaña ese gesto con una sonrisa descarada. Siento que me arden las orejas y el corazón me da una voltereta en el pecho. Siento un hormigueo en todo el cuerpo cuando me mira de ese modo. Bajo los ojos a mi plato, esperando que mi cara no parezca tan colorada como me da la impresión de que debe de estar. Odio cuando Jamie hace eso. Nunca sé si está flirteando o me está tomando el pelo, pero hace que me sienta idiota.

Y esperanzada.

Y luego un poco más idiota.

—Ya sabes —dice en voz baja. Pienso que va a decir algo serio, así que levanto la cabeza y lo miro a los ojos. Pero algo le hace cambiar de idea y vuelve a sonreír—, si tú no fueras tan sumamente adicta al kétchup, yo me habría librado de vivir esa terrible experiencia.

Cojo una patata cubierta de salsa y la mantengo delante de la boca.

—Si yo soy una adicta al kétchup, es gracias a que tú me lo facilitas. Y si tú no estuvieras tan metido en tu móvil, te habrías dado cuenta de que te sentabas en la mesa equivocada. Por cierto, ¿qué estabas mirando?

—¡Ah! —dice sacando el teléfono—. Skyler ha tuiteado algo interesante. Iba a decírtelo, pero el conflicto mesario me distrajo.

Sostiene el teléfono sobre la mesa y yo miro a la pantalla para leer el tuit:

**@SkylerAtkins:**
¡Lo siento, SuperCon! Tuve que salir pitando para el aeropuerto :( ¡Pero estaré de vuelta para cenar con el ganador del Concurso SuperFan de la Reina de Firestone el domingo!

Casi se me salen los ojos de las órbitas.

—¿Qué es eso del Concurso SuperFan de la Reina de Firestone?

Jamie recupera su teléfono y empieza a teclear:

—Eso es lo que yo estaba a punto de investigar.

Mientras él googlea, le doy un mordisco a mi hamburguesa vegana. Es la mejor hamburguesa que he probado nunca, pero decido no darle la satisfacción de decírselo.

Lo miro mientras él lee atentamente. Frunce sus oscuras cejas.

—Parece —dice levantando rápidamente los ojos hacia mí— que es un evento sorpresa que va a tener lugar este fin de semana. Acaban de anunciarlo. Es un concurso para encontrar al mayor fan de *Firestone.*

Se me hace un nudo en la garganta:

—¡Esa soy yo! ¡Yo soy la fan más grande de la Reina de Firestone!

—Bueno, hay dos rondas. La primera ronda es una competición de *cosplay*. La ronda segunda es un concurso de preguntas sobre los libros y las películas de *Firestone.* El ganador tendrá la ocasión de cenar con Skyler, será su acompañante en la posfiesta de la SuperCon e irá al estreno de la próxima película de la Reina de Firestone.

Me echo hacia atrás en el asiento. El estómago me da vueltas.

—Ah... —Mi voz es solo un susurro. Si fuera un concurso de escribir o de hacer algo artístico sobre el tema, yo lo ganaría, pero ¿una competición pública? ¿Delante de seres humanos de verdad?

Imposible.

Jamie se mete el teléfono en el bolsillo y me observa con detenimiento.

—Creo que deberías participar.

Me quedo con la boca abierta:

—¿Yo? De eso nada. No puedo hacerlo.

Las gafas se me caen hasta la mitad de la nariz y me las vuelvo a subir nerviosamente con el nudillo de un dedo. Jamie se inclina hacia delante y alarga las manos hacia mí por encima de la mesa.

—¿Por qué no? Tú sabes todo lo que hay que saber sobre la Reina de Firestone. Te oigo citar los libros y las películas todos los días. Y tu disfraz es buenísimo. Tú podrías ganar fácilmente.

Niego con la cabeza, con los ojos clavados en mi hamburguesa a medio comer. He perdido el apetito.

—No puedo. ¿Te imaginas que se desarrolla en un escenario? ¿Con todo el mundo mirándome? ¿Y si cometo un error? Ni siquiera sería capaz de respirar, no digamos ya de responder preguntas.

—Pero esta es tu oportunidad no solo de conocer a Skyler, sino de cenar con ella. De ir a una fiesta con ella. ¡De ir a un estreno con ella!

Me imagino en un escenario, bajo los focos, frente a todos los rostros de la multitud. Compitiendo con gente. Hasta la idea de ganar me da miedo. ¿Cenar con mi ídolo? ¿Qué le diría? ¿Y si no le caigo bien?

No, todo esto es demasiado y va demasiado rápido.

Vuelvo a negar con la cabeza, esta vez con más determinación.

—Estaré contigo —dice intentando convencerme—. Estaré allí todo el tiempo, durante todo el concurso, animándote.

Noto cómo me mira, y la presión es asfixiante. El pie me empieza a tamborilear sobre las baldosas del suelo, y trazo un círculo con el dedo sobre el lado izquierdo rasurado de mi cabeza, pequeños movimientos que no notará nadie más en la cafetería, pero que me proporcionan seguridad.

—No —le respondo—. Tú sabes que no puedo hacer cosas como esa.

—Tú has venido aquí —dice—. A la SuperCon. Aunque fuera difícil para ti. A pesar de la multitud, del ruido y de todo lo demás, no parece que nada de eso te supere.

Exhalo un largo suspiro, sabiendo que él no comprende.

—Eso es distinto. Esto lo planeé. Me preparé para esto. Sabía que esto iba a suceder desde hacía semanas. Y venir a la SuperCon es algo que siempre había querido hacer. El hecho de que haya llegado hasta aquí no significa que fuera fácil. Y el hecho de que no parezca que me supera no significa que no me supere.

Me siento culpable por hablarle con esa brusquedad, pero no entiendo por qué él me presiona de esta manera.

Los ojos me escuecen, me asoman las lágrimas. Me levanto.

—¿Podemos dejar de hablar de esto? —Me levanto de la mesa y me dirijo a los servicios—. Ahora vuelvo.

Tras encerrarme en un cubículo, unas lágrimas vagabundas me corren por las mejillas. Apenas he dormido. Apenas he comido. He pasado catorce horas en un avión, volando hacia un nuevo país. Estoy rodeada de gente y ruido y novedades sin pausa. Yo no quería conocer a Skyler. Jamie piensa que soy idiota por no querer participar en el concurso. Todo está fuera de lugar. Estoy estallando por dentro, me estoy doblando como el acero bajo una llama abrasadora. Me estoy tensando, encogiendo, colapsando en mí misma, ahogándome en lágrimas y palabras que quiero decir pero no puedo.

La mayor parte de la gente piensa en la ansiedad como ataques de pánico. Eso no es totalmente exacto.

Yo no he tenido un ataque de pánico en años. Empecé a reconocer las señales y aprendí lo que necesitaba hacer para impedir que siguiera creciendo. Aprendí a internalizarlo y a evitar la vergüenza pública. La ansiedad no es un ataque que estalla hacia fuera de mí, no es un volcán que yace dormido hasta que lo despierta algo que hace temblar la tierra. La ansiedad es una compañera constante, como un moscardón que entra en la casa en medio del verano y empieza a dar vueltas y más vueltas. Puedes oír su zumbido, pero no la ves, no eres capaz de atraparla y tampoco consigues que salga. Mi ansiedad es invisible para otros, pero a menudo es el punto focal de mi mente. Todo lo que sucede a diario es filtrado por una lente que tiene el color de la ansiedad.

¿Ese nerviosismo que hace que las manos te suden y que el corazón se te acelere antes de que te levantes y des un discurso delante de un público? Eso es lo que siento en una conversación normal en la mesa de una cafetería. O simplemente de pensar que mantengo una conversación normal en la mesa de una cafetería. El miedo que otras personas sienten en raras ocasiones, reservado solo para cuando saltan de un avión u oyen un ruido extraño en medio de la noche..., eso es lo normal en mí. Eso es lo que siento cada vez que suena el teléfono.

Cada vez que alguien llama a la puerta.

Cada vez que tengo que salir a la calle.

Cada vez que estoy sola.

Cada vez que estoy en la cola de una tienda.

Todo es como si yo estuviera en el escenario, con los focos iluminándome, con todos los ojos puestos en mí, observándome, juzgándome. Como si me encontrara a un segundo de distancia de la catástrofe. Es invisible, es irracional, es interminable... Yo podría estar allí, sonriendo y charlando como si todo fuera bien, mientras mi deseo secreto es chillar y llorar y salir corriendo. Nadie lo sabría nunca. En mi mente, nadie puede oírme gritar. Lo oculto porque sé que nadie lo comprendería ni lo aceptaría. Porque yo no soy comprendida ni aceptable. Así que aquí estoy, ocultándolo. Metida en un cubículo de los servicios, intentando recordar cómo se hace para respirar.

Encuentro mi teléfono y los auriculares en el bolsillo y me los pongo. Conecto la banda sonora de la *Reina de Firestone* y cierro los ojos.

Inspiro. Uno..., dos..., tres..., cuatro..., cinco. Espiro.

Cierro la tapa del váter y me siento, frotándome las manos en los muslos recubiertos de tela vaquera gris, mientras me concentro en la música.

Inspiro.

# CAPÍTULO 6

# CHARLIE

**EL ESTÓMAGO ME RUGE MIENTRAS EL ENTREVISTADOR EMPIEZA A** hacerme las últimas preguntas, y solo espero que el micrófono que tenemos encima no lo haya captado.

—Entonces, Reese —pregunta él—, tu personaje pasa por cosas muy duras en esta película. Pierde a sus padres, a sus hermanos, su hogar y, al final, todo su país. ¿Cómo te preparaste para esa especie de viaje emocional en este papel?

Reese se recuesta en su butaca, asintiendo lentamente como si estuviera realmente meditando la respuesta.

—Fue duro. Obviamente, yo no he experimentado nunca nada tan horrible, así que tuve que entrar en un estado mental realmente siniestro.

Escucho mientras él sigue y sigue hablando de sus métodos de interpretación, captando vislumbres del tipo que en otro tiempo pensé que conocía. Ni siquiera después de todos estos meses puedo saber dónde termina la actuación y dónde empieza Reese. Tal vez ya ni él mismo lo sabe: pasa demasiado tiempo haciendo el paripé por el mundo.

Termina su respuesta, y el reportero se vuelve hacia mí:

—Charlie, hacer una película con secuencias de acción tan intensas debe de haber afectado a tu cuerpo. ¿Cómo te mantenías en forma?

Veo que Mandy pone los ojos en blanco al oír la pregunta y hago grandes esfuerzos por no imitarla. Este es el tercer entrevistador seguido que ha preguntado a Reese en profundidad por su trabajo como actor para después preguntarme a mí por mis ejercicios y régimen alimenticio. Quiero decirle a ese tipo que me pregunte algo más, pero no quiero parecer una bruja ni meterme en problemas con el estudio, así que sonrío y vuelvo a soportarlo todo.

Para cuando me voy, estoy que me muero de hambre.

He sobrevivido a las entrevistas con el Capullo.

Envío el mensaje a nuestro grupo de chat, pero Jamie responde en un mensaje privado.

**Jamie:** De cena al otro lado de la calle. Creo que a Taylor le ha entrado pánico. Lleva diez minutos en los servicios.

Iré en cuanto pueda.

Justo entonces, Taylor responde en el grupo de chat:

**Taylor:** ¡Ey! Estamos cenando al otro lado de la calle. ¡Ven a pasar un rato con nosotros! :D

Muy típico de Taylor. Haciendo como que está relajadísima incluso cuando está hecha polvo por dentro.

Jamie me envía otro mensaje privado:

**Jamie:** Acaba de volver. Parece que está bien. He intentado preguntárselo, me ha respondido con un gesto, como diciendo «No me preguntes». Luego ha dicho que estaba bien. No sé.

No la fuerces a hablar si no quiere. Trata de que se ría.

**Jamie:** Ya estoy en ello. Ahora parece que está bien.

Aparece un mensaje en la conversación de grupo:

**Taylor:** Sé que os estáis escribiendo sobre mí. Estoy bien. Asegurado. Volvamos a divertirnos. ¡ESTAMOS EN LA SUPERCON!

Lo siento, Taylor. Te apreciamos.

**Taylor:** Y yo a vosotros.

Abro Twitter para ponerme al día con los tuits. Levanto una ceja cuando veo un nombre familiar que asoma en la página principal: Alyssa Huntington.

Un bloguero al que sigo comparte una foto de Alyssa en un escenario saludando con la mano. El pie de foto dice: *¡Alyssa Huntington sorprende a los fans en la SuperCon!*

Sonrío como una tonta al recordar nuestra breve conversación.

Estoy tan absorta con los tuits y fotos de Alyssa que no veo por dónde voy y me choco con otra persona al doblar la esquina.

El teléfono se me cae al suelo y me agacho a recogerlo mientras me disculpo efusivamente.

—No pasa nada —dice la mujer. Su mano alcanza antes mi móvil y me lo entrega. Pero cuando intento cogerlo, ella no lo suelta.

—¡Ah! —exclama.

Levanto la vista y veo a Alyssa otra vez delante de mí. Está mirando el móvil. El móvil con fotos de ella en la pantalla.

—¿Esa soy yo?

Intento tomármelo con calma, aunque me estoy muriendo de la vergüenza.

—Sí. Estás en todas partes en mi cuenta de Twitter. Un montón de blogueros y fans a los que sigo estaban entre el público.

Cojo el teléfono y cierro la pantalla más rápido que nunca en mi vida. Alyssa levanta las cejas:

—¡Guay! No había visto nunca una multitud así. Fue increíble. Los *youtubers* tenemos los mejores fans, ¿no te parece?

Me río, incómoda:

—Completamente.

Apenas estoy segura de lo que me ha preguntado. Estoy muy ocupada pensando «¡Sé maja, sé desenvuelta, ESTATE TRANQUILA!». Me sacudo una bofetada mental para sacarme de mi estupor y decir algo:

—¿Esta es tu primera vez en una convención?

—Como invitada, sí. Pero como fan llevaba años viniendo. —Me mira con inquebrantable atención mientras habla, y eso hace que me sienta segura y vulnerable al mismo tiempo—. ¿Y tú?

—Es mi primera vez, como fan y como invitada. Pero todavía no he tenido ocasión de estar con la gente.

Alarga la mano y me toca el brazo:

—Pues tienes que hacerlo. Es como estar en otro mundo. Hay tanto que ver y hacer y comprar...

El reparto de *Crónicas vampíricas* atraviesa la sala con unos cuantos empleados, y nos hacemos a un lado para dejarlos pasar. Le sonrío a Alyssa y nos reímos:

—¡Esto es tan raro...! ¿Cómo he pasado de filmar vídeos en mi cuarto de Melbourne a estar hablando con Alyssa Huntington mientras pasan por delante Stefan y Damon?

Se ríe.

—Estoy de acuerdo contigo. Yo tampoco me puedo creer que esto sea real. Vi a Felicia Day saliendo antes de los servicios y casi me desmayo.

Ahogo un grito:

—¡No es posible!

Alyssa sonríe de lado y se mete las manos en los bolsillos de los vaqueros. Me está mirando, aparentemente concentrada, como si intentara leerme la mente.

—¡Ey! —dice señalando la puerta de salida con el pulgar—. Me han dicho que la comida aquí es una mierda, así que iba a ir a algún sitio de por aquí. ¿Te apetece?

«No te derritas», me repito a mí misma. Me encojo de hombros y muevo una vez la cabeza de arriba abajo, intentando con todas mis fuerzas actuar con naturalidad:

—Sí, claro.

Nos miramos a los ojos, y los labios de Alyssa se separan en una alegre sonrisa:

—Mola.

Empezamos a caminar hacia la salida más cercana a la calle, y yo rápidamente les pongo un mensaje a Taylor y Jamie.

¡Nada menos que Alyssa Huntington me acaba de pedir que coma con ella! ¿Lo dejamos para otro momento?

Taylor responde inmediatamente:

**Taylor:** ¡Qué guay! ¡Pues claro! Ve con ella! A nosotros ya nos verás más tarde :D: D :D

Cinco minutos después, estoy sentada enfrente de mi ídolo, viendo cómo se pide una hamburguesa de queso y patatas rizadas. Su nuevo estilo supercorto llama más la atención sobre sus profundos ojos castaños, que observan desde unas negras pestañas y un contorno de ojos que se alarga en forma de ala. Su piel morena está adornada con negros tatuajes de pájaros en vuelo y flores abiertas, con retratos, palabras y símbolos puntuados en los brazos y en el lado interior de la muñeca. Por sus *vlogs* sé que es inteligente, compasiva, franca y todo lo que a mí me gustaría ser. No me puedo creer que esté sentada con ella.

—Bueno —dice Alyssa después de que la camarera haya tomado nuestro pedido y se haya marchado—. Me encanta tu canal de YouTube.

Sonríe. Me cuesta asimilarlo.

—¿Qué? Un momento. —Estoy segura de que he oído mal—. ¿Mi canal? ¿Tú has visto mis vídeos?

Parece que le hace gracia mi sorpresa. Se ríe y se inclina hacia delante, apoyando los brazos en la mesa.

—Sí, los he visto todos.

Si un avión cayera del cielo y aterrizara en la cafetería ahora mismo, yo no me sorprendería tanto.

Se ríe otra vez, y las comisuras de su boca se arriman a sus sonrientes ojos.

—¡Que no te sorprenda tanto!

Me doy cuenta de que tengo la boca abierta y la cierro. Pienso en los cientos de vídeos que he hecho y espero no haber colgado nada demasiado vergonzoso.

—No sé qué decir. Supongo que pensaba que eres una estrella demasiado grande para saber siquiera que yo existía.

—¿Estás de coña? Te sigo desde el principio. Tus reseñas me han hecho conocer algunos de mis cómics y videojuegos favoritos. —Baja una ceja—. Soy una loca de la informática, así que tu canal me parece interesantísimo.

Sonrío como una tonta:

—¡Yo también soy una loca de la informática!

La camarera nos trae nuestra bebida, dos Coca-Colas con hielo, y se queda mirando a Alyssa.

—Eh.., hola, ¡me gustan mucho tus vídeos! ¿Te importa si...? —dice ella mientras saca un teléfono del bolsillo—. ¿Me puedo hacer un selfi contigo?

Alyssa se yergue en el asiento y asiente con la cabeza:

—¡Por supuesto!

La camarera se inclina sobre la mesa, torpemente, levantando el móvil mientras intenta encuadrar a Alyssa y a sí misma en la foto.

—Ah —digo riéndome—. ¿Queréis que os la haga yo?

A la camarera se le iluminan los ojos y me entrega el teléfono.

—¡Gracias!

Levanto el teléfono y espero a que las dos sonrían antes de disparar varias fotos.

—Aquí lo tienes —digo devolviéndole el teléfono a la extasiada fan.

—¡Muchísimas gracias! —Vuelve corriendo a meterse detrás de la barra y empieza a ver las fotos emocionada.

—Lo siento —dice Alyssa, con una sonrisa torcida y un poco avergonzada.

Yo rechazo sus disculpas con un gesto de la mano:

—¡Por favor, me encanta!

—Supongo que ya estás acostumbrada a estas cosas, con todas tus fans *vlogueras*.

Suelto una carcajada:

—¡De eso nada! Esas cosas nunca me ocurren a mí. A menos que esté en un sitio como este, claro. No soy tan famosa como tú.

Los labios de Alyssa se curvan en una medio sonrisa y mira por la ventana.

—Ya te acostumbrarás. *El levantamiento* lo conseguirá.

Estoy segura de que está flirteando conmigo. Al menos, espero que lo esté haciendo. La idea me emociona y me asusta al mismo tiempo. Me encantan las aventuras sentimentales. Los nervios, las posibilidades, el vértigo de todo ello..., pero esta es la primera vez que me gusta una chica a la que yo podría gustar.

El momento en que comprendí que pertenezco a más de un género fue un momento tranquilo. Fue repentino y casi anticlimático, así que no es una historia especialmente emocionante. Yo tenía catorce años y, para entonces, había tenido más de un enamoramiento con alguna chica, sobre todo estrellas de cine. Pero nunca interpretaba mis sentimientos como enamoramiento. Solo pensaba que las admiraba mucho. No se me pasaba por la cabeza que aquellos sentimientos fueran similares a los que tenía por los chicos que me gustaban.

Vi una entrada en Tumblr con el título «No te creerás que estas actrices son bisexuales» o alguna estupidez semejante. En aquel tiempo no sabía lo que eso significaba, así que lo googleé. No me costó mucho tiempo reconocerme en muchos de los artículos que encontré.

Y eso fue todo. Pero en realidad no he estado nunca con una chica. Ni siquiera he flirteado nunca con ninguna. Todo esto es tan nuevo... y no estoy segura de que no esté interpretando demasiado. ¿Estamos comiendo juntas como amigas o podría haber algo más?

He estado un poco enamorada de ella desde que tenía quince años. Y espero que ese brillo en los ojos de Alyssa sea una buena señal.

—Entonces —repite, rompiendo el breve pero denso silencio entre nosotras—, ¿ya has empezado a rodar la secuela de *El levantamiento*?

Niego con la cabeza y le doy un sorbo a mi Coca-Cola.

—Todavía no. El rodaje empieza dentro de unos meses en Los Ángeles. Esta vez hay un presupuesto mayor, un estudio mayor y un montón de presión. Y todo eso supone muchos más ojos puestos en mí y en mi vida.

Siento que los músculos de mis hombros se tensan ante la idea.

—Intenta que la cosa no te domine —dice, inclinándose otra vez hacia delante—. Si aceptas entrar en todo el bombo, el teatro y las presiones te harán trizas.

Me muevo hacia delante en mi asiento. Quiero decirle que ya me han hecho trizas. Que el último año no solo me hizo trizas, sino que me aplastó. Quiero decirle que me aterra que pueda volver a ocurrir. Pero no quiero hacerle daño y me limito a preguntar:

—¿Cómo te las apañas tú?

Ella piensa por un momento:

—Todavía estoy aprendiendo. La gente sigue diciéndome que no haga caso, y yo soy muy buena dándole al botón de bloqueo. Pero es difícil cuando cada día te lanzan comentarios racistas, sexistas y homófobos. Seguramente a ti te harán lo mismo.

Asiento con la cabeza, intentando no pensar en las cosas terribles que ha dicho sobre mí la gente en internet.

—Es exasperante.

Ella arruga la frente en señal de solidaridad y me coge la mano.

—Lo entiendo, confía en mí. No estás sola.

No sabía cuánto necesitaba oír esas palabras. Nos damos la mano y nos quedamos uno o dos minutos en silencio, allí sentadas. El silencio entre nosotras es cómodo, relajado. Es estupendo hablar con alguien que está en una posición parecida a la mía, que se encuentra cada vez más en el ojo público y que sigue siendo ella misma en un mundo que le pide que no lo sea.

El zumbido del teléfono recibiendo mensajes interrumpe nuestro momento. Alyssa mira a la pantalla y ahoga un grito:

—¡Mierda! Tengo una cosa de prensa dentro de diez minutos. —Me mira como pidiendo disculpas—. Lo siento muchísimo, me tengo que ir.

Yo me encojo de hombros y sonrío, aunque secretamente me decepciona el fin de nuestra comida.

—No pasa nada. Yo también debería volver. Seguro que a mi representante le va a dar algo de no verme por allí.

Nos levantamos de la mesa y vamos hacia la barra. Pedimos la comida para llevar y dividimos la cuenta entre las dos. Mientras esperamos a la camarera, Alyssa se apoya contra la barra para mirarme de frente. Parece tan tranquila y natural, tan distinta a como me siento yo... Me mira directamente, con los labios curvados ligeramente hacia arriba y los ojos detenidos en los míos. Yo miro a la caja, incapaz de sostener el intenso concurso de miradas que mantenemos.

—Gracias por el consejo —digo, volviendo a mirarla a los ojos.

—De nada —dice Alyssa mientras coge el cambio y empieza a caminar hacia la puerta—. Nosotras las chicas tenemos que ayudarnos, ¿sabes?

—No puedo estar más de acuerdo.

Caminamos lado a lado por la calle, de vuelta al centro de la convención.

Alyssa me dirige una mirada de soslayo y se aclara la garganta:

—¿Vas a hacer algún *vlog* mientras estás aquí?

Se mete las manos en los bolsillos.

—¡Sí! —Se me ocurre una idea y me vuelvo hacia ella—: ¡Ey!, ¿te gustaría que, tal vez, hiciéramos algo juntas...?

Se le ilumina la cara:

—¡Me encantaría! ¿Qué tienes en mente?

Pienso por un momento:

—Podríamos hacer un reto o una serie de preguntas y respuestas. Eso siempre es divertido.

—¡Estupendo! —dice—. ¿Qué tal si te doy mi número? Ponme un mensaje cuando estés libre, y yo buscaré un rato para encontrarme contigo.

—Sí, guay —digo sacando el teléfono. Pongo todo mi empeño en no flipar ni dejar que se me note la euforia.

Nos intercambiamos el número de teléfono y seguimos andando, parándonos en cuanto llegamos a la entrada de personal.

—Guay —dice ella, volviendo a demorar sus ojos en los míos.

—Bueno, creo que hasta luego.

Me pregunto si deberíamos darnos un abrazo o si eso quedaría raro. Mi teléfono empieza a sonar y me salva de tener que averiguarlo. Es Mandy.

Alyssa empieza a alejarse, saludando con la mano y sonriendo.

—¡Hasta luego!

—¡Hasta luego! —Me despido con la mano y respondo el teléfono:

—Sí...

—Charlie, ¿dónde estás? El concurso de *cosplay* y la fiesta promocional empiezan en cinco minutos.

—¡Mierda! Voy para allá.

# 7

# TAYLOR

**REINADEFIRESTONE:**

Solo necesito un momentito para recuperarme. Creo que la locura de venir a la SuperCon me ha superado. Pero ya estoy bien.

A veces debo de parecerle tan rara a la gente que hay en mi vida...

Pero, vean lo que vean desde fuera, no es nada comparado a lo que veo yo por dentro.

Todo tiene una intensidad jodida. Todo el tiempo. Es como si tuvieras la tele todo el tiempo con el máximo brillo y volumen y no pudieras hacer nada para bajarlos. Y la ansiedad es un rumor constante, un zumbido en tu cuerpo y mente que nunca para. A veces me parece que soy alérgica al mundo o que soy alérgica a mi propia especie. Estar aquí es una agresión a mis sentidos.

Pero estoy bien.

Estoy bien.

Tengo que estar bien.

Bueno. Gracias por escucharme. O por leerme, vamos.

Más tarde intentaré publicar material de la SuperCon.

—¡Mira todo ese tesoro Firestone! —Me acerco al puesto dando saltos de alegría y me detengo en la primera mesa. Está cubierta de camisetas, muñecos articulados, tazas, libros y bisutería de la *Reina de Firestone*—. ¡Estoy en el paraíso!

Jamie está a mi lado y señala a una estantería cercana:

—Ahí hay todavía más.

Me mira de soslayo, y yo hago como que no me doy cuenta. No me gusta nada que se preocupe por mí, eso me hace sentir como una niña pequeña. Pero es comprensible, después de estar a punto de colapsar en la cafetería. Me ha visto así otras veces, muchas veces, pero sigue poniéndose nervioso. Seguirá tratándome el resto del día como si yo fuera una bomba de relojería. A menos que yo deje las cosas claras.

—Estoy bien, Jamie —le digo exhalando un suspiro. No puedo apartar los ojos de una camiseta en la que aparece la cubierta del libro original, *Firestone 1*—. No tienes que preocuparte por mí.

Se vuelve hacia mí mientras cojo la camiseta, pasando los pulgares por la suave tela.

—¿Estás segura?

Aprieto los labios y digo que sí con la cabeza.

—Sí. Creo que me afectó el desfase horario. Pero ahora estoy bien.

Jamie relaja los hombros.

—Bien.

Veo otra mesa con camisetas alucinantes y me voy corriendo hacia ella, solo para darme cuenta de que son todas de hombre.

—¿Por qué los hombres tienen siempre las mejores camisetas para ellos?

Cojo una y la miro con ansia:

—Puta mierda, me pienso comprar esta, es para mí.

No sería la primera vez. Una gran parte de mi guardarropa consiste en camisetas y camisas de franela de la sección de chicos. Son las prendas con las que me siento más cómoda.

Alguien me da una palmada en el hombro, y me vuelvo para ver a otra chica que va vestida de Reina de Firestone.

—¡Hola! —dice sonriéndome de oreja a oreja—. Todas las Reinas de Firestone nos vamos a reunir allí. —Señala el pasillo entre puestos—. ¿Quieres venir?

—Mmm... —Miro a través de la multitud. Más de una docena de *cosplayers* se están apiñando, unas vestidas con su gabardina, como yo, y otras con su armadura.

Mi primer impulso es decir que no, pero sé que después lo lamentaría. Como poco, de allí sacaré una foto estupenda para compartir con los fans de Tumblr.

—¡Claro!

Sonríe y me coge de la mano. Me lleva a rastras a través de la multitud:

—¡He encontrado otra! —Se ríe cuando llego con las demás. Me meten en el medio del grupo y todas me felicitan por mi disfraz y me preguntan dónde me he comprado la gabardina.

—Me la hice yo —digo, sintiéndome un poco abrumada.

—¿En serio? —pregunta una reina vestida de armadura, levantando tanto las cejas que casi se le juntan con el pelo encima de la frente—. ¿Eres una *cosplayer* profesional?

Me río muy fuerte:

—¡Por supuesto que no! Esta es la primera vez que me disfrazo. ¡Me he estado quedando despierta hasta las tantas todas las noches durante un mes viendo vídeos en YouTube para aprender a coser!

De hecho, había pensado en comprarme una, pero las que encontré en internet eran demasiado pequeñas para que me vinieran bien y la corona de la espalda no era correcta, así que decidí hacérmela yo. Me absorbió de tal manera que algunas noches me las pasaba cosiendo hasta que salía el sol sin darme cuenta. Hasta se me olvidaba comer. Afortunadamente, mi madre y mi hermana estaban allí para arrancarme de mi trance, porque si no me hubiera muerto de hambre.

—¡Eso sí que mola un huevo! —chilla otra reina vestida de gabardina—. ¡Parece exactamente la auténtica! ¡Hasta lleva el sello a la espalda y todo!

Sonrío con orgullo:

—¡Gracias!

—¡Vale, reinas! —grita una voz por encima de la algarabía—. ¡Sonreíd!

Levanto la vista y veo docenas de cámaras que nos apuntan. La gente que pasaba por aquí se ha parado a hacernos fotos con su móvil, y algunos parecen profesionales, porque llevan grandes cámaras Canon con su *flash*.

Esto es lo que debe de estar viviendo Charlie: cámaras y ojos puestos en ella una gran parte del tiempo.

—¡Vaya! —exclamo con una sonrisa mientras disparan los *flashes*—. ¡Esto es alucinante!

—Entonces, ¿esta es la primera vez que vienes a la SuperCon? —me pregunta la chica que me ha traído hasta aquí.

—Es la primera vez que estoy en una convención.

—¡Ahí va! ¿De dónde vienes? ¿De Inglaterra?

—De Australia.

Justo entonces, viene a nosotras un equipo de televisión. La reportera le dice algo a una de las chicas de delante, y ella asiente emocionada con la cabeza. Se vuelve hacia nosotras y mueve los brazos para concitar la atención de todo el mundo.

—¡*Entertainment Now* quiere grabarnos!

Estalla un coro de gritos, y yo me uno a ellos emocionada. El cámara apunta con su lente y después hace una panorámica sobre nuestro grupo. Cuando la luz roja apunta hacia mí, esbozo mi mejor sonrisa.

La reportera permanece delante de nosotras y empieza a hacer preguntas, pasando el micrófono de una chica a otra. Yo pierdo la sonrisa y empiezo a sentir una opresión en el pecho.

Se acerca más.

En cualquier momento estaré en la televisión.

Escucho las preguntas que les hace a las otras chicas, intentando preparar mi arsenal de respuestas para no quedarme sin habla.

Ella se echa un poco para atrás y pregunta:

—¿Quién es la que ha viajado desde más lejos para estar hoy aquí?

Gritan una ráfaga de respuestas:

—¡Omaha!

—¡Nueva York!

—¡Toronto!

Y entonces la chica que está a mi lado me coge la mano y me la levanta, apuntando hacia mí:

—¡Ella viene de Australia!

Veinte Reinas de Firestone se vuelven hacia mí, y se me hace un nudo en la garganta que me impide respirar.

La reportera se abre camino hacia mí, haciéndole señas al cámara para que la siga.

Yo tomo aire lenta y profundamente e imploro no quedar como una idiota. Vislumbro a Jamie, que está en el pasillo entre los puestos, haciendo fotos de toda la escena. Baja la cámara. Se ha quedado con la boca abierta. Pero sonríe.

Ver su emoción me fortalece. Enderezo los hombros y sonrío.

—¡Hola! —dice con tono dulce la alegre reportera de pelo rojo—: ¿Cómo te llamas?

Necesito un par de segundos para acordarme:

—Taylor.

—Y dinos, Taylor, ¿desde dónde has venido para estar hoy en la SuperCon?

—He hecho todo el viaje desde Melbourne, Australia.

No sé si tengo que mirarla a ella o a la cámara, así que termino pasando los ojos de una a otra de manera algo cómica.

—¡Vaya...! —dice como si lo oyera por primera vez—. ¿Cuánto dura ese vuelo?

—Eh... Creo que fueron catorce horas. Y prácticamente vinimos aquí directamente desde el aeropuerto. —Sonrío, encantada conmigo misma por ser capaz de enlazar varias frases.

Ella se vuelve hacia la cámara:

—¡Eso sí que es implicación! ¡Menuda fan!

Y entonces se aleja tan aprisa como llegó, dejándonos a todas charlando entusiasmadas.

Nuestro grupo empieza a dispersarse, cada una se va por su lado, saludando frenéticamente con la mano.

Me voy derecha a Jamie, con una enorme sonrisa en la cara:

—¿Lo has visto? —Le doy una alegre palmada en el hombro.

—¡Lo he visto! —responde con una sonrisa lateral—. ¡Ahora eres famosa! Mejor decirle a Charlie que tenga cuidado.

Me río atolondradamente. Siento otra palmada en el hombro y me vuelvo para ver a la misma chica vestida de Reina de Firestone sonriéndome otra vez.

—Por cierto, soy Brianna.

Se ajusta la correa en su top. Me doy cuenta de que lleva menos escote que yo y me pregunto si no estaré enseñando demasiado. Decido que seguramente no, pero de todas formas me lo levanto, un poco cohibida.

Me ofrece la mano y yo se la estrecho, esperando que la mía no esté demasiado sudada a causa de los nervios que he pasado por salir en la tele.

—Yo me llamo Taylor.

—¿Vas a participar en el Concurso SuperFan de Firestone?

Arrugo la nariz:

—Noo...

Abre unos ojos como platos:

—¿Por qué no? ¡Has hecho todo ese viaje hasta aquí! —Me da una palmada en el brazo—. ¡Deberías aprovecharlo al máximo! ¡El primer premio es una cena con Skyler!

—Eso es verdad —digo alisándome la gabardina—. A lo mejor participo.

—¡Estupendo!

Una de las otras chicas empieza a llamarla.

—¡Nos vemos allí!

Le digo adiós con la mano cuando ella desaparece metiéndose por un pasillo cercano. Jamie me mira, sonriendo con aire de suficiencia.

—Entonces ¿vas a participar en el concurso?

Rechazo la idea con un movimiento de la mano:

—Por supuesto que no.

Él ladea la cabeza:

—Pero acabas de decir...

—Ya sé lo que he dicho.

Jamie arruga la frente.

—No lo entiendo.

Yo me encojo de hombros.

—No podía explicarle por qué no quiero hacerlo, porque suena estúpido.

—Tener miedo no es estúpido. Es normal.

Empiezo a andar y él me sigue.

—Es solo que sé muy bien cómo habría seguido esa conversación —le digo—. Yo le habría dicho que me da demasiado miedo participar. Ella me habría preguntado qué es lo que me da miedo. Yo habría tenido que explicarle todo el problema de ansiedad social que tengo, y ella o bien me habría animado a entrar pese a todo, sin hacer ningún caso de mi terror, o bien habría asentido con la cabeza y se habría marchado.

Se ríe y aparta la mirada:

—Eso no lo sabes. A lo mejor lo habría comprendido.

—La historia y la experiencia me han demostrado que a la gente le cuesta mucho comprender y le resulta muy fácil juzgar.

Niega con la cabeza. Parece decepcionado.

—Pero ¿cómo sabes cómo va a reaccionar la gente si no les das la oportunidad?

Lo miro, confusa:

—¿Estás enfadado conmigo?

Echa la cabeza hacia atrás, sorprendido:

—¡No! ¿Por qué iba a estar enfadado contigo?

Encojo los hombros.

—¡No lo sé! Por eso lo pregunto.

Se ríe, pero cuando habla lo hace con voz seria:

—No podría enfadarme nunca contigo.

—Me alegro, porque no me gusta nada cuando se enfada la gente. —Vamos paseando por el abarrotado espacio, y yo sigo sintiéndome un poco incómoda, así que intento alegrarme un poco—: ¡Ahora mismo estoy muy animada!

Jamie chasquea la lengua y mueve un dedo, apuntando hacia mí:

—A ver qué te has tomado, Taylor. Tienes que saber decir que no...

Pongo los ojos en blanco y le doy en el costado con el codo:

—¡No me he tomado nada, so tonto!

—¡Ay! —exclama haciendo un mohín y frotándose las costillas.

Me guiña un ojo, y yo le saco la lengua.

—¡Ey, pareja de tortolitos! —grita una voz por encima de la multitud, y no necesito mirar para saber que es Charlie.

Viene pavoneándose hacia nosotros con una gran sonrisa. Algunas cabezas se vuelven cuando ella pasa, acompañada por Mandy y un empleado. La gente la reconoce y algunos intentan sacar una foto disimuladamente.

—¡Ey! —digo.

—Ya sabéis —dice cuando llega más cerca—, si vosotros dos fuerais una pareja, serías de esos tan irritantes que se llaman el uno al otro «cari» e iríais a todas partes con la mano metida en el bolsillo trasero del pantalón del otro.

Le dirijo una mirada que quiere decir «¡cállate!», y ella me guiña un ojo picaronamente. Siento que me pongo colorada de la cabeza a los pies, como si toda la sangre presionara contra mi piel, iluminándola como si fuera la espada de luz de Kylo Ren. Si pudiera cambiar algo en mí, sería la facilidad que tengo para sonrojarme. Es la medida de mi propia incomodidad personal y me ocurre constantemente. Este sonrojo le deja muy claro a todo el mundo cómo me siento en ese momento exactamente, sin importar lo mucho que yo quiera ocultarlo.

Jamie esconde las manos en los bolsillos, y pienso que veo un asomo de rosa también en sus mejillas.

—¿Adónde vas?

Se pone otra vez en movimiento. Su pequeño séquito la lleva a la carrera de un lado al otro.

—Al concurso de *cosplay* de *El levantamiento.* —Se da la vuelta y empieza a caminar hacia atrás—. ¿Vosotros venís o no?

—¿Y el pase VIP? —pregunto.

—¡No se necesitan pases para esto! ¡Venga!

Jamie y yo nos ponemos contentos como niños con zapatos nuevos y corremos tras ella emocionados.

# 8

# CHARLIE

LA MULTITUD ACLAMA CUANDO SE ANUNCIAN LOS GANADORES del concurso de *cosplay* de *El levantamiento*. El suelo tiembla bajo mis pies de tanto aplauso.

—Esto va a ser intenso —dice Reese.

Asiento con la cabeza:

—Va a ser alucinante.

Una chica que lleva la camiseta de la SuperCon y unos cascos viene hacia nosotros.

—¿Listos?

—Ajá.

Otros dos empleados de la SuperCon están colocados uno a cada lado, sosteniendo con las manos el borde de un gran bastidor de papel, delante de nosotros, preparándose para desplazarla sobre unas ruedas hasta el escenario.

El presentador habla al micrófono, charlando animadamente con los ganadores.

—Y ahora, ganadores del concurso de *cosplay* de *El levantamiento*..., ¡tenemos una sorpresa especial para vosotros!

Esa es nuestra señal. Los empleados empujan hacia el escenario el gran bastidor de papel, y nosotros caminamos detrás de él, escondidos hasta que llegamos a nuestra marca.

El público ahoga exclamaciones, preguntándose cuál será la sorpresa. Llegamos a la marca, preparamos nuestras sonrisas y atravesamos el bastidor rompiendo el papel. Los gritos son ensordecedores. No me gusta nada eso de no saber si me vitorean a mí o a Chase. El presentador nos da la bienvenida mientras los dos ganadores dan un salto hacia atrás y se tapan la boca, anonadados. Enseguida veo por qué ganaron: es como si me estuviera mirando en un espejo, viendo a Ava y a Will (a mí y a Reese) exactamente como aparecíamos nosotros en la pantalla, con los vaqueros rasgados, las manchas de suciedad y las salpicaduras de sangre. La única diferencia es que las dos son chicas.

—¡Estáis perfectas! —digo, pero ellas siguen demasiado impactadas como para comprender lo que yo digo. Vuelvo a intentarlo—: Se ve bien claro lo duro que habéis trabajado en vuestro *cosplay*.

—¡G... gracias! —consigue farfullar la chica que va vestida como Will—. ¡Ya hemos visto tres veces *El levantamiento*!

Reese camina hacia el borde del escenario, saluda con la mano al público y lanza besos al aire como si fuera por una pasarela. La chica vestida como Ava da un paso hacia mí, y veo que le corren lágrimas por las mejillas.

—¡Ah, cielo! —Le paso un brazo por la espalda—. ¿Estás bien?

—¡Te quiero!

—¡Yo sí que te quiero a ti!

Se seca las mejillas y le entra una risita incontrolable. No puedo evitar reírme con ella. Momentos como este justifican la vida.

Reese se vuelve para felicitar a los ganadores y levanta las cejas cuando ve que su papel lo interpreta una chica.

—¡Eres una chica! —dice, señalándola.

Se ríe con incomodidad y asiente con la cabeza:

—¡Sí! Cambio de género.

Él medita por un instante, y yo espero que no diga nada sexista ni degradante. Hasta para él, eso sería caer muy bajo.

Le dirige una media sonrisa y se encoge de hombros:

—¡Guay!

La abraza, y ella sonríe con tantas ganas que pienso que podría estallar. Pasamos los siguientes treinta minutos posando para fotos con los ganadores y los fans. Para mi alivio, solo tres personas nos preguntan si Reese y yo hemos vuelto. Aunque para mí son tres más de la cuenta.

Cuando llega el momento de despedirnos y salir del escenario, me emociona la idea de pasar un rato con mis amigos.

—¡Charlie! —dice Taylor cuando la abrazo por detrás—. ¿Cómo te ha ido? ¿Se sorprendieron?

—Se quedaron anonadados.

Jamie me da un abrazo.

—Los oímos aplaudiéndote. ¡Cómo mola!

—Creo que estaban demasiado emocionados de ver reunidas las dos partes de Chase —digo con sarcasmo.

Taylor arruga la frente:

—No digas eso. Te adoran a ti, no a Chase.

Asiento con la cabeza:

—No sabes cuánto siento que no llegaras a conocer a Skyler, Taylor.

Bastante antes me había enviado un mensaje tristísimo sobre el tema, pero no había tenido ocasión de hablar con ella hasta ahora. Taylor lanza un suspiro.

—No pasa nada: a lo mejor es que no tenía que conocerla.

Jamie le da a Taylor con el codo, juguetón, pero frunce la frente como si verla disgustada le produjera dolor físico.

—Ya la conocerás un día, Taylor. Te lo prometo.

Taylor levanta una comisura de la boca en una sonrisa triste y le responde con otro codazo. A continuación, levanta la cabeza y me mira con los ojos muy abiertos:

—¿Qué tal fue la comida con la chica de tus sueños?

Yo ni siquiera intento ocultar mi sonrisa de entusiasmo:

—Alucinante.

—¿Te estás derritiendo? —Ella mira a Jamie, señalándome—. ¿Crees que se está derritiendo?

Él asiente con la cabeza:

—Se está derritiendo.

Niego con la cabeza, pero eso no me quita la sonrisa de la cara:

—No me estoy derritiendo. Yo no me derrito.

Taylor y Jamie se miran el uno al otro, después me miran a mí y dicen ambos a la vez:

—¡Te estás derritiendo...!

Taylor me coge las manos:

—¿Le has pedido salir?

—No. —Me siento un poco avergonzada cuando lo digo.

Jamie ladea la cabeza, confuso:

—¿Por qué no? ¡Hace tanto tiempo que te gusta!

El corazón se me para un momento, y tomo aire bruscamente:

—Sí, me gusta. Un montón. Tenía miedo y no sé si le gusto a ella como amiga o algo más. ¡Es tan confuso! —Me meto un mechón de pelo por detrás de la oreja—. Pero hemos hecho planes para hacer algo juntas para mi canal. Nos hemos intercambiado el número de teléfono.

Taylor sonríe:

—¡Sí! ¡Eso es estupendo, Charlie!

Me encojo de hombros:

—Pero eso no es una cita.

Jamie me pone una mano en el hombro:

—Pero podría llevar a una cita, si es lo que quieres.

Taylor asiente con la cabeza:

—Exacto. Después de todo lo que has pasado, es un gran paso. Tienes que seguir a tu ritmo.

Miro a Reese, que está engullendo una cerveza.

—Sería más fácil si él no estuviera aquí. ¿Cómo voy a olvidarlo de este modo?

—Creo que le das demasiada importancia —dice Jamie con la preocupación patente en su cara.

—Me siento atrapada con él. Cuanto más juntos estamos atendiendo a la prensa, más difícil les resulta a la prensa y a los fans verme simplemente a mí.

Las cejas de Taylor casi se juntan.

—Qué más da lo que vean ellos. Lo único que importa es lo que veas tú.

—Vaya —dice Jamie—. Eso es un pensamiento profundo. Nivel Yoda.

Taylor se sonroja y nos reímos.

—¿Desde cuándo te preocupa lo que piense nadie? —pregunta Jamie cruzándose de brazos y ladeando la cabeza.

Yo echo para atrás la cabeza y suelto un suspiro teatral:

—Ya lo sé, ya lo sé. Esto no es propio de mí. No sé qué me pasa.

—¡Ey! —dice Taylor con la voz baja y seria—. No te pasa nada raro. Simplemente acabas de superar una ruptura superintensa y muy pública. Cualquiera tendría momentos de vacilación después de eso.

Oigo la detestable risa de Reese desde el otro lado de la sala y hago una mueca de dolor. Su sola presencia me penetra como una astilla gigante, rubia y egoísta.

—Solo quiero quitarlo de mi vida.

Taylor saca el labio inferior en un gesto sincero de preocupación.

—Después de la SuperCon, claro. No tienes más eventos ni compromisos con él.

—Pero seguiré teniendo a Chase. La gente seguirá tuiteándome, pidiéndome que vuelva con él. Los blogs de los fans mencionarán la ruptura y la humillación cada vez que escriban una entrada sobre mí. No se pasará nunca.

Taylor y Jamie cambian miradas de preocupación, y me siento patética.

—Créeme, Charlie, se pasará —dice Jamie.

Taylor me pone las manos en los hombros y me mira intensamente a los ojos:

—Se pasará.

# 9

# TAYLOR

**REINADEFIRESTONE:**

¡Ey, vosotros!

¡Muchas gracias por todos vuestros mensajes! Más tarde intentaré ponerme al día con ellos, pero ahora solo quería daros las gracias. Estoy bien. Solo tuve un momento de bajón. Pero ahora estoy bien.

¿Sabéis una cosa? ¡He salido en la tele!

¡Y he conocido a un montón de *cosplayers* de la Reina de Firestone! Lo estoy pasando en grande :D

Luego escribo una entrada, pero ahora tengo que dejaros.

Taylor, xo

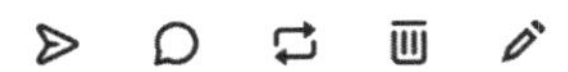

—¿Quieres beber algo? —pregunta Jamie. Estamos en la esquina, junto a la comida, vigilando la fiesta.

—Sí, gracias.

Jamie se dirige hacia el bar para conseguir un par de Coca-Colas, y yo contemplo la pequeña reunión de gente.

Esperaba ver más caras familiares, como miembros del reparto de *El levantamiento* o algunos de los muchos invitados famosos que este año honran la SuperCon. Pero más que nada está lleno de ejecutivos del estudio y otras personas importantes, de esas que no son famosas. En otras palabras: es un muermo.

Charlie hace sus rondas, charlando con todo el mundo. Nosotros tuvimos unos minutos de charla con ella antes de que se la llevaran a dar coba a los peces gordos. Toda la sala gira en torno a ella, porque todo el mundo ha entrado en su órbita. Me encanta verlo, me arranca una sonrisa de orgullo. Después de todo lo que ha tenido que pasar durante los últimos seis meses, se lo merece. Creo que está recuperando poco a poco su manera de ser normal, su confianza en sí misma.

Cuando entramos en una sala, Charlie es aquella a la que mira todo el mundo. Tiene eso que la gente llama forma de pera, creo. ¿O es reloj de arena? Todas esas palabras que usa la gente para describir la forma del cuerpo me parecen demasiado. Sea cual sea la forma del cuerpo de Charlie, parece socialmente más aceptable que la mía, a juzgar por cómo la gente habla de ella. Siempre dicen que debería ser modelo. Pero a veces ella se cansa de que la gente solo vea su aspecto.

Por el rabillo del ojo veo a alguien caminando hacia mí y me vuelvo: es Reese.

Gruño por dentro, pero lo saludo con la mano cuando se acerca:

—Hola, Reese.

Levanta su cerveza a modo de saludo:

—Hola. —Me mira de arriba abajo, me siento expuesta—. ¿Qué es lo que llevas?

Me cruzo de brazos, un poco avergonzada.

—Voy vestida como la Reina de Firestone.

Mientras me escudriña, mueve la boca musitando algo sin darse cuenta.

—Está bien —dice, como si yo necesitara su aprobación.

Me río en silencio. Él toma un sorbo de su cerveza. Pienso que solo tiene diecinueve años y que aquí la edad legal para beber son los veintiuno, no los dieciocho como en Australia. Pero no quiero parecer una repipi, así que no digo nada.

—¿Qué tal el insti? —me pregunta con petulancia, y no sé muy bien por qué.

—Bien.

Mira a su alrededor como buscando a alguien más interesante con quien hablar y decide darle otra oportunidad a esta conversación. Yo preferiría que hubiera encontrado a alguien. Me gustaría que se diera cuenta de que soy yo la que está incómoda hablando con él, no al revés.

—¿Estás pensando ir a la universidad?

—Sí —digo, y entonces me parece que eso podría sonar arrogante y añado—: espero que sí. He presentado la solicitud para un montón de facultades. Me gustaría meterme en un curso de escritura creativa. O de guiones. O las dos cosas. —No le digo que he presentado la solicitud en la Universidad de California y en otros sitios de Estados Unidos, porque no estoy segura de que me fuera a animar y yo ya tengo bastante miedo sobre mis posibilidades de entrar.

Hace esfuerzos por tragar su bebida, como si yo acabara de decir algo desternillante y estuviera intentando no rociarme con toda la cerveza que tiene en la boca.

—¿Quieres entrar en el mundo del cine?

Niego con la cabeza muy efusivamente:

—En el cine, no. Me gustaría escribir guiones. Y libros. Realmente quiero escribir libros.

No es que yo haya pensado mucho en la universidad. He intentado hacerlo, planearlo, pero cada vez que lo hacía me daban retortijones. Pero me conozco lo suficiente para saber que, si voy a tener que pasar por el estrés y la ansiedad de ir a clase cada día, necesitaré asistir a algo que me interese. Y no hay nada que me interese más que los libros, las películas y la narración.

—Eso es adorable.

Entrecierro los ojos para preguntar:

—¿Por qué?

—Bueno, tú no perteneces a este mundo, así que no pretendo que entiendas por qué es adorable, pero lo es. Sabes que tendrás que hacer tu ascensión a la cima en la cama, ¿no?

—Eh..., ¿perdona?

Me acerca la cara y huelo su aliento de cerveza.

—¿Cómo te crees que llegó Charlie donde está? —Apunta a sí mismo. Rezuma arrogancia por cada uno de sus poros.

Retrocedo, fulminándolo con la mirada.

—Sé cómo llegó Charlie adonde está. Con su duro trabajo, su creatividad, su perseverancia y su habilidad. No tiene nada que ver contigo. De hecho, salir contigo seguramente le ha servido más de obstáculo que de ayuda.

No me puedo creer que haya dicho eso. Hundo la mirada en el suelo.

—¡Jo! —dice—. No se puede bromear contigo. Si quieres triunfar en Hollywood, tendrás que ser menos puta.

Me quedo con la boca abierta y no aparto los ojos de la moqueta. Si me muevo, me echaré a llorar. Y lo último que quiero ahora es que él me vea llorando. Se lo tomaría como una prueba de que me ha herido, cuando en realidad lloraría porque estoy abrumada y no sé qué más hacer. La sangre me sube a las mejillas y siento que las manos me sudan y tiemblan.

Pero no digo nada. Todo lo que me gustaría decir me viene a la mente, se agolpa y se me atasca en la garganta.

Reese se da la vuelta para marcharse, pero alguien se interpone en su camino. Levanto la vista y veo a Jamie, con la mirada fija en Reese.

Reese posa una palma amistosa en el hombro de Jamie:

—Cuidado, tío, ella está mosqueada.

Jamie posa los dos vasos de Coca-Cola en una mesa cercana, se aparta la mano de Reese del hombro, y lo mira a los ojos. Reese intenta pasar por delante de él, pero Jamie le pone una mano en el pecho para detenerlo.

—Espera un segundo, tío. Solo quiero ver si comprendes una cosa.

Me mira, apretando la mandíbula al ver las lágrimas en mis ojos, y después vuelve a mirar a Reese.

—O sea, insultas a Taylor, básicamente le dices que solo triunfará si se abre de piernas, y después insultas a su mejor amiga y te apuntas su triunfo. ¿No es así?

—Yo no he insultado a nadie.

Jamie pone los ojos en blanco.

—¿Sabes una cosa? Lo jodido de todo esto es que realmente te lo crees. Lo que a ti te pasa es que piensas con la polla.

Reese abre la boca para decir algo, pero Jamie levanta un dedo.

—Y cuando Taylor se defiende a sí misma y a Charlie, ¿eso la convierte en una puta? ¿No te das cuenta de los fallos de tu argumentación, Reese?

Reese le hace un gesto de burla y me señala con el pulgar.

—Tú no la has oído, tío. Ha sido desagradable.

Jamie levanta una ceja:

—Sí que lo he oído, sí. Lo he oído todo. Y tengo que decirte, tío, que a mí me ha parecido que el desagradable has sido tú.

Veo que Reese aprieta la mano en un puño, a su costado, y lanzo la mirada hacia Charlie, que está al otro lado de la sala. Mandy habla con ella con entusiasmo, pero los ojos de Charlie están fijos en Reese y Jamie. Se ha dado cuenta de que pasa algo.

Mi respiración se vuelve más superficial. Estoy furiosa con Reese, pero tengo miedo por Jamie. Reese es fuerte, con sus abdominales de estrella de cine y sus bíceps abultados. Podría dejar a Jamie KO de un puñetazo.

—Lo estás pidiendo, Jamie —dice Reese. Empuja a Jamie, haciéndole dar un traspié y este aprieta los dientes, pero no devuelve el empujón. Se queda derecho, fulminando a Reese con la mirada.

Reese ladea la cabeza. Parece confuso:

—¿Qué, no vas a responder? —Sonríe.

Jamie cruza los brazos:

—¡Vale ya!

Reese se ríe:

—¡Qué puto gatito! —Vuelve a empujar a Jamie, provocándolo. Yo sigo mirando, horrorizada, sin saber qué hacer. Ahora todo el mundo en la sala está mirando.

—¡Reese! —grita Charlie—. ¿Qué demonios estás haciendo? Déjalo en paz.

Reese vuelve a empujar a Jamie, haciéndolo recular hasta una mesa. La cara de Jamie está roja de rabia, y veo que Reese le está haciendo daño. Reese niega con la cabeza:

—No tienes huevos.

Le da a Jamie una bofetada en la cara, y entonces es cuando Jamie responde.

Jamie empuja a Reese. Cogido por sorpresa, Reese recula dando traspiés y cae sobre una mesa y unas sillas. La mesa se derrumba bajo su cuerpo, y el sonido de los platos y copas al romperse me repica en los oídos.

Me quedo donde estoy, tapándome la boca con las manos y abriendo los ojos como platos. Todo el mundo está paralizado.

Jamie se pasa una mano por la cara y mueve la cabeza hacia los lados, decepcionado. Se acerca a Reese y le tiende la mano para ayudarlo a levantarse.

—¿Estás bien?

Reese le coge la mano y permite que Jamie lo ayude a ponerse en pie. Entonces, blande su puño y le asesta un puñetazo en plena cara. Yo lanzo un grito al ver su cabeza hacia atrás. Jamie cae al suelo.

Decido intervenir.

Corro hacia Jamie, le cojo la mano y le ayudo a ponerse de pie. Él fulmina a Reese con la mirada, pero yo aprieto las manos contra su pecho, que está endurecido y tenso de la rabia.

—Vamos —digo—. Vámonos. Esta fiesta no es bastante elegante para nosotros. —Intento hablar con seguridad, pero la voz me tiembla.

Jamie aparta los ojos de Reese y los pone en mí. Se le ablanda el gesto. El pómulo derecho ya está rojo donde Reese le golpeó. Yo indico la puerta con un movimiento de la cabeza y le cojo la mano a Jamie. Cada músculo de mi cuerpo está tenso mientras nos alejamos de Reese, pero no miro atrás. Charlie nos está mirando fijamente, con la preocupación visible en todo su rostro, y yo levanto un pulgar mirándola para tranquilizarla.

Tiro de Jamie para sacarlo por la puerta al pasillo.

—¿Estás bien?

Asiente con la cabeza:

—Estoy bien.

Lo miro directamente a la cara:

—Ese tío es un neandertal. Siento que te haya pegado.

Él baja la mirada.

—No es culpa tuya. Es de él. Y mía. Yo hice esfuerzos por no pegarme con él. Ya sabes lo que pienso de estas cosas. Pero tampoco me podía quedar de brazos cruzados.

Me doy cuenta de que sigo cogiéndole la mano y la suelto.

—Podría haberte golpeado hasta deshacerte. —Siento que la sangre me hierve y se me cierran los puños—. ¡Ajj! Me gustaría poder meterme en un DeLorean y regresar a hace diez minutos e impedir que ese idiota abriera siquiera su ignorante boca de gallito.

Lo miro, y él me está mirando. Las comisuras de su boca se elevan ligeramente.

—¿Qué?

Se ríe, pero al mover la mandíbula se estremece de dolor:

—No te había visto nunca tan cabreada, pese a toda tu rabia, todavía consigues hacer citas de películas. Eres buena.

Me río, negando con un movimiento flojo de la cabeza.

—No necesitabas hacer eso, lo sabes. Meterte cuando Reese estaba portándose como un gilipollas. Yo estaba bien.

—Tú no estabas bien. Te vi esa expresión de la cara que no quiero volver a ver.

Aprieta la mandíbula. Suelta aire despacio.

—No es la primera vez que alguien me llama puta. He perdido la cuenta de las veces que la gente me ha llamado puta o esnob, malinterpretando mi timidez o que no suela mirar a los ojos como mala educación o falta de respeto.

—Que ya haya pasado antes no quiere decir que esté bien.

—Lo sé. Pero, aun así, no tenías que haber intervenido. —Me quedo callada, mirándolo a los ojos—. Pero me alegro de que lo hicieras. Dijiste todo lo que quería decir yo, pero no podía.

—No lo sé. —Sonríe—. Creo que tú también diste unos buenos puñetazos verbales.

—Gracias —digo—. Eh, ¿quieres que lo dejemos por hoy? Estoy bastante cansada. Solo quiero ir al hotel y ver una peli o algo. Y deberíamos ponerte hielo en esa mejilla.

Sonríe:

—Eso suena perfecto.

# 10

# CHARLIE

CUANDO TAYLOR Y JAMIE SALEN POR LA PUERTA, ME LEVANTO Y voy hacia Reese, que está enfurruñado solo, en la mesa de la esquina. Le dije a uno de los ejecutivos que llamara a seguridad, pero él se limitó a encogerse de hombros. Reese vuelve a librarse de responder de sus gilipolleces.

—Ey —digo, sentándome a su lado—. ¿Se puede saber qué mierda...?

Levanta una mano para que me calle:

—Ahora no. No tengo ganas de oír un sermón.

Pongo los ojos en blanco.

—Pues te jodes. Yo tampoco tengo ganas de ver tus peleas y cómo pegas a mis amigos, y eso es exactamente lo que has hecho. Si de mí dependiera, te quitarían el pase VIP y te echarían de una patada en el culo. ¿Qué demonios te pasa? Jamie y Taylor no se merecen nada de eso.

No me mira.

—Bah... Esa tía es rara. Y él es un gilipollas.

—Sí, claro, porque tú eres un tipo tan decente... —Me quedo mirando fijamente la botella de cerveza vacía que agarra en la mano—. ¿Estás borracho?

Niega con la cabeza y abre los ojos completamente. Ligeramente rojos y perdidos, esos ojos le delatan. Está claro que no es lo primero que ha bebido.

Se encorva sobre la mesa y me mira fija e intensamente.

—Te echo de menos, Charlie.

Casi me caigo de la silla, de la sorpresa.

—Eh..., ¿qué?

—Te echo de menos. —Tira de su silla para acercarla a la mía y le dirijo una mirada de perplejidad—. Charlie, romper contigo fue un enorme error. No debería haberte dejado marchar.

Me cruzo de brazos y me echo hacia atrás en la silla, sintiéndome muy escéptica de sus intenciones.

—¿Entonces por qué lo hiciste?

Se pasa una mano por la cara y se echa también hacia atrás en la silla:

—Porque soy tonto. Evidentemente.

Me burlo.

—En eso estamos de acuerdo.

—Lo digo en serio.

—Y yo, ¿te crees que lo decía en broma?

Gruñe y niega con la cabeza, mirándome. Sus rizos rubios le caen sobre los ojos. Los retira de un soplido y posa en la mesa la botella vacía.

—Charlie, estoy intentando decirte que quiero volver contigo.

Me quedo con la boca abierta. No sé qué decir, así que me limito a mirarlo fijamente, intentando buscar la verdad en su cara. Observo la fiesta, al otro lado de la sala, para asegurarme de que nadie oye esta conversación tan extraña. Si la gente supiera qué es lo que acaba de decir, no podría escapar de Chase nunca.

—Charlie... —Alarga la mano sobre la mesa, abriendo la palma para que yo la coja. No lo hago—. Vamos. Cometí un error.

—Errores. En plural. Y no has hecho más que añadir otro bien grande a la lista con lo que acabas de hacerles a mis amigos.

—Vale, errores... He cometido errores. Pero he aprendido de ellos y no volveré a hacer nada parecido.

Su mano sigue allí, y yo sigo sin aceptarla. Arrugo la frente, preguntándome todavía si esto es real o si es algún horrible tipo de broma.

—¿Lo estás diciendo en serio?

Él asiente con la cabeza.

—Sí. Nunca debería haberte tratado de ese modo. Estaba fuera de control. No estaba acostumbrado a recibir toda aquella atención y sucumbí... Fue un error. Lo siento.

Con todo lo que he querido oírle disculparse, sigue siendo duro. Cierro los ojos y respiro hondo. Cuando los vuelvo a abrir, me está mirando como lo hacía cuando empezábamos a salir juntos. Me mira como si yo fuera la única chica del mundo. Recuerdo la primera vez que me miró de ese modo: estábamos en medio de una intensa escena de *El levantamiento*. Era el primer día de rodaje. Corríamos para escapar de miles de zombis, por una calle de Sydney cortada al tráfico. El tacón del zapato se me rompía y yo me caía al suelo, abriéndome un agujero en los vaqueros y raspándome manos y brazos. Él dejaba de correr, volvía y se agachaba a mi lado, rodeándome con uno de sus grandes y musculosos brazos para ayudarme a levantarme. Sus brillantes ojos azules estaban llenos de preocupación y deseo de protegerme.

Mirando ahora hacia atrás, me parece un tópico, pero entonces me conquistó al instante.

Y entonces empezó la montaña rusa.

Enamorarme de Reese fue como estar dentro de un tornado. Todo a mi alrededor daba vueltas, y yo no tenía nada a lo que agarrarme para mantenerme firme. Así que salí volando. El primer amor es una cosa bastante loca, pero estar en el ojo público amplifica esa locura multiplicándola por un millón. A veces me pregunto si eso fue lo que nos condenó: toda la atención que concitábamos. Fue un error tener una relación tan pública desde el primer momento. El escrutinio público y los constantes ojos vigilantes de las cámaras llegaron a nosotros muy rápidamente. Eso me hizo encogerme y a Reese expandirse. Yo pasaba más tiempo en casa, intentando evitar los focos, mientras él saboreaba la atención e incluso les decía a los *paparazzi* adónde íbamos a ir a cenar. No es la primera vez que la fama envenena una relación, ni será la última.

—Charlie —dice implorándome—, ¿no me vas a decir nada?

Seis meses antes, aquello habría podido ser suficiente. Mi corazón seguía roto y yo todavía pensaba que él era el único que podría recomponerlo. Pero ahora no.

—Mira, Reese, no creo que quieras realmente que vuelva contigo. Ni siquiera estoy segura de que me hayas querido nunca de verdad.

Aprieta la mandíbula, y el dolor brilla en sus ojos azules:

—¿Cómo puedes decir eso?

—Puedo decir eso porque realmente creo que si me hubieras querido no habrías hecho lo que hiciste. No te habrías exhibido por ahí con otra chica mientras seguíamos juntos. No me habrías hecho pasar por todo ese dolor y humillación. Y me habrías tratado mejor. Mucho mejor.

—Ver toda esa mierda en las revistas me dolió a mí tanto como a ti.

Hago un gesto de burla:

—Lo dudo. Fui yo la que encendió la televisión y te vio dándote el lote con una guarra. —Me pellizco el puente de la nariz con el pulgar y el índice intentando expeler mi frustración junto con el aire—. Lo siento. No debería haber dicho eso.

A mí misma me han acusado de guarra más de una vez. Hasta he hablado contra eso públicamente y, sin embargo, aquí acabo de caer en lo mismo por culpa de la rabia. Este tío saca lo peor de mí.

—Tienes todos los motivos para estar cabreada. —Finalmente retira su mano de la mesa, aceptando que no se la voy a coger. Permanecemos en un incómodo silencio durante un minuto y, de pronto, él no puede esperar más—: Charlie, ¿quieres volver conmigo o no?

—No —le respondo antes incluso de que termine de preguntarlo. Mi respuesta es rápida, pero tajante. No tengo que pensármelo.

—Pero ¿y nosotros? ¿Qué me dices de Chase?

Levanto una ceja:

—¿Qué pasa con Chase?

—Todo el mundo nos quiere juntos. Los fans, el estudio... Todos se quedarán contentos si volvemos a estar juntos. Seremos la pareja más famosa del mundo.

Lo miro, disgustada:

—Eso no me preocupa. Yo no estaría contenta. Tú no me tratas como me merezco que me traten. Nunca lo hiciste. Y acabas de demostrar que no te preocupa nadie más tampoco. Alguien que va por ahí lanzando puñetazos solo se preocupa por sí mismo. El interés que tengo por volver contigo es cero.

—Vamos —dice—. ¿De qué tienes miedo?

—Yo no tengo miedo. Sé lo que quiero, y no es esto.

Alarga su mano y me coge la mía. Yo la retiro.

—No. No te permito que me vuelvas a coger la mano.

Niega con la cabeza y sonríe con desprecio.

—Me cago en la hostia, Charlie. ¿Desde cuándo eres tan mojigata?

Aprieto los dientes tanto que me duele:

—¿Cómo puedes no entenderlo? Tú me engañaste. Me humillaste. Me menospreciaste constantemente. Y hace cinco minutos le has pegado a uno de mis mejores amigos. Decirte que no no me convierte en una mojigata, Reese. Y si tú piensas que sí, entonces necesitas ayuda en serio. —Me levanto. Esta conversación está definitivamente acabada—. Hablaré con tu representante. Tienes que volver al hotel y dormirla.

Me voy enfadada, pero tratando de mantener la compostura ante todos los que están en la fiesta.

# 11

# TAYLOR

**JAMIE METE LA TARJETA EN LA RANURA Y ABRE LA PUERTA.**

Dejo caer la mochila en la entrada y empiezo a explorar nuestra habitación. Jamie y yo vamos juntos a todas partes con Charlie, por lo que los tres compartimos una habitación en un hotel de pitiminí a una manzana de distancia de la SuperCon.

Es una habitación sencilla pero lujosa, con una pantalla plana en la pared, un sofá, una mesa de café junto a la ventana y dos camas dobles. Nuestras maletas están sobre las camas porque el conserje las ha subido antes.

Jamie deja caer en el sofá la bolsa que lleva colgada del hombro y estira los brazos. La camiseta se le levanta ligeramente, exponiendo la parte inferior del abdomen y esa sexi V que tienen algunos chicos. Intento no mirar. Lo intento con todas mis fuerzas.

—Tú y Charlie podéis dormir en las camas. Yo me quedaré en el sofá.

—¿Qué? —pregunto mirando las dos camas grandes—. No seas tonto. Charlie y yo podemos compartir la cama. La hemos compartido muchas veces cuando nos quedamos a dormir la una en casa de la otra.

Jamie coge el mando a distancia de la tele y se encoge de hombros:

—Como quieras. No me importa.

Me siento en la cama, pero la gabardina hace un sonido ofensivo y me vuelvo a levantar.

—Me voy a cambiar. Esta gabardina será alucinante, pero no resulta muy cómoda.

—Guay. Buscaré algo que podamos ver. ¿Quieres comer algo? Podríamos llamar al servicio de habitaciones.

El estómago me ruge en cuanto menciona la comida:

—Sí. Rotundamente sí.

Coge la carta, que está sobre la mesa de café.

—Yo tomaré...

—Déjame adivinar —dice con una sonrisa torcida—: sándwich vegetariano con patatas fritas y extra de kétchup.

Ladeo la cabeza mirándolo:

—Sí, y una...

—Coca-Cola. Aroma vainilla, si tienen.

Me cruzo de brazos:

—¿Cómo demonios lo sabes todo?

Se ríe:

—Es lo que pides siempre en los hoteles.

—Eso lo sé yo, pero ¿cómo es que lo sabes tú?

—Porque tú me lo dijiste. Hace como un año, después de que fueras en ese viaje a Sydney con tu madre y tu hermana.

—Ah —digo—. No sé si quedarme impresionada o preocupada de que te acuerdes.

—Impresionada —dice—. Totalmente impresionada.

Niego con la cabeza y cojo mi maleta, dirigiéndome al baño.

Cuando salgo, me siento tan cómoda que me parece estar flotando. Me he puesto unas mallas sueltas y una vieja camiseta de *Jurassic Park* que me regalaron unas Navidades.

Jamie está tendido en la cama, con un brazo detrás de la cabeza y el otro sujetando el mando a distancia. La boca se le alarga en una sonrisa:

—Mira lo que están poniendo.

Me vuelvo hacia la tele y veo la cara blanca como la nieve de la Reina de Firestone. Ahogo un grito:

—*¡Firestone 1!* —Doy una palmada y me pongo a saltar—: ¡Bien!

—Ven a sentarte conmigo —dice—. El servicio de habitaciones está de camino.

Me subo a la cama, me tumbo a su lado y lanzo un suspiro:

—Mira esto —digo señalando con un gesto la habitación—. Estamos en una habitación de hotel de campanillas. Mi reina está saliendo en la tele. El sándwich está de camino. Y nos quedan por delante dos días más de alucinante SuperCon. No podría ser mejor.

Él me mira, curvando los labios en una sonrisa insegura.

—Estoy de acuerdo.

Me siento en la cama, con los ojos fijos en la tele:

—¡Esta es mi parte favorita!

Jamie y yo empezamos a citar las frases, imitando lo mejor que podemos a la Reina de Firestone.

—«Yo soy reina —decimos, con expresión ardiente y la voz baja—. Y no perderé dos veces».

Me llevo las manos al pecho y me dejo caer hacia atrás, sobre la almohada.

—No me puedo creer que no conociéramos ayer a Skyler. ¡Faltó tan poco!

—Lo sé. Estoy destrozado.

—La palabra «destrozado» se queda muy corta. Yo estoy segura de que esto me va a marcar de por vida —digo con una sonrisa, aunque no estoy bromeando. Perder mi oportunidad de conocer a Skyler es desgarrador. Sentía como si todo mi futuro dependiera de ello y ahora estoy perdida.

Jamie frunce la frente:

—No pasa nada. Tendrás otra oportunidad. Tal vez venga a Australia para el estreno de *Firestone 5*.

Se me despiertan esperanzas:

—¿Tú crees?

Él asiente con la cabeza.

—Podría ser. Tiene que hacer un viaje a Australia. ¿Qué me dices a esto? —Se coloca de costado y se apoya en el codo, mirándome desde arriba—: La próxima vez que venga a Australia, tú y yo viajaremos a la ciudad en la que esté y acamparemos en la cola para ser los primeros en verla. ¿Qué te parece?

Asiento con la cabeza, emocionada:

—Eso suena magnífico.

—Vale —dice sonriendo—: Es una cita.

Empiezan a salir los créditos, pero yo no miro la tele. Estoy mirando a Jamie.

Y él me mira a mí, justo a los ojos.

Estamos a unos centímetros uno del otro. Si él dejara caer un poco la cabeza, nos estaríamos besando. Si dejara caer un poco la cabeza.

Trago saliva con esfuerzo. No me siento preparada para lo que pueda suceder. Pero no quiero impedirlo.

Un golpe fuerte en la puerta me hace dar un salto e interrumpe nuestra mirada.

Jamie sale de la cama y se va hacia la puerta, murmurando algo sobre la sincronización. Yo me siento en la cama y cruzo las piernas, intentando decidir si hemos estado a punto de darnos un beso o no se trataba más que del viejo reto de aguantar la mirada.

—Ya la cojo. Gracias, hombre —dice Jamie en la puerta. Trae la bandeja de comida y la posa al final de la cama. La habitación se llena del olor de las patatas fritas, haciendo que mi estómago ruja de impaciencia. Jamie se coloca una servilleta de tela en el brazo y levanta la campana, descubriendo mi sándwich.

—Señora, la cena está servida.

Me pongo de rodillas e inclino la cabeza:

—Le quedo muy agradecida, caballero.

Abro mi lata de Coca-Cola y él se coloca en la cama junto a mí, metiéndose una patata frita en la boca. El teléfono empieza a sonar y corre al sofá para buscarlo.

—Es mi madre —dice antes de responder.

Aprovecho la ocasión para mirar el Tumblr.

**REINADEFIRESTONE:**
El día de hoy ha sido raro. Muy raro.

Sé que estáis todos pendientes de mí, esperando mis actualizaciones, fotos y noticias. Y prometo que lo enviaré todo, pero justo ahora necesito descansar. Tengo que recuperarme del día de hoy, así que lo haré todo mañana. Cualquiera que me conozca sabe que tengo tendencia a exagerar a veces, sobre todo cuando estoy emocionada por algo. Porque me implico al máximo. Y si no tengo cuidado, me agotaré antes de que acabe el primer día. Supongo que podríais decir que necesito racionar mis energías. En cualquier caso, espero que lo entendáis.

Repasemos todo lo asombroso del día uno:

—¡Estoy viviendo mi sueño de viajar a la SuperCon! Nunca se me olvidará que he venido AQUÍ.

—He salido en la tele vestida con mi *cosplay* de Reina de Firestone, que le ENCANTA a todo el mundo, por cierto. Todas las horas que he pasado trabajando en él y vertiendo en él sangre, sudor y lágrimas de verdad han valido la pena.

—He estado «a punto» de conocer a Skyler. Le vi el pelo, amigos. He estado en la misma sala que ella. Estoy desolada porque no he llegado a conocerla, pero intento ver el lado positivo. No la llegué a ver, pero me acerqué a ella más que nunca. Eso cuenta, ¿no?

—He reconocido mis propios signos de pánico y he hecho lo necesario para calmarme. Esto es un gran progreso. Hace un año no habría podido hacerlo. Lo tomo por una victoria, decididamente. También me he acordado de tomar mis medicinas, algo que me preocupaba olvidar con todo el follón del viaje. ¡Así que bien!

—Han ocurrido otras cosas, pero noto mi mente muy cansada, así que voy a apagar.

—¡Seguid igual de maravillosos!

#NORMASSuperCon #RaroBueno #FirestonerCosplay

Lo publico y dirijo mi atención al sándwich, captando algo de la conversación de Jamie:

—¿Ya...? —dice dando unos pasos junto a la cama—. Vale. Sí, ábrelo.

Hay una larga pausa, y después oigo gritos de emoción al otro lado del teléfono. Jamie sonríe y se pasa una mano por la cara, de arriba abajo.

—¿En serio? —Suelta una risa campechana.

Le doy un mordisco al sándwich y lo observo con curiosidad. Él me mira, sonriendo de oreja a oreja.

—Vale. Sí. Mamá, tengo que irme. Vale. Adiós.

Termina la llamada y deja caer el móvil sobre la cama sin dejar de sonreírme.

—¿Qué? —pregunto, con la boca llena de pan y verdura.

—Ha llegado una carta de la Universidad de California, Los Ángeles. Me han aceptado para el curso que viene antes de lo que esperaba.

Trago el bocado:

—¿De verdad?

Lo miro fijamente con la boca abierta. Él asiente con cara de emoción.

—¡Es increíble! —Dejo caer mi sándwich en el plato y salto de la cama. Corro a abrazarlo y él me aprieta fuerte.

—¡No me lo puedo creer! —dice.

Apoyo la cabeza en su pecho.

—Yo ni siquiera sabía que te pudieran mandar una carta de aceptación tan pronto. —Debería saberlo, teniendo en cuenta que yo también hice la solicitud, como parte de nuestro plan de irnos los tres a Los Ángeles.

—¡Ah, sí! —Se aparta y se frota la nuca—. Yo no pensaba que me fueran a aceptar. Te he contado que mis padres fueron allí, ¿no? Siempre me han hablado de que un día iría yo también. Ahora están alucinando.

Empiezo a asimilar lo que esto significa. Está ocurriendo. Ya casi llega la hora de dejar el instituto, dejar Melbourne y empezar en otro sitio.

—La Universidad de California. ¡Eres el primero en saber con seguridad que vas a venir a estudiar a Estados Unidos!

—Eso parece. —Sonríe.

Me siento en la cama y me froto los muslos con las manos.

—No te preocupes —dice—. A ti también te cogerán. Y Charlie se dedicará a lo suyo. Será estupendo.

Muevo la cabeza despacio de arriba abajo.

—Sí, claro.

Nos quedamos callados uno o dos minutos. Quiero alegrarme por él y, en realidad, estoy alegre, pero no puedo negar que también me pone nerviosa.

Sabía que llegaría este momento. Durante todo este curso, la gente no ha hablado más que de la graduación, la universidad y el futuro.

Pero creí que este momento en particular no llegaría hasta dentro de seis meses al menos. No tenía que suceder todavía. Todavía se supone que tenemos tiempo.

Se oye la puerta y Charlie entra corriendo en la habitación, sacándonos de pronto de nuestros pensamientos.

—¡Aaaah! —susurra—. ¿Huelo patatas fritas?

—¡Ey! —Me levanto y la saludo con la mano. Ella señala mi plato y se frota la barriga. Yo me río.

—¡Adelante!

—¡Gracias! —dice ella cayendo sobre la cama—. Me muero de hambre.

Le da un mordisco a una patata frita:

—Jamie, ¿estás bien? Siento mucho lo de Reese.

Me levanto de un salto:

—¡El hielo!

Corro al minifrigorífico y saco un poco de hielo, lo envuelvo en una toalla pequeña y me voy aprisa hacia Jamie. Se lo pongo en la cara, apretándolo suavemente contra la mejilla.

Él me observa mientras le responde a Charlie:

—Estoy bien. Pero de verdad, de verdad, odio a ese tío.

Siento escalofríos por el cuerpo cuando me mira a los ojos, haciéndome sentir demasiado expuesta. Le doy el hielo y me vuelvo hacia Charlie.

—Reese es el mayor gilipollas del mundo. Pero tú no te tienes que disculpar, Charlie.

Ella da otro mordisco.

—¿Qué pasó? Estabais todos hablando y, de pronto, veo a Reese tirado en el suelo.

Hago un gesto de desdén con la mano, porque de verdad tengo ganas de olvidar lo ocurrido:

—¿Qué más da? Decía bobadas.

—Como de costumbre —añade Jamie.

Charlie se estremece:

—No os lo vais a creer —dice tragando la patata—. Pero me ha dicho que quiere volver.

—¿Qué? —pregunta Jamie como si pensara que no ha oído bien.

—¡La hostia! —digo yo, segura de que he oído bien, pero incapaz de procesarlo.

Charlie asiente con la cabeza:

—Sí. Quiere que volvamos.

—¿Y tú le has dicho...? —Arrastro la última palabra, aguzando unos ojos fijos en ella.

—¡Que no! Por supuesto que he dicho que no.

Respiro aliviada.

—¡Menos mal!

Jamie se pasa las yemas de los dedos por la barba que le asoma en la mandíbula. Parece completamente confuso.

—¿Cómo se le podía ocurrir que tú pudieras considerar siquiera esa posibilidad?

Charlie niega con la cabeza:

—Creo que estaba borracho. En cualquier caso, en cuanto se acabe este fin de semana, no quiero volver a tener nada que ver con él. Solo quiero venir a Los Ángeles con vosotros, rodar la secuela y olvidarlo para siempre.

—Hablando de venir a Los Ángeles... —digo, señalando hacia Jamie con un movimiento de las cejas.

Charlie ladea la cabeza:

—¿Qué?

Le doy a Jamie con el hombro:

—Díselo.

Le cuenta lo de la universidad, y ella lanza un grito de alegría. Con la sonrisa en la boca, me levanto y entro en el baño mientras ellos lo celebran. Cierro la puerta y me inclino sobre el lavabo, mirando mi reflejo.

—No pasa nada —susurro para mí—. Estarás bien. Es bueno para ellos. A ti también te aceptarán. —Respiro hondo—. No te quedarás atrás.

Me paso las manos por el pelo, como ausente, acariciándome la parte afeitada para sentir el pelo que asoma y raspa. Me obligo a sonreír a mi reflejo, intentando alegrarme, pero termino analizándome. Intento no hacerlo, pero es difícil, cuando ya me siento baja de moral.

Pienso que soy eso a lo que la gente se refiere como curvilínea, pese a que no tengo realmente cintura. Pero tengo barriga. Y tetas. Y caderas. Y muslos. Y una leve papada doble que me da vergüenza e intento disimular en las fotos ladeando la cabeza de un cierto modo. Siempre he sido de las «rellenitas». Pero de niña casi nunca pensaba en mi aspecto, porque estaba demasiado ocupada haciendo castillos de LEGO y jugando con la consola. Después empecé en el instituto y todas las chicas a mi alrededor empezaron a hablar sobre dietas y a pellizcarse la barriga para comparar michelines unas con otras. A mi alrededor, todas las chicas se convertían en adolescentes bien torneadas mientras yo me redondeaba aún más. El instituto y la televisión empezaron a avergonzarme de mi cuerpo, y yo podría haberme hundido en el desprecio a mí misma, pero entonces conocí a Charlie. Charlie es de todo menos insegura. Al principio me intimidó su personalidad franca y su confianza en sí misma nivel Beyoncé, pero ella me tomó bajo su protección, y no tardé en darme cuenta de que es dulce, bondadosa y muy protectora de aquellas personas que le importan.

El primer día de séptimo, el profesor me sentó junto a ella. Ella me dirigió una sonrisa y se presentó, y yo no abrí la boca. La clase estaba a punto de empezar, pero alguien llamó a la puerta. Una mujer dio un golpecito en el cristal y sonrió mirando hacia nosotras. Era su madre, sonriendo y saludando con la mano y volviendo a saludar de orgullo. Abrió la puerta una rendija y le susurró algo a Charlie en mandarín, y Charlie se levantó de un salto, susurró algo en respuesta y cerró la puerta. El profesor le preguntó si todo estaba bien, y Charlie explicó que su madre solo quería verla en el aula su primer día de secundaria. Recuerdo que me sentí muy avergonzada por ella en aquel momento, pero ahora la cosa me parece encantadora.

Cuando volvió a sentarse a mi lado, yo reuní valor, me incliné hacia ella y susurré:

—¿Estás bien?

Ella sonrió y dijo:

—Estoy bien.

Otra chica, en nuestra mesa, la miró fijamente con ojos muy abiertos, espantados:

—¿No te da vergüenza?

Charlie le dirigió una mirada socarrona:

—No. ¿Por qué? Mi madre está orgullosa de mí. Nunca me avergonzaría por eso.

Se rio, y yo me reí con ella.

Nos hicimos inseparables. Empezamos a pasar noches la una en casa de la otra. En su casa, espiábamos a sus dos hermanas mayores, y en la mía veíamos películas toda la noche. Me dio un curso intensivo sobre las maravillas de la actividad *online* de los fans y de los videojuegos. Y siempre sabía qué *youtubers* había que ver.

Siempre la he comparado con un fuego: imparable, moviéndose constantemente hacia donde quiera que la lleve el viento y lanzando chispas adondequiera que va. Y frente a ella me encuentro yo: la chica aquejada de preocupaciones y ansiedades, la proverbial aguafiestas. Tendemos a equilibrarnos la una a la otra bastante bien.

No me entendáis mal: no es eso solo. Como le pasa a todo el mundo, lo que somos no está grabado en una piedra. A veces soy yo la que parece un fuego, cuando quiero.

Una vez, cuando Charlie y Reese empezaban a tener problemas, yo me planté por ella. Charlie y yo estábamos en su habitación viendo uno de los vídeos de Alyssa. Alyssa estaba entrevistando a una bloguera feminista muy popular sobre algo llamado interseccionalidad. Reese entró cuando la bloguera empezaba a hablar sobre bisexualidad y gruñó. Charlie cerró el ordenador y le preguntó qué pasaba.

—Yo no soy homófobo, no te creas —dijo levantando las palmas de las manos—. Estoy a favor del matrimonio gay y todo eso, pero ¿bisexualidad? No me creo que eso sea real.

Contuve el aliento, porque conocía algo sobre la sexualidad de Charlie desde hacía años. Charlie se levantó y se cruzó de brazos:

—¿Qué quieres decir?

Él se encogió de hombros y se echó despatarrado sobre la cama de ella como si yo no estuviera allí.

—No creo en los bisexuales.

—¿Qué quieres decir con que no crees en los bisexuales? No son criaturas mitológicas —dije yo—. Son gente real, igual que tú.

Él se retorció de pura incomodidad, y Charlie lanzó un suspiro y le dijo:

—Reese, yo soy bisexual. ¿Tú crees en mí?

Él se incorporó en la cama y la miró como si de repente estuviera viendo una persona completamente diferente.

—¿Tú...? Pero tú estás conmigo...

—¿Y...? Sigo siendo bisexual.

La miró aguzando la vista, y se quedaron un rato callados, como si cada uno estuviera esperando que el otro se disculpara. Me preguntaba si debería salir de la habitación, pero estaba demasiado asustada para moverme. Cuando por fin Reese dijo algo, hubiera preferido que no lo dijera:

—Pero ¿cómo puedes saber que eres bisexual? ¿Alguna vez has estado con una chica?

Vi la frustración inscrita en la cara de Charlie y me decidí a hablar:

—¿Tú cómo supiste que eras hetero antes de estar con una chica, Reese?

Abrió completamente los ojos y saltó de la cama:

—Mira, como he dicho, estoy a favor de la igualdad y de los derechos de los gays y todo eso. No voy a decir más. —Y salió de la habitación.

Charlie se dejó caer en la cama enfurruñada.

—Está a favor de la igualdad, pero ni siquiera cree que exista la bisexualidad. —Se frotó con los dedos el espacio entre las cejas como si tuviera dolor de cabeza—. No se puede elegir qué igualdad apoya uno. Eso no es igualdad —dijo en voz baja, como hablando consigo misma.

—¿Estás bien? —pregunté, preocupada por el modo en que Reese parecía penetrar en su cabeza y hacerla dudar de sí misma.

Ella asintió con la cabeza, abrió su ordenador y le dio al *play* en el vídeo. No volvió a mencionarlo nunca. Seis meses después, ella y Reese rompieron.

Oigo abrirse y cerrarse la puerta de nuestra habitación del hotel, así que me arreglo un poco y salgo. Cuando lo hago, Charlie ha salido y Jamie está sentado contra el cabecero, con el plato en el regazo, dándole un mordisco a la hamburguesa.

—¿Dónde está Charlie?

—Mandy la ha llamado para que fuera a su habitación para preparar la charla de mañana. Tendríamos que llevar a esa chica al Proyecto Leda para que puedan clonarla; de esa manera podría atender a la prensa y le quedaría tiempo para pasarlo con nosotros.

Me río y me siento en la cama para terminarme el sándwich.

—Cómo mola todo, ¿verdad? Los tres viniéndonos a Los Ángeles...

—Sí, es alucinante. —Jamie me está observando. Lo noto—. Pero también un poco triste.

Vuelvo la cabeza hacia él de repente, y él aparta la vista para dirigirla a su plato.

—Quiero decir —dice—, dejar la casa, alejarse de la familia. Y siempre da miedo empezar en la universidad, y más aún en un sitio nuevo.

Suspiro, aliviada:

—¿Tú también piensas eso?

Él levanta las cejas:

—Por supuesto. Me dio mucho miedo mudarme a Melbourne y empezar en un instituto distinto, y ahora me vuelve a ocurrir. Los últimos cuatro años han sido divertidos, así que fastidia un poco pensar que todo va a cambiar.

Abro mi sándwich, corto un trozo de pan y lo hago una bola antes de metérmelo en la boca. Estamos sentados en silencio, comiendo nuestras patatas fritas y viendo la tele. Me quedo mirando a la pantalla y pienso en nosotros. Jamie apareció en noveno curso, dos años después de que Charlie y yo nos hiciéramos amigas íntimas, y nos convertimos enseguida en un trío de amigos.

Empecé a enamorarme de él en cuanto lo vi, en su primer día de instituto, cuando vino de Seattle. Él estaba leyendo el primer libro de la Reina de Firestone, sentado en los escalones una mañana antes de clase. Llevaba un gorro de lana de color burdeos y una camiseta de *La Guerra de las Galaxias*, y me quedé prendada. Él no habló conmigo hasta uno o dos meses después. Oí su acento americano y me enamoré. Me imaginé casándome con él y yendo a vivir a Estados Unidos, justo entre el letrero de Hollywood y el Empire State (a los catorce años, la geografía no era mi punto fuerte), donde viviríamos felices para siempre.

Pero la cosa no se desarrolló exactamente de ese modo.

Aparte de aquella rara no-cita, no ha sucedido nada ni siquiera levemente romántico entre nosotros. Pero sí descubrimos nuestra afición común por las películas de ciencia ficción, los libros de *Firestone* y Nintendo y nos hicimos amigos al instante, y lo hemos seguido siendo desde entonces. En las películas, el cambio de centro educativo lo cambia todo. Se rompen las parejas, cambia la gente, los amigos dejan de salir juntos...

Los amigos... dejan... de salir... juntos...

Eso es lo que de verdad me da miedo.

Recuerdo lo que dije antes: «No podría ser mejor». Con todo a punto de cambiar, quizá nunca lleguemos a estar mejor que ahora. Estoy empezando a comprender lo importantes que son para mí estos dos raros. De vez en cuando, miro a Jamie. Todos estos años, he pensado que un día seríamos más que amigos. Parecía imposible e inevitable al mismo tiempo. Pero ahora está dolorosamente claro que no sucederá nunca.

Cuando hacer amigos es lo más duro del mundo para una, no lo arriesga todo diciéndole a uno de ellos que está enamorada de él.

# 12

# CHARLIE

EL SONIDO DE «WHO RUN THE WORLD?» DE BEYONCÉ ME DESpierta a las nueve de la mañana. Aprieto la cara contra la almohada y saco una mano, buscando por la mesita de noche para apagar la alarma. Le doy a «dormir un poco más» y me doy la vuelta, pero me incorporo en la cama cuando veo a Jamie y a Taylor durmiendo en la misma cama. La habitación estaba tan oscura cuando entré de noche que no lo vi y di por sentado que Jamie estaba en el sofá.

Deben de haberse dormido viendo la tele mientras yo estaba con Mandy. No puedo dejar de sonreír al ver lo monos que están, mirándose el uno al otro, lo bastante cerca como para tocarse pero sin llegar a hacerlo. Eso resume perfectamente su relación: los dos queriendo estar cerca, pero no lo bastante cerca como para que se note lo que realmente sienten el uno por el otro.

Cojo mi almohada y se la tiro a los dos para despertarlos. Aterriza en la cabeza de Taylor, pero ella no rebulle. Jamie se frota los ojos y le levanta la almohada de la cabeza. A continuación, me la lanza a mí de vuelta, pegándome en plena cara. Yo me caigo en la cama, riéndome.

—¡Tíos! —digo—. ¡Despertad! Tengo la mañana libre antes de la charla. ¡Vamos a hacer algo!

Jamie se apoya sobre un codo:

—¿Algo como qué?

Taylor despierta entonces, gruñendo y murmurando algo sobre seguir durmiendo. Yo salto de mi cama y me meto en la de ellos:

—Vamos, casi no hemos tenido ocasión de estar juntos hasta ahora.

Taylor abre los ojos, y yo le pongo mi mejor mohín. La hago reír.

—¿Qué quieres hacer? —pregunta bostezando, y yo sonrío.

Una hora después, estamos duchados, alimentados y cafeinados, y vamos explorando los pasillos de la SuperCon. Solo llevamos unos minutos por allí cuando Taylor me agarra el brazo con ambas manos y me lo aprieta tanto que tengo miedo de que me lo arranque.

—Charlie —susurra ella, con unos ojos más abiertos que su sonrisa—, ¡mira! —Señala a la multitud.

A través de la ventana que da a la calle, veo algo dorado y brillante y más grande que mi casa.

—¿Eso es...?

Taylor asiente tan rápido que me recuerda a un muñeco cabezón.

—¡Un castillo hinchable de la Reina de Firestone! —Ella se vuelve en busca de Jamie, que está examinando un estuche de Naruto en la caseta de Viz Media. Le da con la mano entre las costillas y sonríe—: ¡Mira, Jamie!

Él mira donde ella le indica y se ríe al verlo:

—Te acabas de morir y has llegado al paraíso, ¿a que sí?

Ella asiente otra vez frenéticamente:

—¿Vienes?

—No... Más tarde. Ahora voy a entregarme a mi propia versión del paraíso: ¡manga y anime!

—¡Que te diviertas! —dice Taylor cogiéndome del brazo y tirando de mí para salir a través de la multitud.

Cuando nos ponemos a la cola, noto que los dos chicos adolescentes que tenemos delante se dan la vuelta para mirarme. Al principio pienso que solo están admirando mi camiseta de Ms. Marvel, pero entonces uno se vuelve completamente y pregunta:

—¿Tú eres Charlie Liang?

Me quedo un momento paralizada, intentando recordar dónde los he conocido. Me doy cuenta de que me reconocen por mi trabajo y sonrío henchida de orgullo.

—¡Sí! ¡Lo soy! ¿Habéis visto *El levantamiento*?

Su amigo le da con el codo en el costado:

—¡Te dije que era ella!

El primer chico me dirige una sonrisa avergonzada:

—No te había reconocido porque llevas el pelo muy diferente. No, todavía no hemos visto *El levantamiento,* ¡pero vamos a ir la semana que viene y tenemos muchas ganas!

Me tiende la mano:

—Soy Eric, y este es mi novio, Jayesh.

—Vemos tu canal todo el tiempo —añade el segundo chico cuando le doy la mano.

—¡Qué guay! ¡Gracias!

Presento a Taylor justo al mismo tiempo que llega Jamie.

—¿Vas a hacer algún *vlog* mientras estás aquí? —pregunta Jayesh.

La cola avanza:

—Espero que sí. Puede que haga uno conjunto con una *youtuber* famosa.

Ponen los ojos como platos:

—¿Con quién? —preguntan al unísono.

Les digo que no debería decirlo, y ellos empiezan a recitar nombres. Cuando llegan al de Alyssa Huntington, yo pongo mi mejor cara de póker, pero fracaso estrepitosamente.

—¡Ay, Dios mío! —dice Eric—. ¡La adoro! ¡Una colaboración entre las dos sería lo más!

Me llevo el dedo índice a los labios y sonrío:

—No se lo digáis a nadie. Todavía no hay nada oficial.

Eric se lleva una mano al corazón:

—Tu secreto está a salvo con nosotros.

Los cinco charlamos mientras esperamos. Después, me hago unos selfis con ellos y, antes de que nos demos cuenta, estamos subiendo al castillo.

Dentro está oscuro y nos desorientamos. Taylor me coge de la mano. Jamie se lanza hacia delante, botando tan fuerte que nos lanza al aire. Eric y Jayesh rebotan junto a nosotros cogidos de la mano. Entonces, Jamie sale volando hacia nosotras, aunque no nos da por un centímetro. Aterriza de cara. Taylor se agacha para ayudarle a levantarse, y todos nos reímos con tantas ganas que no conseguimos hablar. Los tres saltamos en corro, cogiéndonos de las manos y girando demasiado aprisa para unas personas que acaban de desayunar. Noto que Taylor cada poco suelta mi mano para bajarse la camiseta y espero que no le esté dando demasiada vergüenza. Pero la sonrisa de su rostro me dice que, aunque le dé vergüenza, se lo está pasando genial. Mientras todo resulta emborronado a mi alrededor, creo ver una cara familiar fuera, entre la multitud. Estoy tan distraída que pierdo pie y me caigo de culo, con la cabeza aún dándome vueltas.

Alargo la mano y le doy a Taylor una palmada en el muslo:

—Eh, ¿tengo alucinaciones o esa es...?

Ahoga un grito y cae de lado, intentando recuperar la respiración.

—¡Alyssa... Huntington... está ahí fuera! —Jamie se sienta a su lado, riéndose todavía—. Alyssa Huntington está justo ahí —dice—. Nos está mirando.

Está lejos, pero me ve. Lo veo en su sonrisa.

—Seguramente debería saludarla o algo, ¿no?

Taylor y Jamie asienten con la cabeza, así que la saludo con la mano. Alyssa responde y Taylor lanza un chillido:

—¡Sal, qué coño! —dice Taylor.

—No —digo—. Estamos pasando un rato juntas. Además, tengo que ir a hacer la charla en cinco minutos, más o menos.

Jamie se levanta temblequeante y empieza a rebotar tan cerca de mí que me eleva en el aire.

—Pienso seguir haciendo esto hasta que salgas a hablar con ella.

Taylor se ríe y se une a él para echarme del castillo.

—¡Vale! —digo—. Me voy, me voy. Os veo después de la charla.

—Guay —dice Taylor, que sigue acercándose todavía más para expulsarme—. ¡A por ella!

Alyssa dice algo a su representante cuando me aproximo. El representante asiente con la cabeza, y Alyssa da unos pasos para venir a mi encuentro.

—Ey —dice con una sonrisa seductora—. Parece que te lo pasas bien.

Apunto con el dedo hacia el castillo:

—Tendrías que entrar: es como volver a ser niña.

—Me gustaría, pero voy de camino a un encuentro con fans. —Mira a su representante, que hace un gesto mostrando el reloj, y ella asiente con la cabeza—. ¿Quieres venir? —dice sin darle importancia, pero el modo en que me mira y aguarda mi respuesta me hace pensar que no hay nada de indiferencia en la invitación.

Arrugo la frente y me meto las manos en los bolsillos:

—No puedo, lo siento. Tengo una charla sobre *El levantamiento* enseguida. De hecho, tendría que estar dirigiéndome ya a la sala verde.

Mueve los hombros como diciéndome que lo comprende:

—Eso está bien.

Quiero verla otra vez como sea, así que me olvido de mis nervios y añado:

—Pero después estoy libre, si todavía quieres hacer la colaboración.

Una amplia sonrisa se extiende por su rostro:

—Me encanta la idea. —Su representante se acerca y le da una palmada en el hombro. Ella recula un paso—: Te pongo un mensaje.

Suelto un suspiro de felicidad:

—Vale, bien. ¡Hasta luego!

Ella me guiña un ojo:

—Tengo muchas ganas.

Observo cómo se aleja, mientras mi cabeza reproduce una y otra vez aquel guiño tan sexi.

Tomo asiento ante la larga mesa, impresionada porque quien fuera el que hizo la placa con mi nombre logró escribirlo sin ninguna falta de ortografía. Sonrío y saludo con la mano a los asistentes, mientras ellos nos aplauden.

Los asistentes se quedan en silencio y el moderador empieza el coloquio. Tim Richards, el director de *El levantamiento* y su próxima secuela, está sentado a mi lado. Se supone que Reese tenía que estar aquí, pero Mandy me dijo que no se encuentra bien. A la audiencia le han dicho que tiene otro compromiso, pero en realidad está durmiendo la mona. Da igual el motivo: el caso es que me alegro de que no esté aquí.

Sentada en este escenario, delante de todos estos fans, me siento honrada y completamente sobrepasada por la situación.

«Trata de mostrarte *cool*», pienso.

La primera pregunta va dirigida a Tim:

—¿Es verdad que habrá una secuela?

—Sí.

El público aplaude durante, lo menos, treinta segundos. Cuando se apagan los aplausos, Tim prosigue:

—Nos emociona anunciar que habrá secuela. Ya he leído el guion y estoy entusiasmado.

La segunda pregunta es para mí, y no dan rodeos para llegar al tema que está en la mente de todo el mundo:

—Charlie, ¿tanto tú como Reese volveréis a trabajar en la secuela, aunque ya no seáis pareja?

Sonrío para disimular mis nervios:

—Yo volveré a trabajar en la secuela, pero Reese no.

Tengo la impresión de que la moderadora quiere que diga un poco más, pero me callo. Tim se inclina hacia delante:

—Supongo que todos los presentes han visto *El levantamiento*, pero, si no es así, estoy a punto de destripar el final, así que tapaos las orejas los que no lo habéis visto. —Entonces, hace una pausa, para dar tiempo a que unos pocos se tapen los oídos—. El personaje de Reese, Will, muere al final de la primera entrega. No va a volver, ni zombi ni de ningún otro modo.

Se oyen algunas risitas entre el público. La moderadora pasa a la siguiente pregunta, que es para mí:

—¿Qué piensas de todos los fans que siguen apoyando con tanta devoción la pareja que formabais?

Me muerdo el labio inferior y me muevo incómoda en la butaca:

—Me conmueve que los fans se preocupen tanto por nosotros. Compartimos con los fans mucho de nuestra relación, y los fans conectaron con la pareja que formábamos. Muchas personas se sentían parte de Chase, cosa que comprendo, porque yo también he sentido lo mismo con respecto a otras parejas famosas. Pero, cuando rompimos, me sorprendió ver que algunas personas se sentían muy afectadas. Los había que subían vídeos a YouTube de sí mismos llorando. Resultaba duro de ver. —Me aclaro la garganta—. Pero espero que todo el mundo pueda superarlo, porque yo soy realmente feliz. Y no es ningún secreto que Reese también lo ha superado muy bien.

La audiencia se ríe. Tal vez no debería haber dicho eso.

Justo entonces, veo a Alyssa asomando la cabeza por la puerta reservada al personal, en la parte de atrás de la sala. Sonríe y me saluda con la mano antes de volver a desaparecer.

Su aparición es tan rápida que me pregunto si me lo he imaginado, pero entonces empieza a vibrar mi teléfono en la mesa y veo un mensaje.

**Alyssa:** No me podía quedar porque iba de camino a otro encuentro. Estás muy guapa ahí. Los focos te favorecen ;) Estoy libre en una hora si quieres hacer esa colaboración. Hotel Hilton, habitación 546.

De no ser porque estaba en un escenario delante de más de mil personas, me habría puesto a dar saltos de alegría.

13

# TAYLOR

UNOS DIEZ MINUTOS DESPUÉS DE QUE SE VAYA CHARLIE, JAMIE Y yo bajamos del castillo hinchable, agotados pero llenos de esa energía que proporciona el reírse con ganas.

—¿Y ahora adónde vamos? —pregunto, mirando la calle abarrotada.

—Por aquí —dice—. Hay algo que te quiero enseñar. —Me lleva de vuelta al salón principal y después pasamos muchos pasillos hasta que llegamos al final—. Esto lo vi antes, cuando estudiaba el mapa de la SuperCon. Ponte aquí y cierra los ojos.

Delicadamente, me tapa los ojos con sus manos y me gira. Su contacto me hace cosquillas en el corazón. Aparta las manos:

—Abre los ojos.

Los abro y veo un pasillo estrecho y en curva lleno de gente.

El arco de la entrada dice, en letras cursivas doradas: «CALLEJÓN DE FIRESTONE».

Chillo. Decido, en este momento, no volver a contener mis chillidos de emoción.

—¡Es flipante! Leí sobre esto en el blog de la SuperCon de la semana pasada. Es aún mejor de lo que imaginaba. ¿Quieres entrar? —le pregunto con ojos muy abiertos e implorantes.

Sus labios se alargan en una sonrisa:

—¿Que si quiero pasar las próximas cinco horas viéndote mirar con la boca abierta todas las maravillas que habría ahí? Por supuesto, cómo no. —Me da con el codo—. ¡Claro que sí! ¿Por qué te crees que te he traído hasta aquí?

Vuelvo a chillar. Me borro la sonrisa de la boca y pongo cara seria:

—Ven conmigo si quieres comportarte como una fan —digo imitando lo mejor que puedo la voz de Arnie y, después, me río de mi propio ingenio histérico.

Jamie niega con la cabeza y se ríe:

—Vale, Taylornator. Solo prométeme que no te meterás una sobredosis de chismes de la Reina de Firestone —se burla—. Porque no sé cómo se hace la reanimación cardiopulmonar.

Le cojo la mano y tiro de él hacia el Callejón de Firestone.

—No prometo nada.

Pasar por debajo del arco es como entrar por un portal en otro mundo: en mi mundo favorito.

—¡Es como si estuviéramos en Everland! ¡En el mercado del pueblo! —Doy una palmada y empiezo a caminar despacio por entre los puestos, queriendo empaparme de cada cosa. Todo es tan bello que no sé ni dónde mirar primero. Dos niñas se enzarzan en una lucha de espadachines delante de un puesto que vende dagas, espadas y armaduras de *cosplay*.

—¡Yo soy la única reina verdadera! —grita una de ellas.

—¡Nanay! —responde la otra—. ¡Soy yo!

Me detengo ante una mesa llena de bisutería de plata y piedras semipreciosas y cojo las que brillan más.

—¡Taylor! —grita Jamie, y yo miro alrededor y lo veo asomar la cabeza por un estante de ropa, al otro lado del callejón—. ¡Aquí hay un tesoro!

Corro hacia allí, muerta de ganas de encontrar docenas de camisetas de *Firestone* de mi tamaño. Después de mucho revolver y tratar de decidir, me decanto por tres: dos camisetas negras con la Reina de Firestone y una camiseta de manga larga en la que pone «SKYLER ES MI VERDADERA REINA».

Miro mi cartera, tratando de ver cuánto puedo gastarme:

—Menos mal que dejé sitio en mi maleta para las compras.

Seguimos andando de un lado al otro del callejón durante otra hora hasta que tenemos tanta hambre que las tripas nos rugen por encima del ruido de toda la gente. De camino a la cafetería, Jamie me detiene:

—Mira, Taylor —dice, indicando con un movimiento de la cabeza la sección de cómics. Veo cómo se emociona.

—Vamos a echar un vistazo —digo, sabiendo que los cómics son para él lo que los libros son para mí. Nos vamos derechitos al pasillo más próximo y, al instante, se queda atrapado en el puesto de Marvel. Yo avanzo un poco más hasta el Callejón de los Artistas. Veo a una chica conocida que está sentada, en silencio, detrás de una mesa cubierta con una colorida selección de novelas gráficas y me acerco para echar un vistazo.

La chica me mira un momento, nerviosa, y entonces sonríe:

—Hola.

—¡Ey! —digo, recordando de repente quién es—. ¿Te acuerdas de mí? ¿Taylor? Te guardé el sitio en la cola para que nos firmara Skyler.

Se le alegran los ojos al reconocerme:

—¡Sí! ¡Hola!

Cojo una de sus novelas. En la cubierta aparece dibujada una chica con gafas, sonriendo en pose de superheroína. Por el título, se ve que se llama Valentina, y la escritora e ilustradora se llama Josie Ortiz.

—Ostras, ¿tú has hecho esto?

Me dirige una cálida sonrisa:

—Sí.

Miro la cubierta, asombrada de su talento, pero las palabras que aparecen en la parte de abajo me congelan el corazón: «¡La primera novela gráfica del mundo con una mujer autista por protagonista!».

Cojo el libro, emocionada:

—¡Coño! ¿Esto es sobre una chica autista?

—Sí —responde ella—. Está un poco basado en mi vida.

Intento asimilarlo. Me entran ganas de saltar sobre la mesa para abrazarla, pero lo que hago es abrazar el libro.

—¡Mmm! —Me paso las uñas a lo largo del brazo, suavemente.

—Yo también tengo un trastorno del espectro del autismo.

Se le iluminan los ojos:

—¿De verdad...?

—¿Tú también tienes Asperger?

Asiento con la cabeza y bajo la mirada al suelo:

—Sí. Nunca había conocido a ninguna otra chica con Asperger... Quiero decir, que yo sepa. Supongo que seguramente sí he conocido alguna, pero no que ella supiera que estaba dentro del espectro. —Me voy por las ramas, así que me contengo—. ¿Eso tiene sentido?

Josie se ríe un poco:

—Sí, claro que tiene sentido. —Se levanta y se acerca a la mesa—. Acabo de hablar sobre esto en la charla de «Diversidad en los Medios». ¿Cuándo te diste cuenta de que estabas en el espectro?

—Hace solo seis meses. Así que todavía es muy nuevo para mí. Sigo un poco confusa.

Parece saber exactamente lo que quiero decir.

—Sí: puede ser un proceso de ajuste. Yo lo supe hace dos años y sigo aprendiendo. Al principio, me diagnosticaron incorrectamente un trastorno bipolar y, después, mi terapeuta sugirió que se podía tratar de Asperger... y, de pronto, todo encajó.

—Sí, a mí me pasó algo parecido —digo—. Empecé a ver a una psicóloga para que me ayudara con mi ansiedad, y ella se dio cuenta.

Sonríe, comprendiendo muy bien lo que le digo:

—Yo también tengo trastorno de ansiedad. Sobre todo ansiedad social y trastorno por estrés postraumático, por los matones que tuve que sufrir de niña.

—¿De verdad? —pregunto—. Pero acabas de decir que has participado en una charla delante de toda esa gente...

Ella deja escapar un suspiro y asiente con la cabeza:

—Lo sé. Y, antes de que empezara la charla, casi vomito. —Debo de estar mirándola con expresión de pánico, porque ella se ríe—: No pasa nada, no llegué a vomitar.

Muevo la cabeza hacia los lados en señal de negación:

—Yo nunca podría hacer algo así.

—Yo pensaba lo mismo hasta que me senté en el escenario. Pero adoro mi arte y fue una gran oportunidad para mí de mostrarlo a la gente. Y me encanta la SuperCon y aquí me siento bienvenida..., así que eso ayudó. Mi entusiasmo venció, y eso hace de la ansiedad algo que estoy deseando apartar por un día. Otros días la ansiedad, los colapsos, el trastorno de estrés postraumático... ganan la partida. Pero hoy no. Solo quiero concentrarme en eso y cuidar de mí misma, sobre todo después. Las resacas sociales son una mierda.

—¿Las qué...?

—Las resacas sociales. Son como la resaca normal, pero, en vez de estar causadas por el exceso de alcohol, están causadas por el exceso de exposición social y sobreestimulación de los sentidos.

Ahogo una exclamación:

—¡Eso me pasa a mí!

Se ríe:

—Sí, debe de ser completamente normal para personas que están en el espectro o que padecen ansiedad.

—¿Cómo lo manejas...?

—Bueno, he intentado de todo. La medicación y la terapia son una gran cosa. También he probado terapias naturales: yoga, acupuntura, meditación, aromaterapia... Y mucho de eso me ayudó a relajarme. Pero hasta que contacté con algunos grupos de fans por internet y me empecé a tomar en serio la ilustración, mi ansiedad no empezó a resultar más fácil de manejar. Ya sé que suena muy tópico..., pero cuando empecé a hacer más cosas eso me hizo feliz. Y me fue más fácil tratar con todo lo demás.

Levanto las manos:

—Un momento..., ¿quieres decir que ser una *geek* te ayuda a manejar la vida?

Ella asiente con la cabeza:

—¡Más que ninguna otra cosa!

Arrastro los pies moviéndome hacia un lado y el otro, intentando pensar qué decir. Quiero seguir hablando con ella. Hay muchísimas cosas que quiero preguntarle y, de repente, todo me sale de golpe:

—Al principio era odioso. Me sentía como si no hubiera esperanza, sentía que no importaba lo mucho que lo intentara, porque nunca encajaría en nada y todo seguiría resultándome siempre difícil. —Me empieza a temblar el labio inferior, pero sigo—: Lucho cada día, y muchas veces no es suficiente y me vence el miedo. Soy tan débil y todo es tan intenso que resulta jodido y a veces lo odio, de verdad.

Ahogo un grito y me tapo la boca con las manos al tiempo que me brotan algunas lágrimas. No quería decir todo eso. Me siento como desnuda. Pero ella también tiene lágrimas en los ojos.

—¿Te puedo dar un abrazo?

Asiento con la cabeza, incapaz de hablar. Ella rodea la mesa y me abraza.

—Lo entiendo. Créeme, sé muy bien cómo te sientes. —Me suelta y se echa un poco para atrás, secándose los ojos—. Pero, por favor, por favor, no digas que eres débil. No eres débil. Los que somos así... —Hace una pausa para aclararse la garganta, mientras le brotan más lágrimas de los ojos— somos valientes. Somos nosotros los que nos levantamos y afrontamos los peores miedos cada día. Y seguimos luchando.

Se cruza de brazos y aparta la mirada. Está alterada, y es por mi culpa.

—Digamos... —Se queda callada un segundo y, después, vuelve a mirarme—. Digamos que alguien tiene miedo a las alturas y que para salir de casa cada día tiene que caminar por una cuerda floja a cincuenta pisos de altura. Todo el mundo diría: «¡Ah, qué valiente es! ¡Todos los días afronta esa altura!». Pues eso es lo que hacemos nosotras. Pasamos por una cuerda floja cada día. Salir por la puerta es pasar una cuerda floja. Ir a la frutería es pasar otra cuerda floja. Hablar con los demás es otra cuerda floja. Las cosas que a la mayor parte de la gente le parecen normales y cotidianas son aquellas que nosotras más tememos y con las que más tenemos que luchar. Y, sin embargo, continuamos aquí, seguimos avanzando. Eso no es ser débil. —Me coge las manos—. Nosotras somos las valientes.

No sé qué decir. Y, aunque lo supiera, no creo que fuera capaz de decirlo. Sus palabras ya me han cambiado, han desencadenado en mí algo que no sabía que estuviera ahí.

—¿Estás bien? —pregunta.

Asiento con la cabeza e intento sonreír para tranquilizarla.

—Escucha —dice—. Las cosas pueden ser más difíciles para nosotras en la vida cotidiana, pero eso no nos hace ni peores ni menos importantes que los demás. Me costó mucho tiempo y mucho desprecio a mí misma aprender eso. Todo el mundo tiene su punto fuerte. Y todo el mundo tiene su criptonita.

La garganta me duele de tanto llorar, así que me limito a asentir con la cabeza y susurrar:

—Gracias.

Compro la novela gráfica y Josie me la firma. Entonces, mete la mano en su bolso y saca una tarjeta:

—Aquí están todos mis datos: *e-mail,* Twitter, Tumblr, Instagram, etcétera. Espero que contactes conmigo.

—Lo haré.

Y le doy mis direcciones de redes sociales para que podamos seguirnos la una a la otra.

Jamie se acerca, trayendo una bolsa llena de cómics.

—¡Estás aquí!

Le muestro a Valentina, señalando el sitio en que dice que es autista, y Jamie levanta las cejas:

—Cómo mola.

—Esta es Josie, ¿la recuerdas, de la cola de Skyler? Ella es la autora.

Jamie se presenta, coge un ejemplar de la mesa y lo compra en ese preciso instante.

14

# CHARLIE

SALGO DEL ASCENSOR Y MIRO LOS NÚMEROS DE LAS PUERTAS, buscando el 546. Cuando lo encuentro al final del pasillo, respiro con nerviosismo, me paso la mano por el pelo, me acerco y llamo suavemente.

La puerta se abre y allí está, vestida con una camiseta blanca suelta y unas mallas estampadas con una galaxia de estrellas moradas. Parece muy relajada y alucinantemente hermosa.

—Ey —dice con una sonrisa.

—Hola.

Se hace a un lado, sujetando la puerta abierta para que pase, y yo entro con timidez.

—¿Quieres beber algo? —me pregunta cerrando la puerta—. Tengo agua, agua con gas, zumo... O puedo pedir algo al servicio de habitaciones.

—Mmm..., agua está bien, gracias. —Observo la habitación. Es enorme, mucho más grande que la mía. Es ultraelegante y moderna, todo blancos y grises y ángulos pronunciados, con amplios ventanales que dan a la ciudad—. ¡Jopé, qué vistas!

—Tendrías que verlo al amanecer —dice mientras abre el frigorífico y saca una botella de agua—. Aquí tienes.

—Gracias —digo—. ¿Dónde quieres grabar? —Doy una palmada en la bolsa que llevo al hombro, en la que traigo todo mi equipo.

Ella mira a su alrededor:

—Bueno, la luz es mejor en esta habitación. A lo mejor podemos sentarnos en el sofá y poner la cámara ahí. —Señala una mesa de café.

—Sí, ese sitio me parece bien. —Dejo la bolsa en el suelo, junto al sofá, y empiezo a instalar las cosas—. Estaba pensando que podríamos hacer un formato pregunta-respuesta. Con unas diez preguntas. Podemos responderlas por turnos.

Alyssa se sienta en el sofá y cruza las piernas:

—Estupendo.

—Esos vídeos siempre tienen éxito y son muy divertidos.

Además, es una gran manera para llegar a conocer mejor a Alyssa, sin que quede demasiado evidente mi interés por ella.

Instalo la luz y saco la cámara y el trípode de la bolsa.

—Bueno —digo, mirándola desde detrás del trípode—, ¿estás disfrutando la SuperCon?

Se le alegra la cara:

—¡Muchísimo! Este es el quinto año seguido que vengo, y cada vez me gusta más. —Se inclina hacia delante, descansando los brazos en las rodillas—. Aunque echo de menos el poder andar por la sala sin que me reconozcan. Las primeras veces casi nadie me conocía, pero ahora...

Asiento con la cabeza:

—A lo mejor deberías hacer *cosplay*. Haz como Bryan Cranston y ponte una careta de uno de tus personajes para que nadie sepa que eres tú.

Alyssa se ríe.

—Eso sería estupendo.

Coloco la cámara en el trípode y aprieto el botón de ON para ajustar la imagen. Veo a Alyssa en la pantalla, mirándome. Sus ojos recorren mi cuerpo, y tiemblo como si su mirada fuera contacto físico. Trago saliva con esfuerzo y elevo la mirada hacia ella.

—Vale, ¿estás lista para empezar?

—Vamos allá.

Le doy a grabar y me siento a su lado, sacando el teléfono del bolsillo y buscando listas de preguntas al azar.

—De acuerdo —digo—. He encontrado una serie de preguntas. Son completamente azarosas, así que, si no te apetece contestar alguna, simplemente di «paso» y la quitamos, ¿vale?

Alyssa asiente:

—Vale.

Dejo el teléfono a mi lado en el sofá.

—Vale, voy a hacer una introducción rápida. Diré dónde estamos, te presento, tú puedes saludar con la mano o decir hola o lo que te apetezca y entonces leo la pregunta y empezamos.

—Bien.

Se recoloca en el sofá, para ponerse más cerca de mí.

—Normalmente —digo con una risa nerviosa—, cuando hago una colaboración, la otra persona se esconde hasta que yo la presento. Pero si no quieres...

—Puedo hacerlo —dice ella, y empieza a deslizarse del sofá para sentarse en el suelo, a mi lado. Las dos nos reímos de lo incómodo que resulta.

Miro directo a la cámara y sonrío.

—¡Hola a todo el mundo! —Saludo a mis millones de visitas—. ¡Soy Charlie Liang y estoy aquí, en la SuperCon! Hoy voy a hacer una colaboración muy especial con una persona alucinante. La conoceréis por su *vlog, Alyssa dice,* por series en internet como *Venus surgiendo,* por la peli independiente *Querido rubí* y por su última película, la aterradora *Extraño.* Yo estoy emocionadísima de estar aquí con ¡la única e inconfundible Alyssa Huntington!

Levanto las manos y aparece Alyssa, saludando emocionada a la cámara.

—¡Ey! —Se sienta muy cerca de mí, aún más cerca que antes. Intento no sacar demasiadas conclusiones de eso: tal vez solo se esté asegurando de que entra dentro del plano.

Entonces, me rodea con un brazo:

«No saques demasiadas conclusiones de esto», pienso.

—Estoy emocionadísima de estar aquí. —Se vuelve hacia mí, con la cara a solo unos centímetros de la mía y los ojos en mi boca.

«No... saques... demasiadas... conclusiones... de... esto».

—¿Qué vamos a hacer hoy, Charlie?

Yo lo he olvidado completamente.

—Mmm. —Miro hacia abajo, buscando una pista que me ayude a recordar de qué va este vídeo. Agarro el teléfono.

—Íbamos a hacer... ¡una sesión de preguntas y respuestas! —Abro el teléfono y veo aparecer la lista—: Vale, cada una tiene que responder a estas preguntas lo más rápido posible, diciendo lo primero que le venga a la mente. Yo no he leído las preguntas, así que serán una sorpresa para las dos. —Miro a Alyssa—. ¿Estás preparada?

Retira el brazo y se frota las manos:

—Lo estoy.

—Primera pregunta: ¿cuál es tu serie de televisión favorita?

Alyssa hace un gesto de la mano que quiere decir «eso está chupado».

—Muy fácil: *House of Cards.*

—¡Ah, esa es buena! —digo—. La mía es *The Walking Dead.*

Alyssa sonríe:

—¡A mí también me encanta!

—Segunda pregunta: ¿cuál es tu plato favorito?

—*Pizza* —dice ella—. Sin duda. Adoro la *pizza.*

—El mío es un plato chino que hace mi madre. Es «mapo tofu con tudou piar y mifan». —Alyssa levanta las cejas, impresionada—. Básicamente es un tofu especiado con patatas en rodajas y arroz. Es sencillo, pero siempre me recuerda momentos divertidos que he pasado en torno a la mesa con mi familia.

—Suena riquísimo.

—¡Lo es! Vale, tercera pregunta: ¿el último libro que has leído?

Alyssa piensa un instante y después mira a la cámara:

—*Yo soy Malala.* Es genial.

—A mí me fascinó ese libro. El último que he leído fue *You're Never Weird on the Internet (Almost),* de Felicia Day. Fue tan divertido y penetrante...

—¡Me gustaría leerlo!

—Cómpratelo. Felicia es supergenial.

Nos reímos un poco, y yo intento recuperar la compostura:

—Cuarta pregunta: ¿qué es lo que más miedo te da?

—Mmm... —Alyssa medita, apretando un lado de la boca—: Perder a la gente que quiero.

La miro de soslayo y me desconcierta la emoción que veo en su rostro. Me aclaro la garganta y asiento con la cabeza:

—Ese también es mi mayor miedo.

Me mira a los ojos y me dirige una leve sonrisa. Yo bajo los ojos a mi teléfono y leo la pregunta siguiente:

—Quinta pregunta: si pudieras tener un superpoder, ¿cuál elegirías?

—Esa es muy buena —dice, recostándose en el sofá y poniéndose los brazos detrás de la cabeza—: la invisibilidad.

—Creo que la mía sería volar. O leer la mente.

Se sonríe y me mira:

—Sí: leer la mente sería muy práctico, sin duda.

Aguanta la mirada, y yo me pregunto si habrá un mensaje sutil en sus palabras.

Quiero preguntarle qué mente le gustaría leer, pero entonces recuerdo que la cámara nos sigue grabando.

—Sexta pregunta: ¿cuál sería tu día ideal?

Alyssa se inclina hacia delante, pensando:

—Yo estaría en una ciudad nueva..., tal vez París o Copenhague, con un plan muy claro: me pasaría todo el día caminando sin rumbo fijo, entrando en museos, galerías de arte, restaurantes... Viendo los sitios, hablando con la gente, metiéndome en la cultura. —Lanza un suspiro de felicidad, y da la impresión de que estuviera a un millón de kilómetros de distancia.

—Vaya —digo—. Eso parece un sueño.

—Mmm. —Sale del sueño y se vuelve hacia mí—: ¿Qué me dices de ti?

—Bueno, yo iba a decir un día en los Estudios de la Universal, seguido por un maratón de cine con mis mejores amigos, pero... creo que casi prefiero tu día ideal.

Esta chica es un sueño.

—Séptima pregunta —digo. Miro la pregunta siguiente y dudo, pero decido leerla de todas maneras—: ¿alguna vez has estado enamorada?

La mirada de Alyssa cae a la mesa de café y sonríe para sí.

—Sí. Una vez.

Siento su mirada en mí, mientras aguarda mi respuesta:

—Sí. —Me entran ganas de añadir «por desgracia», pero no quiero molestar a los fanáticos de Chase—. Octava pregunta: cuando eras niña, ¿qué querías ser cuando fueras mayor?

Alyssa sonríe:

—Astronauta. O científica.

—¡Ah, eso es alucinante!

—Sí. —Endereza los hombros con orgullo—. En mi época de crecimiento, yo era una loca de la ciencia. ¿Qué me dices de ti?

—Yo quería ser surfista profesional cuando era muy pequeña; después, diseñadora de moda y luego descubrí YouTube.

Alyssa tarda en asimilarlo:

—¿Sabes surfear?

—Me encanta surfear.

—Eso es superguay —dice ella, aparentemente impresionada, que es justo la reacción que yo quería lograr—. Yo siempre he querido aprender.

Veo mi oportunidad y la aprovecho:

—Deberías venir a Australia. Te puedo enseñar.

—Trato hecho.

—Novena pregunta: ¿sin qué cosa no puedes salir de casa?

—Hay dos cosas: el móvil y... —Tira de una cadenita de plata que lleva al cuello y saca un crucifijo también de plata de debajo de la camiseta—: este collar. Era de mi madre.

—Es bonito —digo con una sonrisa, notando la importancia que tiene para ella.

—Gracias.

—¡Vale, última pregunta! —Miro la lista buscando la pregunta final, pero me quedo callada cuando la veo—. No, bueno, en realidad ya hemos acabado.

Alyssa ladea la cabeza:

—Todavía queda una. La puedo ver.

No aparto los ojos de la pantalla y cierro la ventana:

—Está bien, no tenemos que contestarla. —Se ríe—. ¿Qué era? ¿Algo que da vergüenza?

La miro:

—Eso depende.

Ladea la cabeza hacia mí:

—Dímelo.

Me entra una risita nerviosa.

—Vale. Era: ¿te gusta alguien?

Ella también se ríe y asiente con la cabeza, como comprendiendo por qué yo no quería hacer la pregunta:

—Sí.

—¿Sí qué?

Mira a la cámara con expresión seria, aunque sigue sonriendo levemente:

—Sí, hay alguien que me gusta.

Se vuelve hacia mí, apoya un codo en la rodilla y la mejilla en la mano:

—Te toca.

Levanta una ceja, retándome a contestar la pregunta. Yo trago saliva y cierro los ojos:

—Sí.

Alyssa se vuelve a echar contra el respaldo del sofá y se ríe al verme tan apurada.

—Me parece que te estás poniendo colorada.

Me llevo las manos a las mejillas:

—¡No!

—¡Mmm! —Se sonríe. Alarga la mano y separa la mía de mi mejilla. La aguanta, y yo miro nuestras manos entrelazadas sobre el sofá. El corazón se me acelera. Tengo la boca seca. Soy muy consciente de lo suave que es su piel contra la mía, del modo en que ella me mira tras sus largas pestañas y de la parpadeante luz roja de mi cámara de vídeo.

Se inclina, sujetando con una mano la mía y con la otra acariciándome un rizo de mi largo cabello rosa entre sus dedos.

Cierro los ojos justo antes de que su boca roce la mía. Se me queda la mente en blanco, se me para el corazón y me falta la respiración mientras correspondo a su beso. Sus labios son aún más sedosos de lo que imaginaba, suaves y gruesos al moverse sobre mi boca, mi mejilla y de regreso a mi boca.

Es un beso que hace que el resto del mundo desaparezca. Mi universo consiste solo en sus labios en los míos.

El beso termina demasiado pronto. Entonces, ella respira y abre los ojos lentamente:

—Hacía más de un año que quería hacerlo.

Ahogo una exclamación:

—¿En serio?

Asiente con la cabeza:

—Te lo dije: llevo mucho tiempo mirando tus *vlogs.*

Eso me recuerda que todavía estamos grabando el vídeo. Miro a la cámara y sonrío con timidez:

—Creo que tal vez deberíamos cortar ese último trozo.

Sus labios esbozan una sonrisa temblorosa:

—Decididamente.

15

# TAYLOR

**REINADEFIRESTONE:**

Vale, ya sé que normalmente solo subo cosas de fans y este fin de semana he estado poniendo un montón de cosas personales, pero es que he estado aprendiendo mucho sobre mí misma aquí en la SuperCon. He tenido un montón de cosas en la mente y siento que, si no las dejo salir, me van a explotar dentro.

Acabo de conocer a alguien que es como yo. Una persona con Asperger.

En una breve conversación, me ha hecho ver que no hay nada equivocado en mí. Soy una chica Asperger completamente normal. Solo me siento defraudada porque intento encajar en un mundo que no es autista. Soy como una pieza cuadrada que se trata de encajar en un agujero redondo.

Hasta ahora, he hecho todo lo posible por ser normal y evitar abandonar mi zona de confort. Pero estoy empezando a ver que, si una se rodea de personas de mente similar, personas que te apoyan, entonces esa zona de confort se hace cada vez más grande.

Y pronto tu zona de confort es del tamaño de la SuperCon.

Por primera vez en mi vida, no siento que tengo que encajar, porque estoy rodeada de personas que sienten pasión y emoción por las mismas cosas que yo.

Por primera vez, no estoy totalmente sola en mi rareza.

Aquí mi rareza es normal.

Mi rareza es algo acogido, aceptado y esperado.

Tíos, mi rareza me está empezando a gustar.

Posdata: Tenéis que haceros seguidores de @josiedibujacosasmolonas. Es la hostia.

#ChicaconAsperger #SuperConesmihogar #Adoroturareza

Lo publico y miro a Jamie, que está sentado al otro lado de la mesa, leyendo el libro de Josie.

—¿Mola?

—Es lo más molón del mundo —dice él—. Veo ya unas cuantas semejanzas entre Valentina y tú.

Me meto en la boca un aro de cebolla:

—¿Como por ejemplo...?

Piensa un momento:

—Bueno, como en esta escena: Valentina está dibujando y está tan concentrada que su abuela tiene que llamarla tres veces antes de que ella la oiga. —Levanta la mirada hacia mí y sonríe—. Es como cuando tú estás escribiendo. Tú pareces succionada por un agujero de gusano.

Me río y noto que hasta mi risa parece distinta ahora. Más leve, más fácil. Conocer a Josie ha cambiado muchas cosas para mí.

—¿Sabes? —digo, tamborileando con los pies en el suelo y respirando hondo—, me parece que voy a participar en el Concurso SuperFan de *Firestone.*

Jamie levanta la cabeza de golpe:

—¿Eh...?

—Voy a participar en el concurso.

Se sienta muy derecho:

—¿En serio?

—Sí.

Ladea la cabeza y me pregunta:

—¿Qué te ha hecho cambiar de opinión?

Me muevo en la silla, un poco incómoda, sintiéndome nerviosa por mi decisión:

—Hablar con Josie. —Sé que si ahondo más me pondré a llorar, así que lo dejo ahí.

Jamie sonríe y saca el móvil del bolsillo de los vaqueros para mirar la hora.

—Entonces será mejor que nos demos prisa en acabar la comida. Me parece que la inscripción acaba a las tres, y son casi las dos y media.

—¿Dónde me tengo que inscribir?

—Voy a mirarlo —dice abriendo la pantalla—. Guardé los detalles de la inscripción en el teléfono por si acaso cambiabas de opinión. —Aguardo esperanzada mientras él lee. Se pasa una mano por el pelo y hace una mueca—: Es en la otra punta del edificio. En uno de los salones pequeños.

—¿Podemos llegar?

Mira el mapa que sale en su pantalla. Aguza la vista y arruga la frente mientras trata de encontrar el camino más rápido.

—Podemos.

Rápidamente acabamos la comida, pagamos y regresamos a toda prisa a la convención.

—Sígueme —dice Jamie cuando entramos en el edificio. Empieza a pasar por entre la multitud, y yo lo sigo de cerca. Sus largas piernas hacen que sea difícil mantener su ritmo, así que lo agarro de la camiseta para no perderlo. Él se da cuenta de que lo agarro y mira hacia atrás por encima del hombro. Me guiña un ojo.

Diez minutos después, nos encontramos corriendo hacia la entrada del salón, donde nos espera una mujer con un iPad:

—¿Venís para apuntaros al Concurso SuperFan de la Reina de Firestone? —pregunta con una alegre sonrisa en la cara.

—Sí —resoplo, intentando recuperar el aliento.

Me pregunta mi nombre y toquetea en la pantalla:

—De acuerdo, Taylor. ¡Ya estás inscrita! Hay dos partes en este concurso. La primera parte se llama «Reina de *cosplay*» y empieza dentro de una hora más o menos. Es un concurso de *cosplay*. ¿Tienes un disfraz de Firestone? —Muevo la cabeza para decir que sí—. ¡Estupendo! La segunda parte se llama «La única reina verdadera»: es un juego de preguntas basado en los libros y las películas. Será mañana a las diez de la mañana.

Me trago los nervios, haciendo esfuerzos por encontrar fuerzas dentro de mí. Ella me dirige una nueva sonrisa:

—¿Tienes alguna pregunta?

Sí, un millón, más o menos. Pero niego con la cabeza:

—Creo que no.

—¡Estupendo! Nos vemos aquí mismo dentro de una hora. —Empieza a hablar con la siguiente persona que hace cola para inscribirse, y yo me doy la vuelta para salir de allí. Jamie me sonríe:

—¿Estás emocionada?

—Mucho más que eso —le respondo—. Me hago caca en los pantalones.

Se ríe.

—Lo vas a hacer muy bien. Lo sabes todo sobre los libros, las películas y Skyler. Casi eres una fan profesional.

Me da la risa.

—Sí que lo soy.

—Vale —dice—. Vamos al hotel para que te pongas tu traje de *Firestone:* tienes un concurso de *cosplay* que ganar.

Una hora más tarde, me encuentro entre bastidores. Mis dedos se entretienen retorciendo el pelo, tirando y enrollando y alisándolo una y otra vez. Tengo la cabeza gacha, pero miro a hurtadillas a los otros concursantes. La mayoría llevan el mismo atuendo que yo: la larga gabardina negra, con los vaqueros grises rasgados, las botas Doctor Martens y un top negro carbón. Pero pocas gabardinas tienen la corona de plata cosida en la espalda como la mía. Espero que eso me dé una ventaja, pero no tengo ni idea de cómo funcionan estos concursos. Pensando que eso me ayudará a saber qué esperar cuando salga allí, echo un breve vistazo.

La sala está llena de gente. Las luces están encendidas. Hablan en voz alta.

Me echo para atrás. No ha sido buena idea eso de mirar.

—No puedo hacerlo —susurro. Me giro sobre mis talones y, a continuación, emprendo la huida, con el corazón palpitante.

—¿Taylor? —llama una voz alegre. Me vuelvo y veo a Brianna andando hacia mí, con su vestido *Firestone* completo—. ¡Ey! ¡Soy yo, Brianna!

—¡Ey! —digo, retirándome la mano del pelo y metiéndomela en el bolsillo.

—¿Estás nerviosa? ¡Yo estoy tan nerviosa! —Se lleva las manos al corazón y saca la lengua—. Estoy tan nerviosa que creo que me voy a desmayar.

Hago esfuerzos por reírme amistosamente:

—Sí, lo mismo.

Arruga el rostro en una sonrisa:

—¡Me alegro mucho de no ser la única! —Desciende un brazo para cogerme el mío y se me acerca más—: Vamos a ponernos juntas, tú y yo. Podemos ser dos manojos de nervios mezclados.

Le doy una palmadita en la mano y asiento con la cabeza:

—Trato hecho.

No puedo decirle que me voy, así que me quedo. Y, por tonto que parezca, solo el oírla decir que nos arrimemos la una a la otra ya me hace sentir mejor.

Tres adolescentes que llevan camiseta del personal de la SuperCon pasan repartiendo tarjetas con un número. Me toca el cuarenta y cuatro de cincuenta. Brianna tiene el número cuarenta y tres.

Me pongo la tarjeta en el pecho para que las manos dejen de temblarme. La mujer del iPad vuelve a aparecer, esta vez llevando unos microauriculares, y nos pide silencio para que nos pueda dar las instrucciones. Fantaseo con la posibilidad de echar a correr: simplemente darme la vuelta y correr lo más aprisa que pueda hasta volver a la habitación del hotel, echarme en la cama con Jamie y ponerme a ver películas con él. Una voz en mi cabeza sigue diciéndome que no lo puedo hacer y, si pudiera abandonar de un modo que no resultara vergonzoso, obedecería esa voz.

—Vale —dice la mujer de los microauriculares—. Uno a uno, iréis saliendo al escenario. Camináis hasta la estrella dorada que está en el medio del suelo, os paráis y sostenéis el número delante de vosotros para que lo puedan ver los jueces. Después volvéis a caminar hasta el otro lado del escenario. Si queréis posar o giraros o hacer algo para que os aplauda el público cuando llegáis al centro, adelante. Mientras no se trate de nada obsceno u ofensivo, claro. —Mira a los ojos a algunos de los del grupo—. Los jueces elegirán los ganadores basándose en vuestro arte, vuestra desenvoltura en escena y en la reacción del público, así que procurad dejar un buen recuerdo si queréis pasar a la fase siguiente. —Hace una pausa para decir algo al micrófono de los microauriculares—. ¿Todo el mundo listo? Bien.

Uno a uno, los concursantes empiezan a caminar por el escenario. Brianna sale antes que yo, y yo contemplo cómo se pavonea confiada por el escenario, intentando absorber algo de su valentía. Se gira como una bailarina cuando llega donde está la estrella, muestra el número de la tarjeta y termina haciendo una pequeña reverencia. Enseguida me entra envidia de lo bien que lo hace.

Es mi turno. Me pongo el piloto automático, y todo lo que sigue es como una experiencia extracorporal. Salgo al escenario y, de repente, me vuelvo horriblemente consciente de mi manera de andar.

Intento mover las caderas más, pero entonces me paro. Me da miedo parecer tonta. Me concentro tanto en caminar con normalidad que me olvido de la estrella. Cuando me doy cuenta de eso, ahogo un grito, me giro y retrocedo unos pasos. El público se ríe. Yo me río también, aunque por dentro me esté muriendo.

Bajo la mirada, asegurándome de que mis pies pisan la estrella, y muestro el número de la tarjeta. Hasta logro esbozar una amplia sonrisa enseñando todos los dientes, como si estuviera en un concurso de belleza.

Y entonces salgo lo más aprisa posible del escenario, sintiendo que aquello me supera completamente.

—¡Eso ha sido muy inteligente! —me susurra Brianna—. Fingir que se te olvida pararte en la estrella. Ha quedado muy mono e inesperado. ¡Al público le ha encantado! Decididamente, te recordarán.

Suelto una carcajada:

—Sí. Gracias por darme ánimos. —Me doy cuenta entonces de que debería decir algo agradable sobre su actuación y añado—: También se acordarán de ti. Lo de la reverencia estuvo muy bien.

Sonríe.

—¡Gracias! —Levanta las manos con los dedos cruzados—. ¡A ver si pasamos las dos!

Yo también cruzo los dedos, mientras los últimos concursantes se nos unen entre bastidores, todos ellos respirando de alivio en cuanto terminan de dar el paseo. Me reconforta ver que no soy la única que está nerviosa.

—Y, ahora —dice Brianna cuando el quincuagésimo concursante sale del escenario—, tenemos que esperar.

Diez minutos después, que paso charlando con Brianna sobre nuestra pasión compartida por la Reina de Firestone, lo cual me ayuda mucho a calmarme, la alegre mujer del iPad nos dice que solo pasarán diez concursantes a la fase siguiente. Me muero de ganas por saber si seré una de ellas, aunque, por una gran parte, me aliviaría saber que no he pasado. Nos llaman a escena y nos dicen que los que han superado la prueba deben adelantarse unos pasos cuando digan su número.

—Los concursantes que pasan a la siguiente fase son... el número siete...

Una chica vestida con la armadura de la Reina de Firestone se adelanta unos pasos, riéndose sin control mientras la ovaciona el público.

—Por favor, no aplaudáis hasta que se digan todos los números —ruega el presentador del acto—. El once. El dieciocho. El veintidós. El veintiocho. El treinta y uno. El cuarenta y tres. —Brianna chilla y da un paso hacia delante, sonriendo de orgullo—. El cuarenta y cuatro. Y el cuarenta y nueve.

Me recorre un escalofrío eléctrico. Miro a Brianna, que me hace señas con la mano para que me adelante, y avanzo hasta colocarme a su lado.

—¡Hemos pasado! —susurra emocionada, haciéndome el gesto de levantar el pulgar.

Me quedo allí de pie, sonriendo al público, y veo a Jamie sentado en la primera fila, dirigiéndome una sonrisa de oreja a oreja. Cuando ve que yo le sonrío a él, me guiña un ojo. En cuanto termina el acto, bajo corriendo la escalerita del escenario. La mayor parte del público ya se ha ido, pero Jamie me está esperando, apoyado contra el quicio de una puerta.

—¡Eh, perdedor! —digo saltando sobre él.

Él chasquea la lengua y niega con la cabeza:

—Uy, uy, uy, gana un concursito de *cosplay* y ya se piensa que todos los demás somos unos perdedores —bromea.

—Todos los demás no, solo tú.

Le dirijo una sonrisa traviesa. Él pone los ojos en blanco y se separa de la pared:

—Sé que me quieres.

El corazón me palpita dos veces antes de darme cuenta de que está bromeando. Pero mis mejillas no se enteran y se ponen coloradas como un tomate. Él se da cuenta, pero no dice nada ni se ríe de mí, cosa que le agradezco muchísimo. Aparta la mirada y sonríe:

—Vamos, podemos celebrar tu victoria en el pasillo de *La Guerra de las Galaxias.* Allí hay una heladería temática, que es el planeta Hoth.

Mientras pasamos por entre la juventud, sigo sintiendo nervios por estar delante de tanta gente. Pero también siento una extraña exaltación, como adrenalina mezclada con euforia. Es una sensación rara, pero buena.

# 16

# CHARLIE

**ESTOY SENTADA EN EL SOFÁ DE ALYSSA, HACIENDO COMO QUE** estoy concentrada en la edición del vídeo.

Pero, en realidad, estoy pensando en ella.

Ella está de pie al lado de la televisión, mirando la carta del servicio de habitaciones y tarareando para sí con la boca cerrada.

—¿Qué te parece? ¿Nachos? ¿Ensalada? ¿Sándwich cortado en cuadrados? ¿Pasta?

Me ruge el estómago.

—Ahora mismo unos nachos estarían muy bien.

Ella asiente con la cabeza:

—De acuerdo.

Se da la vuelta, y disparo los ojos hacia la pantalla del ordenador. Cuando vuelvo a levantar la vista, sonríe más, y el corazón me da un vuelco. Coge el teléfono y pide la comida mientras zapea sin pensar en la televisión, parándose ante un viejo episodio de *Los Simpson*.

—Vale —dice después de colgar—. La comida está en camino. ¿Qué tal va ese vídeo?

—Está casi terminado. Siempre cuesta un montón de tiempo subirlo, así que le pediré a mi representante que me lo suba después.

Mantengo los ojos fijos en la pantalla mientras Alyssa se acerca y se me sienta al lado, poniendo los pies sobre la mesa de café. Parece tan relajada, mientras que yo estoy hecha un flan... Nunca nadie me había puesto tan nerviosa. La miro por el rabillo del ojo: está viendo la tele. Bart dice algo divertido, y ella echa la cabeza hacia atrás de la risa. Su sonrisa asciende hasta sus ojos y me hace sonreír a mí también.

—¿Quién era? —pregunto, sin pretenderlo del todo. Mi pregunta nos sorprende a las dos.

Alyssa se echa un poco para atrás:

—¿A quién te refieres?

La boca se me seca de repente. Me aclaro la garganta.

—La persona de la que te enamoraste. —Me arrepiento enseguida de lo invasivo de mi pregunta—. Lo siento, no tienes que responder. No es de mi incumbencia.

Niega con la cabeza:

—No, no pasa nada. Era una chica que conocí en la universidad. Estuvimos dos años juntas. Pero cuando empecé a meterme más en YouTube y a actuar, me fui a Los Ángeles y rompimos. —Tengo la impresión de que hay mucho más que contar, pero no quiero presionarla—. ¿Y de quién te enamoraste tú? —me pregunta—. ¿De Reese?

Aprieto los labios y asiento con la cabeza:

—Sí. Por desgracia.

Me ofrece una sonrisa compasiva:

—La cosa no terminó bien, ¿verdad?

Suelto una risotada:

—Por decirlo suavemente.

Abre la boca para decir algo, pero vuelve a cerrarla. Ladeo la cabeza:

—¿Qué ibas a decir?

Ella vacila otra vez, pero me responde:

—Voy a serte franca. ¿Qué viste en él? Las pocas veces que me he encontrado con él me ha parecido muy creído. Y tú eres tan... lo contrario.

Me retuerzo de la vergüenza:

—Supongo que no lo veía. —Más que una afirmación, parece una pregunta—. O no me mostró ese lado hasta que yo ya estaba demasiado colada. Nos conocimos en un rodaje, haciendo de una pareja, así que supongo que fue una mezcla de enamorarse del personaje que representaba y también de la idea de estar con el gran Reese Ryan, de ser querida por un chico con el que querían estar todas las chicas. Suena patético, ¿verdad?

Ella frunce el ceño:

—No, no es patético. Me puedo identificar con eso. Mi exnovia no era una estrella de cine, pero para mí lo era... todo. Todo el mundo quería estar con ella también. Pero me eligió a mí. Por aquel entonces, yo no me gustaba mucho a mí misma, y que ella me mirara como lo hacía me hizo sentirme como que yo tenía un valor.

—¿Y cuando rompisteis?

Respira hondo.

—No comprendí cuánto de mi autoestima estaba ligado a aquella relación hasta que rompimos. Lo más duro no fue dejarla; lo más duro fue sentir que había dejado con ella cachitos de mí misma. Precisamente los cachitos que me gustaban.

Le cojo la mano y me acerco un poco.

—¿Cómo lo superaste?

—Me entregué al trabajo. Llegar a Los Ángeles fue una nueva oportunidad para mí. Me prometí no involucrarme con nadie durante una temporada, hasta que sintiera que podía entregarme a una relación sin perderme a mí misma.

Me llevo una mano al corazón:

—Eso es lo que me pasó a mí. Me perdí en Reese. Todo mi mundo empezó a girar en torno a cómo se sentía él, lo que hacía, lo que pensaba. Lo único que me preocupó durante casi un año era hacer lo que fuera para ser lo que él quería. ¿Por qué me hice eso a mí misma?

Es una pregunta retórica, pero ella la responde de todos modos:

—El amor es algo intenso. Rompes todas las paredes para dejar entrar a alguien. Pero, si ese alguien no es bueno para ti, te puede destrozar desde dentro. Y crees que lo que tenéis juntos es amor, por eso se lo permites.

Nos quedamos mirándonos, y me siento con suerte de que se me permita mirarla de este modo, apreciando cada tono de castaño de sus ojos y descubriendo la más leve de sus arrugas de sonrisa alrededor de la boca. Mis ojos vagan por sus hombros y por los tatuajes que le cubren los brazos. Paso distraídamente el dedo índice por una imagen muy llamativa que representa a una mujer de fuertes cejas y tres enormes flores en el pelo. Alyssa traga con esfuerzo bajo el contacto de ese dedo.

—¿Quién es esta? —pregunto, mirando el tatuaje.

—Frida Kahlo. Mi artista favorita. Es alucinante.

Muy despacio, paso el dedo a otro retrato impreso en su suave piel. Es de una mujer negra que lleva un traje de astronauta de la NASA.

—¿Y esta quién es?

—Esta es la doctora Mae Jemison, la primera mujer negra en el espacio. También es bailarina y profesora, tiene nueve doctorados, habla múltiples idiomas y participó en *Star Trek* como estrella invitada. Te podría estar hablando de ella y de Frida durante horas.

—Pues venga.

Ladea la cabeza y sus cejas se acercan la una a la otra con recelo:

—¿Tienes ganas de oírme hablar sobre arte y ciencia?

Apoyo el codo en el respaldo del sofá y me pongo cómoda a su lado:

—Sí.

Cuando habla, hay una potente ensoñación en sus ojos. Su pasión es clara como el cristal y tan bella de presenciar que no me atrevo a interrumpirla. Me habla sobre las noches que pasó de niña leyendo libros sobre las estrellas y los planetas. Me cuenta que su padre le compraba un nuevo equipo experimental de ciencia para niños cada año en su cumpleaños y después se pasaba el día entero realizando los experimentos con ella. Me cuenta que una vez un niño de su club de ciencia le contó que las niñas no podían ser astronautas. Fue a casa y le dijo a su madre, una diseñadora gráfica, que le hiciera una camiseta con el mensaje «¡LAS CHICAS LO PUEDEN HACER TODO!» impreso en ella. La llevó muy orgullosa al día siguiente al colegio. Me cuenta que, en cierta ocasión, sus padres la llevaron durante horas a través del país para presentarle a alguien que la quería conocer.

—Cuando entramos en el laboratorio —dice con una sonrisa—, allí estaba aquella mujer negra de pie, con bata de laboratorio y guantes, trabajando. Yo nunca había visto a una mujer negra científica. Estaba emocionada. Nos llevó a comer fuera y respondió a todas mis preguntas. Cuando nos despedíamos, me dio una bata de laboratorio para mí. Todavía la tengo.

—¿Por qué dejaste la universidad antes de licenciarte? —le pregunto—. Parece que te apasiona.

Me mira con mucha determinación en los ojos:

—Voy a volver. Necesitaba salir de allí, por la relación que mantenía. Entonces empecé a despegar como actriz, y eso me llevaba mucho tiempo. Pero quiero sacarme la licenciatura. En realidad, he estado pensando en hacer una pausa para volver a sacármela. Actuar y hacer *vlogs* es divertido, pero no es mi sueño.

Empieza a hablarme sobre sus días en la universidad, y yo la miro y la escucho sin moverme del sofá. Entonces, de pronto, vuelve a besarme. Es distinto que antes. La vacilación y los nervios del primer beso han desaparecido, y ahora no se contiene. Yo tampoco. Enmaraña sus manos en mi pelo, y yo le paso un brazo por la cintura, animándola a acercarse. Sus labios son tan suaves... Yo podría besarlos durante horas y todavía querría más.

Vuelven a llamar a la puerta, y ella refunfuña.

—Lo siento. Ahora vuelvo.

Tiro de ella hacia mí y le limpio de la boca la marca de mi pintalabios. Entonces, sonríe y corre a la puerta. Intento recomponerme, alisándome el pelo con las manos. Alyssa abre la puerta y entra un empleado del hotel empujando un carrito.

—¡Ah! —dice ella, recordando—. ¡Los nachos!

Coloca los platos en la mesa de café y Alyssa lo acompaña a la puerta.

—¿Tienen buena pinta? —pregunta después de cerrar la puerta.

Levanto las campanas y casi se me cae la baba al verlos:

—Mmm, tienen un aspecto maravilloso.

Se sienta en la alfombra junto a la mesa de café y empezamos a comer.

—Bueno. —Saca un nacho del montón embadurnado de queso—. ¿Qué haces esta noche?

Doy un mordisco. El nacho cruje en mi boca y yo me limpio una gota de salsa que me cae en la barbilla.

—No lo sé. ¿Y tú?

Se rasca el brazo nerviosa.

—A lo mejor... ¿querrías cenar conmigo?

Sorprendida, me ahogo con los nachos y me tapo la boca para toser.

Se pone muy derecha:

—Ay, ¿qué pasa? ¿Estás bien?

Vuelvo a toser y asiento con la cabeza, levantando un pulgar para tranquilizarla.

—Bien —digo a duras penas. Me aclaro la garganta y vuelvo a intentarlo—: Estoy bien.

—¿Estás segura? ¿Quieres agua?

Niego con la cabeza.

—No, gracias. Es que me ha pillado por sorpresa.

Alyssa ladea la cabeza:

—¿Por sorpresa...?

—Que me hayas dicho lo de cenar. No me lo esperaba.

—¡Ah! —dice un poco confusa.

Tengo la impresión de que no me ha entendido:

—Quiero decir que tenía la esperanza de que me lo dijeras —digo, y ella relaja los hombros—, pero no me lo esperaba en ese instante, cuando tenía la boca llena de guacamole.

Suelta una risotada:

—¡Ah, vale! Comprendo.

Nos quedamos en silencio unos segundos, y entonces ella levanta un hombro hacia la oreja y eleva una ceja:

—Bueno, ¿entonces quieres cenar conmigo esta noche?

Me doy una palmada en la frente, avergonzada:

—Por supuesto, perdona. Sí, claro que sí. —Atisbo por entre los dedos y la veo riéndose—: Uf. ¿Te das cuenta de que estoy nerviosa?

Ella se encoge de hombros con aire despreocupado:

—Un poco. Pero estás muy mona así.

Pongo los ojos en blanco. El estómago me da un vuelco ante la idea de una cita con Alyssa Huntington. Y después me doy cuenta de lo que implica: una cita, con una de las *youtubers* más famosas del mundo. Una estrella del cine en ascenso, con una base de fans que es cuatro veces la mía. Una chica que ni siquiera puede bajar al salón de la convención porque se vería rodeada por los fans. Hay blogs dedicados a su vida amorosa que la relacionan con cada chica con la que se la ha visto en público.

No estoy preparada para recibir otra vez ese tipo de atención. No después de lo de Chase.

El riesgo de ver mi corazón roto y esparcido por las pantallas de todo el mundo es demasiado alto. No puedo volver a pasar por todo eso.

Trago saliva, nerviosa.

—Eh..., ¿puedo pedirte una cosa?

—Claro. Dime.

—¿Podríamos, quizá..., no ir a ningún sitio demasiado público?

En sus ojos aparece algo de dolor:

—¿Por qué? ¿Porque somos dos mujeres?

Me paso una mano por delante de la cara, al tiempo que niego con la cabeza:

—¡No! En absoluto. No me avergüenzo de nada. Es solo que... —Lanzo un suspiro—. Mi relación con Reese fue increíblemente pública, desde el comienzo. No hubo ninguna privacidad. Resultó duro. Y luego todo terminó estallándome en la cara. No podía escapar. Realmente me gusta lo que está pasando entre tú y yo, y me encantaría mantenerlo para nosotras, lejos de todo lo demás. No sé si tiene sentido...

Asiente con la cabeza, pero no parece segura:

—Tiene sentido. —Viene a sentarse a mi lado en el sofá—. Pero solo porque esto es todavía nuevo. Si esto se convierte en algo, yo no querría esconderlo, ¿vale?

—Vale.

Ella alarga la mano y me coge la mía, pasándome con suavidad el pulgar por la palma.

—Y a mí también me gusta realmente lo que está pasando aquí.

Su mirada se demora en la mía, y siento que el corazón me palpita. Una mezcla de emociones bulle en mí, como en remolino. Es confuso, emocionante y aterrador al mismo tiempo, y no quiero que pare. Siento como un gigantesco revoltijo de pensamientos y sentimientos contradictorios. Y todos van tan deprisa que no puedo agarrar ninguno.

Sea lo que sea lo que está sucediendo entre Alyssa y yo, es inesperado y está pasando tan rápido... Y, sin embargo, no está pasando lo suficientemente rápido...

Me suena el teléfono. Es Mandy.

—Perdona, un segundo.

Me levanto y me voy hacia la ventana para responder:

—Hola, Mandy.

—Charlie, ¿puedes venir a la parte de delante de la convención? *Entertainment Now* quiere rodar algo contigo y con Reese atravesando el laberinto que han preparado sobre la película de *El levantamiento*.

Miro a Alyssa. No quiero irme. Pero tengo trabajo.

—Claro. Estoy ahí en diez minutos.

Cuando cuelgo, Alyssa frunce el ceño.

—¿Tienes que irte?

Hago un mohín:

—Lo siento... ¡Otra vez la prensa!

—No pasa nada. Yo también tengo que leer un nuevo guion. —Se levanta y me coge la mano—. Nos vemos esta noche. ¿Te recojo a las ocho?

—¡Perfecto!

Le doy el nombre de mi hotel y el número de habitación, guardo mi ordenador portátil y mi equipo de rodaje y me dirijo hacia la puerta.

—Se me va a hacer largo hasta las ocho. —Me besa, y ahora soy yo la que no quiere irse.

Me acompaña a la puerta, la abre y se apoya en el quicio como quien no quiere la cosa. Tengo que hacer un esfuerzo para atravesar la puerta.

—Hasta luego.

—Hasta luego.

Se queda mirándome mientras me voy. Lo sé porque miro por encima del hombro demasiadas veces. Entro en el ascensor y aguardo hasta que se cierran las puertas antes de derretirme.

# 17
# TAYLOR

ESTOY COMPRANDO UN MUÑECO ARTICULADO EN EL PASILLO DE *La Guerra de las Galaxias* cuando recibimos un mensaje de Charlie.

**Charlie:** ¡Ey! ¿Estáis libres? El estudio quiere que me meta con Reese en un laberinto que han construido, basado en la película. ¿Os apetece venir? ¡Va a haber zombis!

¡Eso... suena ALUCINANTE! ¿Dónde? ¿Cuándo?

Jamie y yo nos encontramos con Charlie ante la entrada del laberinto. Yo sigo aturdida después de haber pasado a la siguiente ronda del Concurso SuperFan de *Firestone*. Normalmente, correr por un laberinto perseguida por zombis sería algo a lo que seguramente diría que no. Pero ahora mismo me siento como si me hubiera tragado cinco Red Bulls, así que pienso «¿por qué no?».

—¡Ey! —Charlie sonríe al vernos—. ¿Qué tal lo estáis pasando?

—¡He participado en el Concurso SuperFan de la Reina de Firestone! —La voz me sale más fuerte de lo que quería y me río.

Se queda con la boca abierta:

—¿Y...?

—¡He pasado a la segunda fase!

—¡Eso es acojonante, Taylor! —Charlie choca su mano con la mía y me pasa un brazo por los hombros. Me lanza una mirada rara, como si quisiera decirme algo, pero entonces mira un segundo a Reese y decide que no.

Le doy con el dedo en el estómago:

—¿Qué?

Nos coge a mí y a Jamie por las manos y nos acerca a la entrada del laberinto, lejos de todos los demás. Jamie está cerca de mí, apoyando una mano contra la pared.

—Tienes noticias importantes, ¿verdad? —pregunta con una sonrisa pícara.

—¡Muy importantes! —Profiere una especie de chillido que le sale de la parte de atrás de la garganta—: ¡Alyssa me ha besado!

Jamie y yo ahogamos una exclamación. Le cojo las manos y aprieto los labios para no gritar:

—¿En serio?

Ella asiente con la cabeza:

—Y eso no es todo. Me ha pedido salir... ¡Vamos a ir a cenar esta noche!

Miro a Jamie. Los ojos se le salen de las órbitas y tiene la boca abierta en una sonrisa:

—¿Vas a salir a cenar con Alyssa Huntington?

—Efectivamente.

Queremos hablar más, pero Mandy nos llama. Charlie nos aprieta la mano.

—No se lo digáis a nadie todavía. Ni siquiera a Mandy. No quiero que esto aparezca en internet, no después de todo el circo que he estado viviendo con lo de Reese. La verdad es que Alyssa me gusta un montón, un montón, y no quiero que los medios ni los fans se metan hasta que esté lista.

Asentimos con la cabeza:

—Por supuesto —digo, pasando por los labios el índice y el pulgar para imitar el cierre de una cremallera.

Mandy se acerca:

—¿Estáis todos listos? *Entertainment Now* está aquí. Os quieren filmar corriendo por el laberinto. Será una buena publicidad para la película.

—¿Vamos a salir nosotros en *Entertainment Now*? —pregunta Jamie.

—Bueno, quizá al fondo. Las cámaras enfocarán más bien a Charlie y a Reese.

Jamie abate los hombros, decepcionado, y yo le doy con el codo en el costado.

—¡Alégrate! ¡Estás a punto de vivir un apocalipsis zombi! ¡Tu sueño!

Se ríe:

—Es verdad.

Mandy se lleva a Charlie para hacer una entrevista antes de la filmación con Reese y el reportero de *Entertainment Now.* Jamie me da en el zapato con el suyo y acerca su cabeza a la mía:

—¿Estás segura de que quieres hacerlo?

Me llevo los puños a las caderas y saco pecho, adoptando una pose de Wonder Woman.

—Me veo muy capaz. ¡Estás delante de SuperTaylor!

Aprieta los labios e infla los carrillos un poco antes de estallar en una carcajada.

—A mí me recuerdas a SuperDork.

Lo fulmino con la mirada, manteniendo la pose y tratando de no reírme:

—Puedo sobrevivir ahí más tiempo que tú.

Él levanta la barbilla y eleva una ceja:

—¿Quieres apostar?

—Venga —le digo yo.

Él eleva una de las comisuras de la boca en una medio sonrisa:

—Vale. Echaremos una carrera. El ganador podrá secuestrar el Twitter del que pierda y tuitear lo que más vergüenza le dé al otro.

Lo miro entrecerrando los ojos. Tengo muchos más seguidores que él y no soy precisamente rápida corriendo. Mi reputación en el mundo de los fans podría peligrar. Pero me encantaría borrar de su rostro esa sonrisa petulante y justo ahora me siento prácticamente invencible.

—Trato hecho.

Cinco minutos después, Reese, Charlie, Jamie y yo estamos de pie en una habitación oscura con el equipo de *Entertainment Now* esperando a que se abran las dobles puertas al laberinto. Unos repulsivos y escalofriantes gemidos y gorgoteos salen de los altavoces del techo, y unas sombras se mueven lentamente por las ventanas tapadas con tablas. Yo ya estoy bastante asustada, pero estoy decidida a llegar al final del laberinto por delante de Jamie.

—¿Listos? —pregunta una voz del otro lado de las puertas.

—¡Listos! —responde Reese.

Me enrollo las mangas de la gabardina y desplazo el peso de mi cuerpo de un pie al otro, mirando a la puerta. Jamie está a mi lado, mirándome de vez en cuando con una sonrisa malvada. Está intentando ponerme nerviosa. El sonido del metal arañando el metal me sobresalta, y las puertas se abren de repente con un potente rugido. La luz entra a raudales, y

Charlie es la primera en penetrar en el laberinto. Reese corre todo lo que puede, con el reportero y los cámaras detrás, tratando de mantener el paso.

Jamie y yo corremos, intentando empujarnos uno al otro por el camino y ponernos delante. Estoy tan concentrada en lo que él hace que no veo al zombi que nos espera a un lado. Salta sobre mí por la derecha y yo salto al pecho de Jamie, gritando. Me agarra por los hombros y me aparta, dándome la vuelta cuando está entre mí y el zombi, que está encadenado a una pared y fuera del alcance.

—Vale —dice Jamie, agachándose un poco para mirarme a los ojos—. ¿Estás bien? ¿Quieres volver?

Yo me desembarazo de sus manos, que me sujetan los hombros, y levanto la barbilla, aparentando calma aunque el corazón me palpite.

—No. Estoy bien. —Le sonrío con ironía—. Y te voy a dar una patada en el culo.

Echo a correr, dejándolo detrás. Miro por encima del hombro y lo veo allí, con una sonrisa atónita. Entonces, empieza a correr detrás de mí, y yo grito un poco, sorprendiéndome. Charlie y Reese están fuera de la vista, pero veo a un cámara corriendo incómodamente por delante y supongo que los va siguiendo.

Estamos en un callejón, o al menos en un decorado que imita perfectamente a un callejón. Falsas paredes de ladrillo a cada lado, contenedores y cubos de basura cada pocos metros. Ventanas rotas y grafiti por todas partes a mi alrededor. Sigo corriendo, sabiendo que los zombis podrían estar en cualquier parte y que Jamie me está alcanzando. El callejón se divide en dos, y me paro para decidir qué camino tomar. Los dos son idénticos, como imágenes especulares. Oigo a Jamie, corriendo detrás de mí.

—¿Por qué vas tan despacio? —Me vuelvo y veo un rostro podrido y repulsivo mirándome a mí. Es uno de los zombis. Aunque sé que no es más que un actor que lleva una increíble capa de maquillaje, grito. Mis pies empiezan a moverse y decido tomar el callejón de la izquierda.

Es un callejón sin salida. La pared del fondo es una enorme imagen estilo valla publicitaria de la Ópera de Sydney, de las que se usan en las películas para dar la impresión de que se está en Sydney en lugar de en un decorado de Hollywood.

Me doy cuenta de algo: de que aquello es una escena exacta de *El levantamiento*. En la escena, Ava (el personaje representado por Charlie) se ve acorralada por una horda de zombis y tiene que pasar por una estrecha rendija entre edificios para escapar.

Detrás de mí retumba un chillido y me doy la vuelta. Cinco zombis se me acercan.

Corro hasta el final del callejón y busco la difícil rendija. La encuentro disimulada en una esquina. Está oscura, pero es mucho más ancha que la rendija de la película. Empiezo a correr por ella, descubriendo que se trata más bien de un túnel. Después de torcer una esquina muy pronunciada, de repente me encuentro en una especie de factoría o almacén. La única luz que hay proviene de las parpadeantes bombillas que cuelgan del techo. Unas paredes de madera desgastada se encuentran a cada lado de mí, y juro que puedo oír una respiración pesada que proviene de no sé dónde. Algo me gotea en la frente, y levanto la vista para ver un cadáver de utilería que cuelga de una cadena sujeta a un tubo.

—¡Uf! —Contengo un grito y me limpio la falsa sangre de la cara. Avanzo con los brazos extendidos delante de mí como guía. Oigo un grito estridente y lo reconozco al instante: es Reese. Me río para mí y tomo nota de que no me quiero perder el siguiente episodio de *Entertainment Now* para ver su cara.

Una mano me agarra del hombro y doy un salto en el aire de metro y medio. Intento correr, pero me ha agarrado el brazo. Oigo un gemido en mi oreja y siento un aliento cálido en el cuello.

—¡Aaarr! —dice la voz—. ¡Sesos!

Cierro con fuerza los ojos mientras sale de mí una serie de gritos.

—¡Taylor! —dice Jamie, riéndose—. ¡Relájate! ¡Solo soy yo!

Me vuelvo hacia él y exhalo un largo suspiro:

—¡Me he cagado de miedo, gilipollas!

Me llevo la mano al corazón y noto que se me quiere salir del pecho. Entonces le doy un puñetazo en el brazo.

Se muerde el labio inferior para no reírse:

—Lo siento.

Sigo caminando y él se me aprieta al lado:

—¿No te parece de puta madre? No quiero salir de aquí.

—Me parece bien —digo—. Entonces ganaré yo.

Un zombi calvo con un desagradable tajo en el cráneo sale de detrás de una esquina, y Jamie y yo tropezamos al retroceder, chillando y agarrándonos el uno al otro.

—Me cago en... —digo mientras el zombi desaparece.

—Ey —dice Jamie, que sigue agarrándome el brazo—. Ya sé que corremos el uno contra el otro, pero ¿qué tal si declaramos una tregua? Solo hasta que salgamos de esta parte del laberinto. Yo no quiero pasar este tramo solo.

Muevo la cabeza de arriba abajo varias veces.

—Sí. Mil veces sí.

Apretamos los dedos contra el costado del otro. Incluso con la amenaza de los zombis a nuestro alrededor, soy consciente de que Jamie y yo nunca nos habíamos abrazado tanto tiempo.

Claro que a veces flirteamos, o lo intentamos, pero generalmente evitamos el contacto físico. Mientras pasamos abrazados por la oscuridad, decido disfrutar del momento. Aunque no se trate más que de dos amigos ayudándose a pasar un falso apocalipsis.

Al fin y al cabo, la SuperCon se ha hecho para divertirse.

# 18

# CHARLIE

—CREO QUE HEMOS COGIDO EL CAMINO EQUIVOCADO —DIGO mientras Reese y yo avanzamos a ciegas por la oscuridad. Hace un minuto íbamos corriendo por una réplica de una calle de Sydney, y ahora no sé dónde estamos. Pero está oscuro. Y hemos perdido al equipo de *Entertainment Now*. Y estoy aquí atrapada con Reese.

Otra vez.

—Es un laberinto —dice con voz inexpresiva—. Todos los caminos son equivocados.

Pongo los ojos en blanco, aunque él no pueda verlo.

—Hay al menos un camino correcto.

—Lo que tú digas.

Me muerdo la lengua, resistiéndome al impulso de preguntarle cuál es el problema. Espero que, si se está poniendo aún más tonto y pedante de lo habitual, sea porque sigue teniendo resaca, y no porque esté amargado por mi rechazo.

—He pensado sobre lo que hablamos ayer —dice, y yo me retuerzo en el sitio—. Y he decidido que no quiero volver contigo.

Vuelvo a poner los ojos en blanco, esta vez con tantas ganas que me duelen:

—Cuánto me alegro.

—Yo también me alegro —dice con un sarcasmo tan denso que no se cortaría ni con cuchillo—. Tú y yo... Estuvo bien mientras duró. Pero faltaba algo.

Siento que está intentando decir: «a mí me faltaba algo».

No hace tanto tiempo, oír aquellas palabras me habría herido. Pero ahora lo tengo calado.

—Tienes razón —digo—. Faltaba algo.

Su silencio me dice que no esperaba que yo reaccionara diciendo eso. Da otro giro:

—Eras tan sexi que necesitaba volver a intentarlo.

Quiere romperme. Pero no me romperé. Soy irrompible.

Me vuelvo en la oscuridad, mirando hacia donde pienso que está su cara:

—Cierra la puta boca, Reese. No me hables así. —Aprieto los puños—. No entiendo por qué me cuentas esas mierdas.

—¿Que te cuento qué? —Su voz es tensa, defensiva.

—¡Te portas como un cabrón machista!

—¿Perdona?

—¿No te das cuenta de lo asqueroso que es lo que dices? ¿Te olvidas de que te conozco?, ¿de que sé quién hay debajo de todo ese machismo? —Le doy un golpe en el pecho—. Te conozco, Reese. Mejor que la mayoría. No tienes que jugar a ese juego conmigo.

—No estoy jugando. Ni me estoy portando como un machista. Soy un tío.

Suelto un gemido de frustración.

—Eres un insoportable, eso es lo que eres.

Su incesante necesidad de «actuar como un hombre» era algo contra lo que luchábamos cuando estábamos juntos. Cuando estábamos solos era cariñoso, sensible y afectivo, pero, en el momento en que estábamos con otras personas, se convertía en un aspirante al papel de musculitos salido de una comedia romántica para adolescentes.

No hay nada más descorazonador que pensar que conoces a alguien (a un nivel profundo, intenso) y darte cuenta de que es otra persona completamente distinta. Empecé a cuestionármelo todo. No sabía si el Reese que conocía era el auténtico o si lo era el Reese de las fiestas y el Reese que venía en la prensa. Para empeorar las cosas, cada vez que sacaba el tema, él me decía que todo eran imaginaciones mías. Me hacía cuestionarme mi propia cordura. Pero cuando me enteré de que me engañaba, supe que no eran imaginaciones mías. Comprendí que estaba atrapado en el juego social de encajar, y ese es un juego al que yo no he querido jugar nunca.

Porque nadie gana nunca.

Reese respira largo, lento.

—Mira, da igual, lo siento. Ya sabes cuánta presión tengo que soportar. La gente me observa a todas horas. Todos los papeles que me dan son de tipo duro. Tengo que estar a la altura.

—Reese, ser mezquino no te hace más hombre. Solo te hace más mezquino. Y no eres el único que se encuentra bajo presión. No es excusa para actuar como todos los que están por debajo de ti.

Echa aire por las narices, enfurruñado:

—Yo no hago eso.

—Sí que lo haces. ¿Sabes? Serías mucho más feliz si dejaras de preocuparte por lo que piensen los demás y fueras tú mismo.

La hipocresía de mis palabras me impresiona y siento retortijones en el estómago. Reese protesta:

—¿Y qué tal si te me quitas de la cabeza?

—Créeme —le digo—. Me encantaría quitarme no solo de tu cabeza, en cuanto se acabe la SuperCon, lo haré.

—Muy bien.

—Estupendo.

Una brillante luz blanca nos ilumina directamente. Cierro los ojos casi del todo y me los tapo con el brazo.

—¡Estáis ahí!

Es Candice, la reportera del *Entertainment Now*, con sus dos cámaras.

—¡Os habíamos perdido!

Cuando mis ojos se acostumbran a la luz, veo que me encuentro a solo unos centímetros de distancia de Reese. Retrocedo un paso.

Candice se detiene a un par de metros, mirándonos con recelo. Una sonrisa de felicidad le aparece en la cara.

—¿Os hemos pillado haciendo manitas?

—No —respondemos los dos, con voz severa y evidentemente irritada. Ella se avergüenza un poco, pero rápidamente se recobra con una sonrisa—: Qué pena.

Nos hace una seña con la mano:

—Vamos, ¿a qué estáis esperando? Vamos a salir de este laberinto infestado de zombis.

La tensión entre nosotros es palpable, pero ninguno de los dos permite que interfiera en nuestro trabajo. Reese y yo salimos aprisa del laberinto. Aparece un zombi, y Reese chilla tan fuerte que me duelen los oídos. Se ríe y coge su teléfono para entrar en Snapchat mientras corremos.

—¿Esto os trae recuerdos felices? —pregunta Candice. No puedo ocultar mi desprecio, y ella lo ve como una oportunidad para volver al tema de nuestra relación—: ¿O algunos recuerdos tristes, Charlie? ¿Es duro estar aquí otra vez con Reese después de una ruptura tan pública?

Me muerdo la lengua, resistiendo el impulso de lanzarle a la cámara algún comentario sarcástico.

—No, no pasa nada. Nos divertimos mucho rodando *El levantamiento*, y esto es igual de divertido. —Sonrío en el momento justo.

—¿Y qué me dices de ti, Reese?

Él le dirige su sonrisa de perlas:

—Charlie y yo pasamos buenos momentos en decorados como este. Tenemos montones de grandes recuerdos. Y aunque las cosas entre nosotros no funcionaron, siempre nos quedan esos recuerdos.

Candice lo mira como si él fuera la pera más dulce del árbol y después me mira a mí como si yo fuera muy afortunada por estar en presencia de él.

—¿No sería maravilloso que todos los ex pudieran ser tan encantadores como Reese?

Esta vez, disimulo mi desprecio pero no mi risa. Me río, negando con la cabeza.

—Sí: Reese es único.

Tres repulsivos zombis aparecen al doblar una esquina y les doy gracias por librarme de esta conversación.

# 19

# TAYLOR

—BUENO —DICE JAMIE, MIRÁNDOME A MÍ Y ACLARÁNDOSE LA garganta—. Creo que he encontrado el comentario falso perfecto para ponerlo en tu Twitter.

—¿Ah, sí?

—Sí. Lo que voy a poner es: «Gary Busey es mi nuevo amor. Es mucho más sexi que Jensen Ackles».

Ahogo un grito:

—¡No serás capaz!

Entrecierra los ojos y sonríe:

—Sí, claro que seré capaz. —Se inclina hacia mí—. Y pondré mucho cuidado en incluir una tonelada de faltas de ortografía.

Me quedo con la boca abierta:

—¡No puedes caer tan bajo!

Un chillido potente sale de detrás de nosotros. Volvemos la cabeza y vemos a tres zombis que vienen detrás. Jamie empieza a correr, cogiéndome de la mano y tirando de mí. Me mira y sonríe, riéndose mientras aceleramos por el camino oscuro.

Llegamos a un cruce. Jamie mira a un lado y al otro.

—¿Derecha, izquierda o recto?

—Eh…

Un zombi aparece a la izquierda y, entonces, otros dos vienen hacia nosotros por delante. Nos miramos el uno al otro y decimos a la vez:

—Derecha.

Pasamos corriendo por una alambrada con más de una docena de zombis detrás, que intentan alcanzarnos. Uno de ellos me agarra la gabardina y tira de mí. Yo chillo y me libro de un manotazo. Jamie alarga el brazo y me rodea con él, colocándose entre mí y la alambrada. Yo lo observo por el rabillo del ojo, mientras pasamos arrastrando los pies por el oscuro pasillo. Me dirige una mirada de soslayo y sonríe un poco cuando me ve observándolo. Yo enseguida aparto la mirada.

—Ey —dice.

Mantengo los ojos en el suelo:

—¿Qué?

—Mira.

Señala una puerta. Vamos hacia ella, y él la abre empujando. La puerta da a una parte del decorado que representa una tranquila calle de zona residencial. Es de noche, y solo hay una farola iluminada. Hay tres casas en cada lado de la calle. Al final de la calle aparece una autocaravana estrellada. Por la zona deambulan unos zombis perdidos.

—¿Qué será mejor: ir a la zona residencial o volver a probar suerte en el laberinto? —pregunto.

Jamie mira atrás y abre bien los ojos:

—La zona residencial.

Miro hacia atrás y veo a una horda que nos sigue. Entramos en la calle corriendo, parándonos y asustándonos al intentar decidir el camino a tomar.

—Recuerdo esto —dice—. En la película, ¿no es aquí donde viven los padres de Reese?

—Sí. —Señalo la primera casa a la derecha—. Creo que es esa. Sus padres eran zombis, ¿te acuerdas? Los vio por la ventana.

—Justo. Puso aquella horrible cara de llanto. Vamos a mantenernos lejos de esa casa.

Miro a mi alrededor:

—¿Cómo demonios salimos de aquí?

Él no aparta la vista del frente cuando caminamos, pero me coge de la mano. Intento no darle demasiada importancia a ese hecho, pero mi mente me desobedece enseguida. Me pregunto si quiere cogerme la mano e incluso si se da cuenta de que lo está haciendo. Parecía algo muy intencionado, como si lo hubiera pensado de antemano. O tal vez simplemente estoy sacando demasiadas conclusiones de algo que no hay por qué interpretar de ningún modo. Eso es algo que se me da muy bien. Jamie me mira:

—¿Te importa...? —me pregunta indicando nuestras manos entrelazadas con un movimiento de la cabeza.

—Ah... —respondo, haciendo como si no me hubiera dado cuenta. Me encojo de hombros—: Sí, claro, qué más da.

Veo algo que se mueve en el porche delantero de la casa que tengo a mi izquierda y dejo de andar.

—¿Qué pasa? —pregunta Jamie, acercándoseme más.

Yo señalo al zombi que está allí de pie y baja la escalera tambaleándose. Salen más zombis de dentro de las casas. Debe de haber más de cincuenta. Nos están esperando. Empiezo a reírme histéricamente porque no sé qué otra cosa hacer.

—Vamos —dice Jamie, y corremos por la calle.

La autocaravana está puesta contra una pared negra y, como no tenemos otro sitio al que correr, nos metemos en ella de un salto.

—¡Mira! —Señalo a la otra puerta. Una luz cálida se filtra por el borde inferior—: Creo que es la salida.

Abro la puerta y saltamos. Jamie se rasca la cabeza:

—¿Dónde estamos?

—En la escena de la biblioteca —digo, mirando las estanterías. Unas velas eléctricas colocadas irregularmente en los estantes son la única iluminación de la sala—. ¿Por qué pasillo tiramos?

—Mmm... —Estudia cada uno con detenimiento—. Por el de la derecha.

Me ofrece la mano y sonríe cuando se la cojo. Ya no cabe duda de que lo hace con intención. Ahora es imposible no sacar conclusiones de ello. Caminamos por el pasillo de la derecha justo cuando la puerta se abre detrás de nosotros. Pego la espalda contra la estantería para esconderme, y Jamie hace lo mismo. Mirando por encima del hombro, veo a Charlie, a Reese y al equipo de *Entertainment Now* subir a la sala. Estoy a punto de salir y decirles que estamos aquí, cuando un ruido potente sacude las paredes.

Uno tras otro, los zombis se salen de la autocaravana y entran en la biblioteca. Charlie grita y ellos empiezan a correr por el pasillo del centro. Yo le pongo a Jamie las manos en el pecho y le empujo todo lo posible hasta que llegamos a otro rincón sin salida.

—¡Mierda! —susurro.

Un coro de gemidos y pisadas pasa por delante de nosotros al otro lado de las estanterías, persiguiéndolos a ellos. Jamie y yo nos apretamos contra la pared y nos tapamos la boca para que no se nos oiga la risa. Estoy irracionalmente aterrorizada ante la posibilidad de que nos vean. Una vez ha pasado la estampida de los zombis, comprendo que Jamie está tan cerca de mí que casi puedo oírle el corazón. Se me pone la carne de gallina por todo el cuerpo y mi respiración se vuelve superficial. Tengo la espalda pegada a la pared, y él me está mirando.

—¿Estás bien? —me pregunta. Su voz es baja, suave y está llena de algo que no reconozco. Lo miro a los ojos y un escalofrío me recorre la columna vertebral.

—Mmm... Sí, estoy bien. —Mi voz es un susurro tembloroso.

El peligro ha pasado. Ya no necesitamos escondernos, y menos tan pegados uno al otro. Aun así, ninguno de los dos se mueve. Ve algo en mi frente y arruga la suya:

—¿Estás sangrando?

Me toca encima de la ceja derecha suavemente con su pulgar.

El corazón me late varias veces antes de añadir:

—Es sangre de mentira.

Mis ojos siguen fijos en los suyos. Él parece aliviado.

—Ah.

El pulgar se demora allí un momento y después baja por el contorno de mi rostro, deteniéndose en la mejilla.

No sé qué pensar. Estoy casi segura de que sé adónde lleva esto y no me atrevo a moverme ni a hablar ni tampoco a parpadear por miedo a que algo lo estropee. Tengo miedo a que deje de tocarme, a que deje de estar tan apretado a mí, a que deje de mirarme como si yo fuera la cosa más increíble que ha visto nunca. Me acaricia la mejilla con el pulgar, y yo cierro los ojos por instinto, saboreando el contacto de su dedo.

Cuando vuelvo a abrir los ojos, está mirándome los labios. Me ve mirándolo y me dirige una semisonrisa cariñosa. Entonces se inclina sobre mí y me toca los labios con los suyos. Al principio estoy tan paralizada que no respondo, pero entonces mi cerebro comprende lo que está pasando y logro mover los labios con los suyos. Y, en el momento en que lo hago, eso desencadena algo en él. Pone una mano contra la pared que tengo detrás, me pone la otra en la parte baja de la espalda y me aprieta contra él. Inspirada por su pasión, yo le echo las manos al cuello, echo la cabeza hacia atrás y me pongo de puntillas para besarlo con más fuerza. Desliza la otra mano pared abajo y alrededor de mi cintura, pasando los dedos por mi espalda, de arriba abajo.

Todas las veces que he imaginado este momento chocan en este beso espectacular.

Todos los años que he pasado esperando esto han valido la pena. Intentan inmiscuirse pensamientos sobre lo que este beso significará para nosotros, pero los aparto. Por una vez, no quiero pensar en el pasado ni el futuro. Solo quiero estar aquí, en este pequeño pasillo oscuro detrás de una fila de libros falsos, besando al chico al que siempre he querido.

Cuando al final nos paramos para respirar, nos sentimos inevitablemente incómodos. Aprieta sus labios en una sonrisa sexi y me mira con los párpados caídos:

—¡Ey!

—Ey —digo suavemente. Me rasco, nerviosa, detrás de la oreja, y empiezo a reírme—. Qué raro es esto.

Se le borra la sonrisa y parece molesto.

—Ah —digo, tapándome la irreflexiva boca con las manos—. No quería decir lo que te ha parecido. Solo que es un poco raro. Pero raro-bueno. —Levanta una ceja, y yo continúo vomitando palabras sobre él—. Quiero decir que es raro que esto esté sucediendo aquí, en medio de una biblioteca falsa y de un falso apocalipsis zombi. —Respiro hondo e intento recomponerme—. Recapitulando: el beso es raro-bueno; que nos besemos aquí es raro a secas.

Eleva los labios en una sonrisa lateral. Mi incapacidad para encauzar palabras desde el cerebro a la boca le divierte.

—La biblioteca puede ser falsa —dice—. Y el apocalipsis zombi también. Pero esto... —Me pone las manos en las caderas y me vuelve a besar—, esto es real.

No quiero hacerlo, pero me da la risa. Él agacha la cabeza, se lleva una mano a la cara y se ríe conmigo.

—Lo sé, lo sé —dice—. Esa fue una frase horrorosa.

—Un poco cursi —digo.

Asiente, escondiendo la cara en las manos.

—Sentía pánico. Y no sabía qué decir.

Aprieto los labios, intentando no reírme.

—Ey, no te estoy juzgando. Soy yo la que ha dicho lo de «raro-bueno», ¿recuerdas?

Vuelve a ponerme las manos en las caderas y baja una ceja:

—No creo que se me olvide nunca. —Me besa otra vez—. Ni esto tampoco. —Me da una risa nerviosa y él vuelve a agachar la cabeza—. Maldita sea, lo he vuelto a hacer. Mira lo que has conseguido. Un beso tuyo y, de repente, me creo Ryan Gosling en *El diario de Noah*.

—Dios mío —digo yo—. Odio esa película.

—Lo sé —dice, y lanza un suspiro.

Me mira a los ojos, y esta vez lo beso yo.

# 20

# CHARLIE

REESE ENCUENTRA UNA PUERTA QUE SALE DEL LABERINTO, Y Candice sigue con la entrevista mientras entramos en una falsa calle de zona residencial, llena de casas y jardines.

—Entonces, Reese, ¿hay alguna chica especial ahora en tu vida?

—No —dice con total naturalidad.

—¿Y qué me dices de ti, Charlie? ¿Algún chico especial?

Sonrío:

—No. Ningún chico especial.

«Pero sí una chica muy especial», pienso.

—Bueno, estoy segura de que a los fans de Chase les encantará saber que ninguno de los dos tiene pareja ¡y que estáis aquí juntos!

—No estamos aquí juntos —digo—. Bueno, estamos aquí, pero no estamos juntos. —Me río de pura incomodidad.

De nuestra izquierda sale un gorgoteo. Los zombis vienen en mi rescate. Salen docenas de ellos de detrás de las casas, obligándonos a correr por la calle y refugiarnos en una autocaravana.

—Ey —dice Reese en cuanto estamos dentro—. ¿Eso es una puerta?

La abre empujando con el hombro y salimos de un salto.

—¡Ahí va! —exclama—. ¡La escena de la biblioteca!

—Vaya —digo al entrar en la biblioteca—. Es una réplica casi exacta del decorado de la película.

Reese y yo avanzamos, seguidos de cerca por Candice y los cámaras. Pienso en la última vez que estuvimos en un decorado como aquel. Reese y yo nos estábamos peleando por algo estúpido..., ni siquiera recuerdo qué, pero sé que yo estaba herida. Había oído rumores sobre él y otras chicas y, en vez de preguntarle directamente, había empezado a regañar con él por minucias. Hasta aquel momento, la inseguridad no había sido nunca un gran problema para mí. Tenía mis momentos, claro. Nunca tenía la impresión de encajar perfectamente en ninguna parte, pero mis padres y mis hermanas me enseñaron a sentirme orgullosa de quién era. Pronto comprendí que prefería ser distinta a ser parte de la aburrida multitud.

Pero cuando empecé a salir con Reese algo cambió. Empecé a dudar de mí misma. Por primera vez en mi vida, empecé a preguntarme si era lo bastante buena. Fue durante los días que pasamos en esta biblioteca misteriosa cuando comenzaron a aparecer las grietas. Cuando todo empezó a desenredarse.

Me empieza a temblar el labio cuando todas esas dolorosas emociones me invaden.

—Tengo que salir de aquí.

Brota un coro de gemidos, y nos volvemos para ver una horda que nos sigue. Corro todo lo que puedo, eligiendo el pasillo del medio, sin esperar a Reese. Si esos cámaras no estuvieran ahora mismo encima de mí, lo encerraría aquí y tiraría la llave. Fingir que somos amigos por el bien del estudio y de los fans ha sido mucho más duro de lo que esperaba. No es más que un recordatorio vivo y sonriente de lo mucho que me perdí estando con él, y de lo mucho que me costó reencontrarme después de la ruptura. Por eso necesito mantener mi relación con Alyssa alejada de los medios hasta que esté preparada. Mi corazón no puede soportar otro palo semejante, y menos en público. Llego a la puerta, la abro de un empujón y la temperatura aumenta unos diez grados. Estamos en una pequeña aula, la de la escena en que Reese y yo nos besamos después de clase. Fue una de las primeras escenas de la película, pero una de las últimas que rodamos.

Cierro los ojos. Quisiera encontrarme en cualquier sitio que no fuera este.

—¿Qué es esto? ¿Los fantasmas del pasado sentimental? —mascullo.

—¿Qué fue eso, Charlie? —pregunta Candice, metiéndome el micrófono en la boca.

—Nada.

Reese se pone a mi lado:

—Recuerdo este día.

Me mira, y puedo distinguir el sentimiento de culpa en sus ojos. Ese fue el mismo día en que apareció la primera foto de Reese besando a otra chica. La había visto en internet, alguien me la tuiteó esa mañana, y luego tuve que pasarme el resto del día dándome el lote con él. Si eso pasara ahora, yo no lo haría. Pero entonces estaba destrozada. No podía reunir fuerzas para decir que no. Ni siquiera estoy segura de que supiera que podía decir que no, que no tenía por qué hacer nada incómodo. He estado escapando de aquel día desde entonces. Escapando de Reese.

Y ahora voy a volver a escapar. No aparto los ojos del frente y me obligo a avanzar, yendo directa a la salida. La traspaso y me tapo los ojos con las manos para evitar la intensa luz que nos invade.

Estoy rodeada de gritos y de gente que grita mi nombre. Cuando mis ojos se acostumbran a la luz, veo que hemos salido.

—¡Vaya!

Debe de haberse corrido la voz de que estábamos en el laberinto de *El levantamiento*. Nos esperan cientos de personas, apretadas detrás de una fila de vallas.

—¿Cómo han sabido que estábamos aquí?

Reese está de pie junto a mí, sacando pecho y con las manos en las caderas como Superman.

—Lo puse en Snapchat, ¿no te acuerdas?

—Ah, vale. —Sonrío a los emocionados rostros—. Yo iré a la izquierda y tú ve a la derecha. De ese modo, terminaremos antes.

«Y no tendré que pasar un segundo más contigo», pienso.

Nos separamos. Empiezo a hablar con la multitud, posando para selfis con mi gente favorita en este mundo: las fans.

—Sois mi gente —les digo mientras poso para un selfi con un grupo de ellas.

Candice viene corriendo:

—Charlie, ¿qué sientes al oír a todas estas personas gritando tu nombre?

Me río:

—Es muy halagador. Todavía me tengo que acostumbrar, pero se está convirtiendo rápidamente en una de las partes favoritas de mi trabajo. Me siento como si todas fueran mis mejores amigas. Todas me conocen muy bien de mis *vlogs,* y verlas aquí apoyando mi película es increíble. Estaré eternamente agradecida.

Por el lado de Reese, la multitud empieza a vitorear y, al mirar, veo que se ha quitado la camisa. Candice se ha ido tan rápido hacia allí que casi puedo ver el polvo que ha levantado a su paso. Me río y pongo los ojos en blanco:

—Típico de Reese.

—¿Habéis vuelto...? —pregunta una voz detrás de mí.

Me vuelvo para seguir posando para las fotos. Niego con la cabeza:

—No, solo somos amigos.

—Pero todo el mundo cuenta en internet que estáis juntos. —El fan mira detrás de mí, hacia Reese—. Estáis aquí juntos.

—Estamos aquí, pero no estamos juntos.

Se me ocurre que, si me escribiera en la frente «Chase ha muerto», mi vida sería más fácil.

La chica frunce el ceño, y yo le doy un abrazo:

—No pasa nada. Soy feliz. Reese y yo no somos buenos juntos, además.

—¡Lo sois! —insiste, asintiendo con la cabeza—. ¡Juntos sois los mejores!

Sé que tiene buena intención, así que le sonrío. Otra fan tiene la cámara preparada para un selfi, así que me coloco en el encuadre.

—Me alegro de que no sigáis juntos —dice ella. La miro sorprendida, y sonríe—: No lo digo en el mal sentido. Es que no me parecíais muy felices. Pareces mucho más contenta ahora en todos tus vídeos.

Sus palabras me afectan porque sé que son verdad. Asiento con la cabeza:

—Gracias. Lo estoy.

# 21

# TAYLOR

CUANDO POR FIN JAMIE Y YO SEPARAMOS LOS LABIOS Y ENCONtramos la salida, Charlie nos está esperando. Hay gente por todas partes.

—Ey —dice ella saludándonos con la mano—. ¡Estaba a punto de mandar una partida de rastreo para buscaros! ¿Os perdisteis?

Jamie me mira, apretando los labios. Al principio, pienso que me da la oportunidad de decírselo a Charlie..., de dar el paso que nos convertirá oficialmente en «algo», pero entonces me preocupa que esté vacilando porque no quiera que Charlie lo sepa. Empiezo a flipar.

—Eh... —empiezo a decir—. No exactamente.

Mi mente demasiado analítica necesita aproximadamente tres segundos y una décima para dar con mil maneras en que nuestro beso podría estropearlo todo. En el número uno está la posibilidad de que no ingrese en la Universidad de California, Los Ángeles, ni en ninguna universidad, y Jamie y Charlie se vayan al otro lado del océano Pacífico sin mí y no vuelvan nunca. Muy cerca, en el segundo puesto, se encuentra el riesgo de sufrir un desengaño de un millón de maneras distintas, en cuyo caso yo perdería a uno de mis mejores amigos.

¿Se supone que se lo tengo que decir a Charlie? ¿Y si él quiere que siga siendo un secreto? A lo mejor para él no ha sido nada más que un beso. Hay tantas razones para que esto no dure... Tiene que saberlo. Tal vez esto no haya sido más que un lapso momentáneo en su raciocinio. Un error... No tengo ni idea de lo que estoy haciendo. ¿Cómo podría funcionar esto? ¿Por qué no he pensado en las consecuencias antes de devolverle el beso? Esto podría terminar mal. Todos estos pensamientos y más estallan en mi cabeza como fuegos artificiales, dejándome paralizada por el pánico.

Charlie entrecierra los ojos, pasando la vista de uno al otro.

—¿Me he perdido algo?

Me acobardo:

—No... Es que hemos venido despacio, supongo. ¿Quieres que pillemos algo para comer?

Echo una mirada disimulada a Jamie. Está frunciendo la frente, y me recorre una náusea. ¿Se habrá enfadado conmigo? No tengo ni idea de qué es lo que pasa. No debería haberle dejado besarme.

Charlie no está convencida, pero lo deja estar:

—Sí, podría ir a comer.

Nos dirigimos a la misma cafetería en que estuvimos Jamie y yo el día anterior. Ninguno de nosotros dice una palabra. A nuestro alrededor, todo el mundo se ríe y habla y disfruta de la vibrante energía SuperCon, pero lo único que yo siento es una tensa incomodidad. Durante los pocos minutos que nos lleva llegar a la cafetería y encontrar una mesa, me ha dado tiempo para enfermar de preocupación. De repente, este parece el día más largo y agotador de mi vida.

En el instante en que nos sentamos, suena el teléfono de Charlie. Mira a la pantalla y lanza un suspiro.

—Es Mandy. Vuelvo ahora mismo.

Se levanta de la mesa y sale fuera a contestar la llamada. Jamie y yo estamos el uno enfrente del otro, en silencio. Me froto los dedos en el regazo y mantengo los ojos fijos en las manos. Cuando por fin levanto la vista, él me está mirando, confuso, con la frente fruncida.

Sonríe, pero sus ojos no lo hacen.

—No se lo has dicho a Charlie —dice.

Trago saliva:

—No sabía si tú querías que se lo dijera.

Arquea las cejas:

—¿Por qué no iba a querer?

Vuelvo a mirarme las manos, que están empezando a sudarme:

—Por un montón de motivos. En primer lugar, porque somos muy amigos.

Se echa hacia delante, sobre la mesa, y me muestra las manos abiertas.

—¿Y...?

Me encojo de hombros:

—¿Por qué contarle a Charlie algo que a lo mejor no debería haber sucedido?

Se vuelve a echar hacia atrás, contra el respaldo del banco, herido:

—¿Crees que no debería haber sucedido?

—¿Tú crees que no debería haber sucedido?

—¿Y tú qué crees?

—Yo he preguntado primero —dice y, a continuación, suspira—: Yo creo que está bien que haya sucedido. No te habría besado si no hubiera querido hacerlo.

Me asoman las lágrimas a los ojos, pero me las aguanto:

—Pero ¿no estás asustado?

—¿De qué?

—¿Del futuro? ¿De lo que podría pasar? ¿De todas las maneras en que esto podría estropearse?

Se muerde el interior de la mejilla y piensa:

—Supongo. En realidad no he ido tan lejos. Pero me da más miedo no llegar a saber lo maravilloso que podría ser... estar contigo.

Dios mío. Lo he entendido todo mal. Apoyo los codos en la mesa y la cabeza en las manos.

—¿Qué pasa? —pregunta él, alargando la mano y colocándomela en el brazo.

Suspiro.

—Todo está cambiando. Esto —me señalo a mí y después a él— era mi espacio de seguridad. Nuestra amistad es una de las pocas cosas en mi vida que resulta cómoda y fácil y libre. Y ahora eso también ha cambiado. De ahora en adelante, todo será inseguro y nuevo y, bueno..., distinto.

Me mira con preocupación:

—Pero es un buen cambio, ¿no?

Pienso un segundo:

—Siempre pensé que lo sería. Pero ha pasado menos de una hora desde que nos besamos y yo ya la he cagado.

—Ey —dice con severidad—. Tú no has cagado nada.

Un grupo de chavales prorrumpe en la cafetería, llenando el ambiente de bromas y risas. Se sientan todos en la mesa detrás de mí, y yo me achico ante su algarabía. Dejo caer las manos sobre la mesa y miro a Jamie, intentando poner orden en mi cabeza.

Mira con desaprobación a los chicos que están detrás de mí.

—¿Quieres que nos cambiemos de mesa?

Niego con la cabeza. No quiero cambiar de mesa, quiero irme al hotel.

—Todo esto es demasiado —digo, al mismo tiempo que detrás de mí alguien dice algo gracioso, y toda la mesa estalla en carcajadas. Todo es ruidoso. Siento como si viniera un tren hacia mí, cegándome con sus luces y ensordeciéndome. No puedo pensar.

—¿Perdona? No te oigo —dice Jamie.

—¡Es demasiado! —grito. Me levanto de la mesa y salgo de la cafetería justo cuando Charlie está entrando.

—¿Taylor? —dice cuando yo paso a su lado—. ¿Adónde vas?

—Al hotel —le suelto y enseguida lo lamento.

Ella empieza a seguirme:

—¿Estás bien?

—Estoy bien —digo, sintiendo que mi rostro se tensa mientras las lágrimas amenazan con salir—. Dile a Jamie que lo siento.

Acelero, revolviendo con la mano en el bolsillo en busca de mis auriculares mientras me abro paso entre la multitud. Corro hacia la habitación del hotel e introduzco la tarjeta en la puerta. En el instante en que estoy dentro y por fin sola, dejo que me salgan las lágrimas. Intento no pensar, porque sé que cualquier cosa que piense será cruel y solo servirá para hundirme más rápido. Me arranco la gabardina y la tiro sobre la cama, y después empiezo a arrancarme el resto de la ropa. Cojo la maleta y me meto en el baño, cierro la puerta y abro la ducha. Antes de meterme bajo el agua, apago la luz.

La oscuridad me envuelve y yo respiro, sintiendo cómo los hombros se me relajan al instante. Me meto con cuidado en la ducha, cierro la puerta y me siento bajo el chorro, cerrando los ojos y apoyando la frente contra los azulejos. El agua caliente se lleva mis lágrimas y mi tensión, y yo espero hasta que vuelvo a respirar.

Pierdo la noción del tiempo, pero, cuando mi corazón se calma y mi mente se aclara, cierro el agua y me envuelvo en una toalla. Saco un par de vaqueros limpios de la maleta y me visto, preguntándome todo el tiempo cómo voy a arreglar todo lo que he estropeado.

Cuando dejo el cuarto de baño, se ve la puesta de sol por la ventana y Charlie está sentada en la cama, viendo *Entertainment Now*. Me dirige una sonrisa vacilante.

—Ey.

—Ey.

Da una palmada a su lado de la cama y yo me siento.

—Están a punto de sacarnos corriendo por el laberinto.

Miro la televisión y veo a Charlie y a Reese, que empiezan a correr. Jamie y yo no aparecemos. Aunque solo haya sido hace un par de horas, todo era distinto entonces. Más sencillo.

Charlie quita el sonido de la tele y se vuelve hacia mí:

—¿Estás bien?

Yo no aparto los ojos de la tele:

—No tienes que quitar el sonido. Esto es importante. Deberíamos verlo.

—Mis padres lo grabarán. Además, existe YouTube. No cambies de tema.

La miro por el rabillo del ojo:

—Estoy bien.

Ella arquea una ceja:

—Mmm... Solo que no es verdad.

—Miro a mi alrededor:

—¿Dónde está Jamie?

—Abajo, en la convención, haciendo un poco de terapia de compras. Va a necesitar otra estantería en esta habitación para todos los cómics de Marvel que está comprando. —Se obliga a reír, pero entonces se pone seria—: No ha querido subir. Piensa que estás enfadada con él.

Hago un gesto de desprecio:

—¿Por qué iba a estar enfadada con él?

—Piensa que tú te viste obligada a besarlo. Que tú no querías hacerlo en realidad. ¿Es cierto eso?

Se me salen los ojos de las órbitas y niego con la cabeza con todas mis fuerzas.

—¡No! No. No me sentí obligada en absoluto. ¿Estás de broma? ¡Llevo cuatro años queriendo que me besara!

—Ya lo sé. Pero él no lo sabe. Y se siente fatal.

Hundo la cara en las manos y lanzo un gemido:

—Yo soy la que se siente fatal. Pensé que... Estaba confusa. Pensé que él pensaba que no era más que un beso y después pensé en que se iba a ir a la Universidad de California y que a mí no me admitirían y que, aunque me admitieran, ¿sería lo bastante valiente como para irme a otro país? Y él ha tenido novias y citas antes, y yo no, así que no sé lo que estoy haciendo. Y luego, encima de todo esto, pensé que se había enfadado conmigo porque yo no te conté que nos habíamos besado.

Aspiro con fuerza a través de los dientes. Charlie me frota la espalda.

—Él no está enfadado contigo, Taylor. Está enamorado de ti.

La cabeza se me levanta de golpe y la miro a los ojos:

—¿Te ha dicho eso?

Sonríe:

—No necesita decírmelo. Hace bastante que resulta muy evidente. Está loco por ti.

Sonrío como una tonta. Y después frunzo el ceño como una idiota mayor aún.

—¿Crees que la he cagado?

—¿Qué? Imposible. Vosotros lleváis un par de años siendo pareja, solo que sin la parte más divertida. —Me guiña un ojo y me da con el codo, y yo me pongo colorada.

—Es que... —digo, mordiéndome el labio inferior—. Es que no sé si se me va a dar bien nada de eso...

Charlie se aguanta una risita:

—¿El qué? ¿El sexo?

Ahogo un grito.

—¿Eh...? ¡No! ¡Tener pareja!

Se ríe.

—Pero, bueno, ¿qué quieres decir?

Me froto una mano contra la parte de atrás de la cabeza, intentando ver cómo puedo explicarlo.

—Es que, a veces, me parece que no sé ser una chica. Llevo el pelo rapado por un lado y ropa que compro en la sección de chicos y no me pongo maquillaje ni me hago las uñas. Veo pelis de terror y juego a videojuegos y eructo y digo palabrotas y no hablo de mis sentimientos ni toda esa mierda. Soy como Sandra Bullock en *Miss agente especial*, solo que antes del maquillaje.

—¿Y...? —Charlie se encoge de hombros—. Gracie Hart mola un huevo. Además, no hay una única manera de ser una chica, Taylor. No necesitas encajar en lo que diga la sociedad que tiene que ser una chica. Las chicas pueden ser lo que quieran. Se trate de una agente del FBI matona, sarcástica y gran detective o una belleza de concurso divertida, preciosa e ingeniosa..., o de ambas al mismo tiempo. —Me rodea con un brazo y me acerca a ella—. ¿No estás contenta de cómo eres? ¿No estás cómoda? ¿No te sientes tú misma?

Se me escapa una media sonrisa:

—Sí. Sí. Y sí.

—Pues eso es lo que importa. A la puta mierda todo lo demás.

Piensa por un momento:

—¿De verdad estás preocupada por no poder ser una buena novia?

Levanto las manos:

—En serio, no tengo ni idea de lo que estoy haciendo.

—¡Últimas noticias! —dice riéndose—. Pues Jamie tampoco. Sí, es verdad que él ya ha salido con alguna chica y tuvo una novia, ¡pero esto es una cosa entre vosotros! Es diferente y nuevo para los dos. Además, una de las cosas especiales de una nueva relación es que lo tenéis que averiguar juntos. Pero nunca podréis averiguar nada si no habláis el uno con el otro.

Asiento con la cabeza.

—¿Qué piensas de todo esto? ¿De mí y Jamie?

Echa hacia atrás la cabeza y se ríe:

—Tía, vosotros dos lleváis un año, más o menos, siendo mi pareja favorita.

Justo entonces se abre la puerta y entra Jamie, aunque vacilante. Charlie le hace un gesto con la mano:

—Hablando del rey de Roma...

—Lo siento —dice, y empieza a mirar en su mochila—. Es que necesito el cargador del móvil. Solo será un segundo... —Ve que he estado llorando, y me doy cuenta de que se le parte el corazón—. ¿Eso es por culpa mía?

Me seco las lágrimas.

—No, es por culpa mía. —Me doy la vuelta—. No me mires. No quiero que me veas así. Con estas pintas.

Odio llorar delante de la gente. Charlie me entrega un pañuelo de la caja que hay en la mesita de noche.

—Todos estamos con pintas. ¿Qué clase de amigos seríamos si solo quisiéramos vernos niquelados? Esto no es Instagram..., es la vida real. Y la vida real es ir con pintas.

—No pasa nada —dice Jamie. Me vuelvo cuando saca el cargador de la mochila y se pone derecho—. Me voy.

—¡No! —decimos Charlie y yo al mismo tiempo.

Charlie se pone de pie:

—Soy yo la que se va. —Me dirige una mirada severa—. Vosotros dos tenéis que hablar.

Jamie me mira:

—¿Estás segura?

—Jamie —digo—. Que sí. Quédate. Y siéntate.

Charlie sale, y Jamie se acerca y se sienta a mi lado, empezando a disculparse. Yo levanto la mano para que se calle:

—No te disculpes. Yo no me he sentido obligada a besarte. —Me quedo mirando al suelo y respiro hondo—. Yo quería besarte. Lo que pasa es que flipé porque entendí mal algunas cosas y creí que para ti no significaba nada, y eso me llevó a una espiral de ansiedad y a un poquitín de colapso. No es culpa de nadie. Son cosas que pasan a veces. Estos días han sido importantes para mí, tengo mucho que asimilar. Pero estoy bien.

Por el rabillo del ojo veo cómo me mira.

—Entonces —dice respirando hondo—, ¿no estás cabreada conmigo?

—No.

—¿Tú también querías besarme?

—Sí.

Deja caer los hombros, aliviado:

—Bueno. Es difícil entenderte, ¿lo sabías?

Echo la cabeza para atrás y me río:

—¿Que yo soy difícil de entender? ¡Todo el puto mundo es difícil de entender!

Se ríe:

—Me alegro de que estés bien. Y, por cierto —se inclina de lado y choca mi hombro con el suyo—, ese beso sí significaba algo para mí. Lo significaba todo.

Yo le doy con el codo a mi vez:

—Para mí también significaba... digamos que todo.

Baja la cabeza y me mira a los ojos, levantando las cejas como si estuviera sorprendido. Yo sonrío y le digo:

—Pues esa es la cosa.

Él sonríe y asiente moviendo la cabeza muy despacio:

—Esa es la cosa.

# 22

# CHARLIE

DEJO A TAYLOR Y A JAMIE EN LA HABITACIÓN DEL HOTEL, SONriendo para mí. He estado esperando que se den cuenta y comprendan que están locamente enamorados el uno del otro. No sé cuánto tiempo más podría aguantar su incesante Ross-Rachelismo, esa indecisión permanente (¿lo harán?, ¿no lo harán...?) sin llegar nunca a nada drástico. Doblo la esquina hacia los ascensores y casi me doy de bruces con Alyssa.

—Eh..., ah... ¿Qué haces aquí?

Mira el reloj:

—Eh..., ¿no teníamos una cita? ¿Es que llego antes de la hora?

Me doy una palmada en la frente.

—¡Ahí va! Lo siento. Se me olvidó.

Retrocede un poco, y me doy cuenta de que se ha ofendido.

—No, quiero decir, no es que me olvidara, es que he perdido la noción del tiempo. Taylor, mi mejor amiga, ha pasado un rato malo y necesitaba mi ayuda...

Vestida con vaqueros ajustados, un top morado y unos botines a juego, Alyssa parece que acabara de salir del póster de una película.

—Estás guapísima —digo, e inmediatamente me avergüenza haberlo dicho demasiado alto.

Ella sonríe:

—Gracias. Tú estás... distópica.

Sus ojos pasan por mi camiseta y vaqueros, que están salpicados de sangre falsa del laberinto zombi. Me miro la ropa y me río:

—Sí... He participado en una escena rodada en vivo sobre *El levantamiento.* Estoy un poco ensangrentada. —Intento limpiarme un poco de la sangre del brazo, pero la tengo pegada a la piel y a la ropa—. Eh..., no puedo entrar en mi habitación a cambiarme. Taylor y Jamie están resolviendo algunas cosas en ella.

Hace un gesto con la mano para quitarle importancia:

—No pasa nada. Estás estupenda tal como estás.

Sonríe insinuante, y yo intento no derretirme ostensiblemente delante de ella.

—¿Estás segura? Tú vas tan... guapa, y yo mira qué pintas.

Levanta una mano para callarme:

—No me importan tus pintas.

Le cojo la mano y vamos andando hacia el ascensor.

—¿Adónde vamos?

—Ya lo verás.

Recorremos andando la corta distancia que nos separa de la SuperCon, y me lleva por la parte de atrás del edificio principal.

—¿El edificio no está cerrado ya? —pregunto.

Me guiña un ojo y me aprieta la mano.

—Para nosotras no.

Entro tras ella y pasamos los laberínticos pasillos hasta que llegamos a un espacio enorme que han aconcidionado como sala de juegos. Encima de la entrada, un letrero indica: «ARCADIANA».

Alyssa se agacha detrás de un mostrador y, un segundo después, las máquinas de juego reviven. Las luces brillan y brotan sonidos de las máquinas, retrotrayéndome a la infancia, cuando jugaba a aquellas cosas con mis hermanas.

Me echo a reír y no puedo parar. Me vuelvo hacia Alyssa, que sonríe con orgullo:

—De todos los *vlogs* que haces, los que más me gustan son las reseñas de videojuegos. Siempre te pones tan hiperactiva cuando juegas... Es adorable. —Contempla a su alrededor el salón vacío—. Así que moví hilos para que pudiéramos venir aquí después del cierre. Aquí están todos los clásicos. —Me mira—. ¿He hecho bien?

Yo le dirijo una sonrisa llena de emoción:

—Eres asombrosa.

Sonríe de oreja a oreja y saca una bolsa de congelado de detrás del mostrador:

—Aquí hay algo que preparé antes. —Abre la bolsa y saca una botella de champán y dos copas—. ¿Qué te parece?

Arrugo la frente:

—Yo no bebo. Además, aquí no tengo la edad legal. Hay que tener veintiún años, ¿recuerdas?

—¡Ah, vale! —Vuelve a dejar la botella en la bolsa frigorífica y saca dos botellas de refresco—. ¿Coca-Cola?

—Eso sí —digo riéndome—. Realmente has venido preparada. —Miro la sala de juegos, emocionándome más con cada juego de la vieja escuela que veo. Estoy en el cielo—. ¡Mira todo esto! *Comecocos... Donkey Kong... Tortugas Ninja... Tekken... ¡Mario Kart!*

—Lo sé —dice ella—. Creo que se me está cayendo la baba.

—¿Por dónde empezamos?

Sonríe.

—Creo que lo sé.

Sigo su mirada hasta un juego que hay en la fila del centro. Contengo un grito de emoción.

—¡No me digas que eso es un juego de *El levantamiento*!

—Ajá.

Sale de detrás del mostrador, yo le doy la mano y las dos nos acercamos corriendo. Yo me maravillo contemplándolo:

—¡No tenía ni idea de que fuera a salir una máquina de juego de la película! Ni siquiera sabía que hubiera salido el videojuego. ¡Mira! —Señalo la pantalla—. ¡Esa soy yo! ¡Yo estoy en un juego!

Alyssa saca de la bolsa un cartucho de monedas y lo abre:

—Tenemos que jugar. Sin pérdida de tiempo.

Mete una moneda y empieza la música. Yo saco la pistola roja de plástico de la funda y me preparo. Aparece una selección de avatares, y me emociona ver que soy una de ellos. ¡Yo! ¡La chica rara de las afueras de Melbourne! La hija menor de los inmigrantes chinos. La única chica abiertamente bi del colegio. La friki que hace *vlogs* en su cuarto... ¡Yo soy la heroína!

Finalmente, siento como que el resto del mundo empieza a verme como yo siempre me he visto a mí misma.

—¡Ah, esto mola un montón! —dice Alyssa.

—¿Preparada...?

Empieza el juego, y mi avatar está en pie en una calle desierta de Sydney. Alyssa salta y apunta a la izquierda de la pantalla.

—¡Ahí hay un zombi!

Disparo y le doy al zombi en la cabeza. Mi personaje empieza a caminar hacia delante, con la pistola por delante. El corazón empieza a latirme más aprisa, pero no es por los zombis que se esconden en cada esquina, sino porque tengo la mano de Alyssa en la parte baja de la espalda. Está tan cerca que puedo sentir su respiración en mi cuello. Un zombi sale de una ventana rota y se lanza contra mí. Yo estoy tan distraída por Alyssa que disparo en la dirección equivocada y fallo, dejándole al zombi tiempo de sobra para atacarme.

—Yyyyy... estoy muerta.

—¡Ah, vamos, Charlie! —Alyssa niega con la cabeza, suprimiendo una sonrisa—. ¡Tú puedes hacerlo mejor!

—¡Ey! —Le lanzo una mirada iracunda, de broma—: tú no me dejas concentrarme.

Levanta la mano inocentemente y me dirige una sonrisa picarona.

—Yo no me he movido de aquí.

—Exacto. Se te da muy bien distraerme.

Me mira con ojos ardientes, y yo hago lo que he querido hacer desde que la vi antes en el pasillo. La rodeo con un brazo y la acerco a mí, aplastando mis labios contra los suyos. Alyssa no se resiste, desliza sus brazos por mi cintura y me levanta en el aire. Tengo su lengua en mi boca. Sabe a Coca-Cola y a dulzor. Un zombi grita en el juego, dándonos un susto. Las dos miramos a la pantalla justo cuando yo quedo desgarrada en pedazos.

Alyssa me dirige una mirada de soslayo y sonríe:

—¡Uy! Supongo que ha sido culpa mía...

Arqueo una ceja:

—Merecía la pena.

Empieza la tercera ronda. Me separo de Alyssa y vuelvo a colocarme, preparada para matar zombis. Después nos turnamos para dar patadas a los no muertos y pasamos a los clásicos.

Me da una paliza en *Donkey Kong* y *Need for Speed,* pero yo triunfo en *Mario Kart* y *Mortal Kombat.* Entonces, vamos de la mano otra vez hacia el mostrador. Yo me tomo la Coca-Cola a sorbos y ella saca una manta de pícnic de detrás del mostrador y la tiende en el suelo en medio del salón.

—¿Qué es esto? —pregunto.

Ella me dirige una sonrisa descarada y me guiña un ojo:

—La cena.

Oigo que alguien grita el nombre de Alyssa, y ella me dice que volverá enseguida. Cuando vuelve, trae dos *pizzas* con ella. Yo echo para atrás la cabeza y me río:

—¿Vamos a cenar *pizza*?

Ella se ríe:

—Pareces sorprendida.

—Sorprendida de la *pizza* no. Pero no me esperaba todo esto: un salón de juegos para nosotras solas —digo.

Ella baja una ceja:

—Pero te gusta, ¿no?

Asiento con entusiasmo:

—¡Sí! Por supuesto que sí. Nadie había hecho nada parecido por mí.

—Ni yo había hecho nada parecido por nadie —dice, y parece un poco sorprendida consigo misma.

Nos sentamos en la manta. Alyssa alarga la mano y yo la cojo. Me dirige una sonrisa de inquietud y yo le aprieto la mano:

—Esta es la cita más asombrosa de la historia del universo.

—Tiene una pinta estupenda —dice Alyssa al abrir las cajas de *pizza*—. No sabía de qué te gustaba, así que pedí una de queso y otra de *pepperoni*.

—¡Mmm!, me encanta la de salchichón.

Nos ponemos a ello, y yo la contemplo mientras mastico. No me puedo creer que yo esté aquí, con ella, en esta cita increíble.

Ella me ve mirándola y se limpia la comisura de los labios, un poco tímida.

—¿Tengo salsa?

Sonrío:

—No. No tienes nada.

—¿Entonces...?

Trago mi bocado y poso la porción de *pizza* en el plato:

—Es solo que no me puedo creer que esté aquí contigo.

—¿Por qué es tan difícil de creer?

Pienso un segundo:

—Porque eres tan... *cool*.

Se ríe como si hubiera dicho algo gracioso.

—Créeme, no lo soy. Puede que los personajes que he representado hayan sido *cools*. Pero, en la vida real, soy una *nerd* tremenda.

Acerco a ella la cara y le susurro:

—Pero ¿no estás enterada? Ahora los *nerds* son *cools*.

Se ríe:

—Creo que esa noticia no la recibieron en mi instituto. Tendrías que haberme visto: no tenía amigos, me pasaba todo el tiempo en la biblio leyendo cómics o en el laboratorio de ciencias hablando con los profesores. Era tan tímida que apenas me veía capaz de hablar con otros alumnos. No me he sentido *cool* en mi vida. Salvo, tal vez, justo ahora.

—Ey —digo—. Pues a mí me parece que pasarse el tiempo en bibliotecas y laboratorios es muy *cool*.

Intento imaginarme a aquella mujer divertida, confiada y segura como una adolescente insegura y tímida, pero no lo consigo.

—¿De verdad eras demasiado tímida como para hablar con la gente?

Asiente con la cabeza:

—Dolorosamente tímida. Simplemente pensaba que a la gente no le caía bien, así que me escondía siempre que podía.

—¿Y cómo llegaste hasta aquí? —Indico el espacio en el que estamos—. La verdad es que no pareces tímida ni insegura en absoluto.

Sonríe, pero baja la mirada.

—Sigo siendo tímida. Pero ahora me esfuerzo mucho más en superarlo. —Se aclara la garganta y me mira a los ojos—. He comprendido que puedo llevar la cabeza muy alta y sentirme bien conmigo misma. Y ya no me preocupa lo que piensen los demás. —Aprieta los labios y, de repente, parece como si estuviera en Babia—. ¿Te puedo decir algo? —pregunta.

—Adelante.

—¿Recuerdas la ex de la que te hablaba? ¿La de la universidad?

Asiento con la cabeza.

—Esto no se lo he contado a nadie porque me emociono, pero ahí va, lo nuestro... Se llamaba Julia. Yo no esperaba que fuera nada serio. Estábamos en la misma residencia y empezamos a hacer el tonto. Yo ya había salido del armario hacía tiempo, pero ella todavía se andaba con rollos, así que prefería mantener nuestra relación en secreto. Yo la quería, así que lo aceptaba. Solo quería que ella fuera feliz, y ella siempre decía que no tardaría en estar preparada para contarlo. Pero después de llevar juntas año y medio, ella seguía sin apenas mirarme en público, no digamos ya cogerme la mano. A mí me afectaba aquel ir y venir que nos traíamos. Cuando estábamos solas me adoraba, pero, en cuanto salíamos de mi habitación, la cosa cambiaba.

Posa su porción de *pizza* y, con la impresión de que la historia está a punto de dar un giro, hago lo mismo.

—Entonces, un director de *casting* que había visto mis vídeos me pidió que me presentara al *casting* para una película y me dieron el papel. Pero yo tenía que ir a Los Ángeles para el rodaje. Le pedí que viniera conmigo, y me dijo que no. Le pedí que viniera a visitarme, me dijo que no; pensaba que la gente sospecharía. Entonces comprendí que ella nunca estaría a gusto con nuestra relación. En su cabeza, estábamos haciendo algo incorrecto. Se preocupaba más de lo que pudieran pensar otros que de mí. Así que la dejé.

Alyssa levanta las rodillas hasta el pecho y se aclara la garganta.

—Hace como un año, un amigo común nuestro murió en un accidente de coche. Yo fui al funeral, y Julia estaba allí. Había pasado mucho tiempo y a mí me apetecía hablar con ella, ver cómo estaba. Pero cuando me acerqué a ella y la saludé, hizo como si no me conociera. Eso duele. Entonces conocí a su novia. ¡Era tan distinta a mí! Estuve sentada en la iglesia, mirándole la nuca, intentando averiguar qué tenía ella que no tuviera yo, intentando encontrar excusas para Julia, comprender por qué ella había querido esconder lo nuestro tanto tiempo y, sin embargo, luego iba abiertamente con su nueva novia. Empecé a preguntarme si no se trataría simplemente... de mí. Entonces me di cuenta de que nadie que conozca y quiera a Julia sabrá siquiera que ella una vez me conoció y me quiso a mí. Me fui antes de que terminara el oficio religioso, volví a mi coche y lloré durante todo el camino a casa.

De algún modo, Alyssa consigue contarme todo esto con solo unas pocas lágrimas. Yo, sin embargo, no paro de llorar.

Se seca las mejillas y me dirige una sonrisa triste.

—Entonces comprendí que no quiero llegar al final de mi vida y descubrir que la he pasado escondiendo quién soy realmente. Todo el tiempo que pasé atormentándome y escondiéndome, podría haberlo empleado haciendo cosas que me hicieran feliz o estando con personas que me quisieran y no tuvieran miedo de quererme. Así que ahora intento pensar en las partes de mí y en las partes de mi vida que me gustan y no dar nada por garantizado. La vida es demasiado corta, ¿no crees?

Parpadeo para dejar caer las lágrimas y asiento con la cabeza. Ella vuelve a aclararse la garganta:

—¿Sigues pensando que soy *cool*?

Sonrío:

—No creo que haya nadie tan *cool* como tú.

Miro a mi alrededor:

—Mira todo esto. En este preciso instante, estamos comiendo *pizza* en un salón de juegos de la SuperCon. Esto es más que *cool*: esto es apoteósico. —Cojo mi porción de *pizza* y me la llevo a la boca—. Me gustaría que no terminara nunca.

Cuando levanto la mirada, con la boca llena de *pizza,* ella me está mirando, sonriendo un poco:

—A mí también me gustaría.

# 23

# TAYLOR

—ME ALEGRO DE QUE TE ENCUENTRES MEJOR —DICE JAMIE.

Descanso la cabeza en su pecho, y él me acaricia el pelo mientras vemos una reposición de *Supernatural.*

—Mucho mejor —digo conteniendo un bostezo—. Ahora que la hecatombe se ha calmado.

—«La hecatombe es lo que mató a los dinosaurios, cielo» —dice imitando la voz de Christian Slater sorprendentemente bien.

Me incorporo y apoyo contra el cabecero:

—*Heathers.*

Lo miro y, después, vuelvo a mirar a la tele y sonrío. Él se incorpora y se coloca junto a mí:

—¿Qué?

—Nada.

Vuelvo a sonreír. Él levanta una ceja.

—¿Ahora estás fantaseando con Destiel?

—Eh, no te metas con Destiel —digo riéndome—. Vale, solo estaba pensando. Nunca me he atrevido a decírtelo, pero viendo cómo están cambiando las cosas... eres muy *cool.*

Entrecierra los ojos:

—¿Te estás riendo de mí?

—¡No! Lo digo completamente en serio. Mira: has leído todos los libros de *Firestone* casi tantas veces como yo. Tienes una colección increíble de camisetas de *La Guerra de las Galaxias.* Ves *Supernatural.* Eres un fotógrafo alucinante, por no mencionar un recolector acojonante de kétchup. Y acabas de citar *Heathers.*

—Suelta una risotada gutural.

—Sí. Si tú estás en la adicción raruna a la cultura superpop —Se señala a sí mismo con los pulgares y me dirige una amplísima sonrisa—, entonces tengo que ser tu tipo.

Le doy con el codo en las costillas:

—¡Cierra el pico! Estoy hablando en serio.

Me pasa los dedos por el brazo:

—Bueno, gracias. Pienso que tú también eres bastante *cool.* Has leído los libros de *Firestone* incluso más veces que yo. Eres buenísima jugando a *Six Degrees of Kevin Bacon.* Has visto conmigo todas las entregas de *Actividad paranormal,* aunque te producían pesadillas. Y cada vez que intento ligar contigo, te cuesta aproximadamente un segundo y dos décimas ponerte colorada.

Noto cómo me pongo colorada y él se ríe:

—¿Lo ves? Justo un segundo y dos décimas.

Avergonzada, cambio de tema:

—¡Chis! Me parece que Dean está a punto de hacer algo increíble.

—Exacto.

Una sonrisa se extiende por mi rostro y me apoyo contra él para ver la tele. Jamie descansa la barbilla en lo alto de mi cabeza, y yo me adormezco en sus brazos, sintiéndome segura con él. Con nosotros.

A la mañana siguiente, subo los escalones que llevan entre bastidores, arreglándome la gabardina con algo de vergüenza.

Me paro, tiro de mis vaqueros hacia arriba y me aseguro de que mi disfraz está perfecto. Cuando lo hago, oigo dos voces que salen del otro lado del escenario, detrás del telón, en algún lugar entre las sombras.

—Está aquí la chica a la que se le olvidó pararse en la estrella —susurra una de las voces.

Debe de pensar que no la oigo.

—Sí, qué vergüenza pasé por ella —responde una segunda voz.

Saco el móvil del bolsillo y hago como que no las oigo.

—No ganará —susurra la primera voz—. No es lo bastante buena para ser reina.

—¿A qué te refieres? A mí me parece que su gabardina es perfecta.

—Sí, pero mírala. No es la Reina de Firestone. Es la Reina Gordinone.

Se me para el corazón. Me quedo tan quieta como una estatua. La otra chica ahoga una exclamación. No le ha hecho gracia:

—Qué malvada eres. No me puedo creer que hayas dicho eso.

Oigo pasos y veo a la segunda chica, que se va, saliendo de la oscuridad. Me entran ganas de acercarme y verle la cara a la primera chica, decirle que es cruel y que necesita madurar. Pero no lo hago.

Sé que nunca podría pronunciar las palabras. Bajo corriendo la escalera y entro en el aseo más próximo. Me cierro en un cubículo, vuelvo a sacar el móvil, abro la *app* de Tumblr y empiezo a escribir:

**REINA DE FIRESTONE:**
A la chica que me acaba de llamar Reina Gordinone:

Has dicho que no ganaré este concurso porque no soy lo bastante buena.

Puede que tú o alguien ahí fuera vea esto y piense dos veces antes de hacer un comentario malvado sobre un cuerpo que pertenece a otra persona.

Gorda. Rechoncha. Rellenita. Abundante. Talla grande. Como lo quieras llamar.

Estas palabras no tienen que ser insultos.

No me ofende la palabra «gorda», aunque la dijeras como la peor cosa del mundo.

No me preocupa lo que cualquiera por ahí piense de mi cuerpo.

A mí me gusta mi cuerpo.

Pero no es lo más interesante de mí.

Si me juzgas por la forma de mi cuerpo, entonces te pierdes lo más interesante de mí.

Y yo soy muy interesante.

Me encanta llevar mi disfraz de Reina de Firestone.

Me hace sentirme fuerte.

Me hace sentirme poderosa.

Me hace sentirme bella.

Tu breve juicio superficial no va a cambiar eso.

Mi cuerpo es saludable.

Mi corazón late bien.

Mis pulmones son fuertes.

Y justo ahora mi sangre está hirviendo.

Creo que lo que me molesta no es lo que dijiste, sino que pensaras que es correcto hacer comentarios sobre mi cuerpo.

Me cabrea que el mundo piense que mi cuerpo es mi cualidad más importante.

Y que todo lo demás es algo secundario o que se mide frente a mi apariencia, en juicio a mi valía.

Qué puta mierda.

A la chica que se escondía en las sombras e intentaba avergonzarme por mi cuerpo: siento que pensaras que esa era una buena manera de emplear el tiempo y la energía.

Espero que encuentres la felicidad en ti misma.

Te la mereces.

Nos la merecemos todos.

Y si encuentras esa felicidad, espero que nadie intente quitártela.

Nadie se merece eso.

Quiero escribir más, pero oigo que alguien entra en el aseo. Me quedo en silencio, mientras ella entra en el cubículo al lado del mío y no tarda nada en echarse a llorar. Le doy rápidamente a «Publicar» y cierro la *app* antes de abrir la puerta. El llanto se transforma en una respiración superficial y ahogada. Le cuesta respirar. Tiene un ataque de pánico. Vacilo, me acerco a la puerta y me pregunto si debería decirle algo.

—Eh —farfullo—. ¿Estás... estás bien?

—¿Taylor? —gimotea.

—¿Brianna?

Oigo un clic seguido de un chirrido y la puerta se abre. Brianna está allí, vestida de la Reina de Firestone, con los ojos rojos y las mejillas empapadas en lágrimas. Sale del cubículo con los brazos abiertos y me rodea con ellos. Descansa la cabeza en mi hombro y llora con todas las ganas mientras le tiembla todo el cuerpo. Al principio, me sorprende que se sienta lo bastante cercana a mí como para llorar en mis brazos, pues apenas nos conocemos.

Entonces la abrazo y le pregunto:

—¿Qué ha pasado?

Mi primer pensamiento se dirige a la chica malvada que estaba escondida detrás del escenario; espero que no le dijera nada hiriente a Brianna.

—El caso es que no ha pasado nada —me cuenta—. Simplemente empecé a sentirme... muy... nerviosa. Y luego no... no podía respirar.

Asiento con la cabeza.

—¿Te había dado alguna vez un ataque de pánico, antes de hoy?

—Nunca.

—Vale. Creo que se trata de eso.

Aparta la cabeza y después los hombros. Abre unos ojos muy sorprendidos.

—¿Qué? ¿De verdad?

—Creo que sí.

Su expresión cambia de la sorpresa al puro terror y empieza a gemir:

—¡No, no...!

Vuelve a apoyar la cabeza en mi hombro, y yo le froto la espalda como hace mi madre conmigo siempre que me da el pánico.

—No hay nada de lo que avergonzarse —digo—. Yo he sufrido muchos ataques de pánico. Te ayudaré a pasarlo.

Por algún motivo, yo estoy extrañamente tranquila. Alargo la mano para aguantar la puerta del cubículo:

—Siéntate ahí.

Se sienta sobre el inodoro, aspirando bocanadas potentes y entrecortadas entre las lágrimas. Yo corto un trozo de papel higiénico y se lo entrego. Espero, sabiendo que no puedo hacer otra cosa más que acompañarla. Al cabo de unos minutos, su respiración empieza a hacerse más lenta y regular.

—No creo que pueda salir al escenario —susurra—. No puedo hacerlo. Voy a retirarme del concurso.

Me pongo en cuclillas delante de ella y la miro a los ojos.

—Como tú quieras. Pero no necesitas tomar la decisión todavía. Precisamente ahora, el concurso no tiene importancia. Ni siquiera existe, ¿vale?

—Vale.

Le dirijo una leve sonrisa:

—Cuando a mí me entra el pánico, lo que hago es contar, y eso me ayuda. ¿Quieres intentarlo?

Asiente con la cabeza, y su flequillo de color miel se menea encima de sus ojos hinchados y enrojecidos.

—Vale, vamos a concentrarnos en la respiración. Intenta no pensar, solo concéntrate en respirar. Aspira hondo por la nariz y yo contaré. —Ella infla el pecho, inspirando, y yo empiezo—: Uno..., dos..., tres..., cuatro..., cinco... Y expulsas el aire lentamente por la boca.

Ella lo hace, y yo vuelvo a contar hasta cinco. Lo repetimos varias veces más, hasta que las lágrimas se detienen y su respiración se relaja. En este estado, Brianna, tan vulnerable y frágil, parece muy distinta de la chica que conocí el día anterior. Ayer, Brianna estaba un poco nerviosa, pero por encima de todo se mostraba segura, alegre y expresiva. Qué coño, salió al escenario muy ufana, se giró e hizo una reverencia. Y ahora está sentada en un inodoro, sufriendo un ataque de pánico y llorando ante otra chica que es prácticamente una desconocida. Me cuesta mucho reconciliar estos dos lados tan distintos de la misma chica y me pregunto si mi idea de lo que parece la confianza en uno mismo no habrá estado siempre equivocada. O tal vez no hay que pensar en la confianza, sino en las personas.

Tal vez no se trate solo de mí. Tal vez todo el mundo se encuentra tan al límite como yo. Tal vez solo sepan disimular mejor, no solo ante otros, sino también ante sí mismos.

—¿Qué tal te encuentras? —le pregunto, poniéndole una mano en la rodilla.

Ella mueve la cabeza de arriba abajo:

—Mejor. Un poco cansada, pero mejor.

—¿Necesitas algo? ¿Un poco de agua?

—No, creo que estoy bien. —Respira hondo una vez más—. Estoy bien.

—¿Quieres hablar de ello?

Se muerde la uña del índice y asiente con la cabeza, insegura:

—Solo quiero ganar esto, ¿sabes? Skyler es mi vida. Pero me da pánico responder a todas esas preguntas... ahí, delante de todo el mundo. —Noto que le da un escalofrío—. Cuando era niña, yo tartamudeaba. Era muy poco, pero suficiente para que los demás niños se rieran de mí. —Abre más los ojos: parece asustada—. Creí que lo había superado. Creía que ya no me hacía ningún efecto. —Los ojos se le vuelven a empañar—. Pero supongo que sí lo tenía.

Le froto la rodilla. Quiero consolarla, decirle algo que le quite todo su dolor, pero no se me ocurren las palabras adecuadas. Me pregunto si debería hablarle de todas las ocasiones en que me acosaron en el colegio. Tal vez eso la ayudara a sentirse menos sola. O tal vez suene como si solo me importara yo misma, en vez de ella.

Decido callarme.

—Siento volcar todo esto sobre ti —dice sorbiéndose los mocos.

Yo muevo la cabeza hacia los lados en señal de negación:

—Tía, no pasa nada. Sé muy bien cómo te sientes. A mí me da pánico salir al escenario, ¿qué te crees? De hecho, ayer, cuando te me acercaste detrás del escenario, yo estaba a punto de abandonar.

Arruga la frente:

—¿En serio?

—Sí. Pero entonces me dijiste que tú también estabas nerviosa y que podíamos sufrir los nervios juntas. Eso me ayudó mucho, Brianna. Estaba a punto de irme y no hubiera sabido nunca si podía hacerlo o no.

Sonríe:

—Bueno, me alegro de que te quedaras.

—Yo también.

Se muerde ligeramente el labio inferior, contemplando algo.

—Creo que ahora estoy lista para salir al escenario —dice con una sonrisa nerviosa.

Me pongo de pie y le tiendo una mano:

—Lo has superado, Brianna. Además, podemos morirnos de los nervios las dos juntas, ¿vale?

Se ríe.

—¡Muy bien! —Me vuelve a abrazar, y yo la estrecho muy fuerte—. Gracias, Taylor. Eres mi modelo a seguir.

Aquello es muy agradable de oír. No creo haber sido nunca el modelo de nadie. Cuando salimos al salón del concurso, las butacas están todas ocupadas y los concursantes están saliendo al escenario. Subimos la escalera corriendo, cogemos nuestro número y nos reunimos con las demás justo en el instante en que se encienden las luces.

Una chica de pelo negro brillante, con una camiseta de la SuperCon, avanza hasta la parte de delante del escenario con un micrófono en la mano:

—¡Hola, todo el mundo! ¡Bienvenidos a la segunda y última ronda del Concurso SuperFan de la Reina de Firestone!

La multitud aplaude como loca, y veo a Jamie sentado en el centro de la primera fila, animándome. Le sonrío y noto que el corazón me palpita tan aprisa que creo que podría estallarme en el pecho, allí mismo, en medio del escenario.

Miro a Brianna, y ella me devuelve la mirada, sonriendo.

—Hasta aquí lo hemos hecho bien —comenta.

# 24

# CHARLIE

**DESPIERTO ABRAZADA POR ALYSSA, CON SUS LABIOS ROZÁNDOME** suavemente la espalda mientras el sol asoma tras las cortinas. Si hay una palabra para describir este momento, tiene que ser suavidad. Abrazadas bajo las suaves mantas de malvavisco, nuestras cabezas compartiendo una almohada de nube.

Siempre he sido un culo inquieto. Ya cuando era niña, odiaba quedarme quieta, sentada o de pie o esperando. Tengo mucha energía, estoy siempre en movimiento, yendo de un lugar a otro y persiguiendo el siguiente momento emocionante. Pero, justo ahora, por primera vez en mi vida, lo único que quiero es quedarme quieta. Me gustaría que esto fuera un videojuego que pudiera detener y quedarme exactamente aquí para siempre.

Nunca me imaginé que me pasaría esto, que encontraría una parte de mí que anhela la quietud, que aprecia la inmovilidad, que vive en el ahora sin pensar en lo siguiente.

¿Qué pasa aquí? ¿Qué es esta magia?

Me doy la vuelta para encontrármela de cara. Tiene los ojos cerrados; nuestras narices casi se tocan.

Me quedo quieta, viéndola respirar como si fuera la cosa más milagrosa que he visto nunca. Esta chica. Esta chica que habla sobre arte y ciencia y tecnología como si fueran sus amantes. Esta chica que es bondadosa, confiada, inteligente y de gran corazón.

Anoche. Esta noche fue divertida, libre y llena de expresión y éxtasis. Yo me sentía vulnerable y, sin embargo, segura. Expuesta y, sin embargo, controlando.

Este momento. Este momento, que es enteramente nuestro y de nadie más. Esto, justo esto, entre las sábanas de seda, con nuestras piernas entrelazadas, es algo sagrado. En las vidas tan públicas que vivimos, llenas de ilusiones y drama y movimiento, esto es privado, sencillo y tranquilo. Esto es real.

La alegría surge de algún lugar profundo dentro de mí y se muestra en una sonrisita tonta. Lo único que quiero hacer es saltar en la cama y reírme y chillar y bailar, ¡porque soy muy feliz! Pero no puedo apartar los ojos de ella, así que me quedo aquí acostada con ella, sonriendo como una tonta mientras ella duerme. Y mis pestañas no tardan en caer y vuelvo a dormirme a su lado.

Algún tiempo después, me despierta el sonido de «Shake It Off» («Quitármelo de la cabeza»); Taylor Swift llena la habitación con su alucinante melodía.

Alyssa se estira y apaga la música. A continuación, se da la vuelta con un gemido.

—Lo siento —dice bostezando—. Era mi alarma.

—¿Te gusta Taylor Swift?

—¿Hay alguien a quien no le guste?

—Sí, hay más de uno.

Se levanta sobre el codo y me dirige una sonrisa torcida.

—Buenos días.

Noto que ella tiene un hoyuelo monísimo en la mejilla y me levanto un poco para besárselo. Mis labios se desplazan de su mejilla a su boca y la besan con suavidad. Ahí está otra vez esa palabra: suavidad. Suave, dulce y bello; eso es lo que es esto.

Caigo otra vez sobre la almohada y extiendo los brazos por encima de mi cabeza:

—Buenos días.

Se me abraza y reposa la cabeza en mi pecho. Sus ojos revolotean hasta los míos y me miran a mí, castaño oscuro moteado de oro.

—¿Quieres desayunar en la cama? Puedo llamar al servicio de habitaciones.

Asiento con la cabeza:

—Eso suena perfecto.

Coge el teléfono que está sobre la mesita de noche y pide café, huevos florentina y panqueques. Después recupera su postura sobre mi pecho, deslizando un brazo sobre mi vientre.

Dibujo corazones en su hombro con el dedo.

—¿Qué haces esta noche?

—Es la posfiesta SuperCon —dice—. Supongo que tú también vas, ¿no?

—Iba a ir, pero no pude conseguir pases para Taylor y Jamie. Por lo visto, no soy lo bastante importante para que me den tres pases. No me parece bien ir sin mis amigos, así que seguramente nos haremos nuestra pequeña fiesta en la habitación del hotel.

—¡Aaah, eso está muy bien por tu parte! —Levanta la barbilla y me besa el cuello, mandándome escalofríos por la columna vertebral—. Yo tengo que ir a la posfiesta. Pero ¿qué tal si me paso por tu habitación después?

—Eh, sí... Claro. Tienes que conocer a mis mejores amigos.

—Guay. ¿Crees que les caeré bien?

Me río.

—Ya les caes bien. De hecho, eres la segunda *youtuber* favorita de Taylor. Después de mí, claro.

Se ríe:

—¿Qué haces hoy?

—Taylor está en la ronda final del Concurso SuperFan de la Reina de Firestone, así que tengo que ir a animar y a ver cómo gana. ¿Y tú?

—Hoy tengo prensa que atender, sobre todo. Pero me gustaría quedarme aquí todo el día.

Lanzo un gemido de conformidad:

—A mí también.

Ya es media mañana cuando logro separarme de ella y volver a la convención para la ronda final de Taylor. Le cojo prestada a Alyssa una de sus gorras de béisbol y me meto el pelo dentro, porque hoy no me apetece que me reconozcan.

Llego al concurso y me quedo junto a la puerta, viéndolo todo desde atrás.

Me suena el teléfono.

**Alyssa:** Ya te echo de menos, xo

Sonrío para mí y respondo:

Y yo a ti. Muchos xo

Aunque no haya dormido mucho esta noche, me siento con fuerzas. Despierta. Viva.

Los concursantes salen al escenario en fila, con Taylor al final, cautelosamente. Le sonrío, aunque sé que no me ve. Me muerdo el labio inferior. Parece nerviosa, pero eso no es ninguna sorpresa. Puedo ver su ansiedad formando una especie de niebla alrededor de todo su cuerpo, y eso me preocupa.

Me acerco por entre la multitud, esperando que verme aquí le dé un poco de confianza. No puedo llegar más cerca que a mitad de recorrido hacia el escenario. Pero estoy lo bastante cerca para ver que tiene las mejillas, el cuello y las orejas colorados. Mueve los pies sutilmente hacia delante y hacia atrás, se frota las palmas con los nudillos y tiene los ojos fijos en el espacio de delante de ella, concentrándose en él como si estuviera intentando comprenderlo.

—¡Tú puedes, Taylor! —susurro.

Una chica alta de pelo negro se dirige al centro del escenario, con el micrófono tan cerca de la boca que estoy segura de que lo tiene que tocar con los labios:

—¡Hola, todo el mundo! ¡Bienvenidos a la segunda y última ronda del Concurso SuperFan de la Reina de Firestone! —Mueve las manos para animar al público a aplaudir, y todos aplaudimos y gritamos emocionados—. ¡Enhorabuena, concursantes, por haber llegado a la ronda final! El ganador del Concurso SuperFan de *Firestone* cenará con la mismísima Skyler Atkins esta noche, después será su invitado en la superexclusiva posfiesta SuperCon ¡y, por último, asistirá al estreno de la siguiente película *Firestone* en Los Ángeles! —La presentadora empieza a caminar por el escenario, hablando con los concursantes—: Aquí están las reglas, así que escuchad atentamente. A cada uno de vosotros se le hará una pregunta al azar sobre los libros y películas *Firestone.* Cada uno tendrá diez segundos para responder. Si la respuesta es incorrecta, tendréis que dejar inmediatamente el escenario. ¡El último que quede será el afortunado ganador y será coronado como el mayor SuperFan de la Reina de Firestone!

Empiezo a buscar a Jamie entre el público. No lo veo, pero sé que tiene que estar por alguna parte. No se perdería por nada del mundo el magnífico momento de Taylor. La presentadora hace la primera pregunta, que va dirigida al primero de los diez concursantes. Taylor es la número cinco y aprovecha el tiempo para respirar hondo unas cuantas veces.

En cuanto empieza, todo sucede muy aprisa. Los concursantes dos y tres dan ambos respuestas equivocadas y quedan inmediatamente eliminados. Abandonan el escenario acompañados por los aplausos del público. Cuando llega el turno de Taylor, ella muestra una sonrisa amplia en la que se le ven los dientes, aunque, del miedo, tiene los ojos como platos. Ya la he visto sonreír otras veces de ese modo, cada vez que tenía una presentación o un debate en el instituto.

La presentadora le hace la pregunta:

—¿En qué año se publicó el primer libro de *Firestone*?

—En 2004. —La respuesta de Taylor sale en voz baja pero rápida y, cuando la presentadora dice que es correcta, ella se relaja un poco.

Antes de que vuelva a tocarle el turno, otros dos concursantes han dejado el escenario. La chica que está al lado de Taylor le coge la mano, y a mí me cae bien inmediatamente. Debe de ser Brianna, la chica de la que me habló.

Sonríe a Taylor mientras la presentadora le dirige su pregunta:

—¿Cuál es el nombre de pila de la Reina de Firestone?

Brianna da un salto cuando se da cuenta de que conoce la respuesta:

—¡Agatha!

Taylor aplaude a su nueva amiga y después se queda muy quieta para escuchar su propia pregunta.

—¿En qué capítulo del libro primero Agatha Firestone se entera de que es la única reina verdadera?

—En el capítulo 18.

—Correcto.

Me suena el teléfono: es Mandy. Cancelo la llamada y pongo el móvil en silencio.

Las preguntas se van haciendo cada vez más difíciles, y yo estoy más nerviosa a cada segundo, así que apenas puedo respirar, pero Taylor lo está haciendo de maravilla. Por un breve instante, hasta adopta una pose de superheroína después de responder correctamente a una pregunta. Al cabo de un rato, solo quedan en el escenario Taylor y Brianna.

—Veamos —dice la presentadora—. La que dé la próxima respuesta incorrecta queda eliminada y la otra será la ganadora. —Continúa recordándonos a todos en qué consiste el gran premio, y me gustaría que se callara. Solo consigue poner a Taylor aún más nerviosa—. Veamos, chicas. Una de vosotras cenará esta noche con Skyler. Una de vosotras vivirá ese sueño. ¿Quién será...?

—Vaya —susurro para mí—. Sin presiones.

El chico que está a mi lado se ríe de mi comentario sarcástico. Yo lo miro y veo que me acaba de reconocer, así que me bajo más la gorra para esconder la cara.

Estoy tan inmersa en el espectáculo que se desarrolla en el escenario que ignoro el teléfono que me zumba en el bolsillo. Pero a la quinta llamada seguida, lo saco. Todas las llamadas perdidas han sido de Mandy, que también me ha dejado un mensaje de voz y tres mensajes escritos pidiéndome que la llame. Tiene que haber pasado algo muy serio. Me voy hacia la parte de atrás de la sala para poder hacer la llamada.

—Hola, Mandy —le digo—. ¿Qué pasa?

—Lo siento, Charlie.

Miro a Taylor, en el escenario, intentando comprobar que está bien.

—¿Qué es lo que sientes?

—Espera..., ¿no lo has oído?

—¿Oído qué?

—¿Dónde estás ahora?

—En el concurso de Taylor. ¿Por...? ¿Qué ha pasado?

Mandy suelta un suspiro tembloroso.

—¿Recuerdas que antes de entrar en el laberinto zombi tú me pediste que fuera a tu habitación y subiera el vídeo de colaboración con Alyssa? Debo... debo de haber subido el vídeo equivocado.

El corazón me da un vuelco:

—Mandy, sé clara. ¿Qué vídeo has subido?

Hay una larga pausa antes de que responda, y cuando lo hace, es en voz muy baja.

—No lo vi antes de subirlo. Subí el archivo equivocado. Pensaba que era el material editado, y no sabía nada de cómo terminaba. Con el beso. Así que lo subí. Pensé que era el vídeo correcto, te lo juro. Lo siento muchísimo. En cuanto me di cuenta, lo borré. Pero ya era demasiado tarde. Twitter está que arde, y los blogueros hablan de ello... Hasta han hecho un gif.

El corazón me palpita, más rápido, más fuerte, más potente.

—¡Joder!

Menuda privacidad. Empiezo a transpirar un sudor frío.

Así es exactamente como sucedió antes, con Reese. Todo estaba bien, y después se filtraron fotos, y mi mundo se puso patas arriba en un instante.

—¿Sigues ahí?

—Sí —digo sin voz.

—Yo estoy en la sala verde —dice Mandy—. Reese está aquí. Tenemos que hablar.

Suelto un suspiro de frustración.

—Vale. Iré enseguida. Primero voy a ver cómo acaba lo de Taylor.

Estoy enfadada, antes de hora, contra los medios que expanden los cotilleos y contra los ataques de los fans de Chase. Pero, sobre todo, estoy triste. Estoy triste porque siento que, en cierto sentido, lo que tenemos Alyssa y yo ya no es nuestro. Odio decirlo, pero ya está como contaminado. Siento que ya se filtran la presión y las opiniones de otros. Pero intento quitármelo de la cabeza, sabiendo que ahora tengo que concentrarme en apoyar a Taylor.

# 25

# TAYLOR

—EN EL TERCER LIBRO, ¿QUÉ LE REGALA SU HERMANA A LA REINA de Firestone cuando cumple dieciocho años?

Puedo sentir cómo me mira la presentadora, esperando mi respuesta. Puedo sentir cómo me mira el público. Hay sobre mí incontables ojos que aguardan, que me observan, que me juzgan.

No levanto la mirada del suelo. Tengo la boca abierta, pero no sale ni una palabra de ella. Me estoy consumiendo, temblando, y he dejado de respirar. Conozco la respuesta.

¿No?

La conozco. Debería conocerla. Lo sé todo sobre la Reina de Firestone, así que... ¿por qué no puedo responder la pregunta?

¿Cuánto tiempo tengo? Parece que lleve horas aquí paralizada. ¿Se nota que me están sudando las palmas de las manos? Y, más importante, ¿parece que no me sé la respuesta? Deben de pensar que soy tonta. Muy pronto se estarán riendo de mí.

Chis. Para ya, Taylor. Solo piensa en la respuesta.

¿Cuál era la pregunta? Mierda. ¿Puedo pedir que me la repita?

—Lo siento —dice la presentadora—. Te has quedado sin tiempo, lo que quiere decir que... ¡Brianna es la ganadora!

El público explota en ovaciones, pero yo implosiono. ¡No! Soy una superfan de la Reina de Firestone. No puedo perder. Pero he perdido. ¡He perdido!

La voz de la presentadora brama y penetra en mi anonadamiento.

—¡Enhorabuena, Brianna! ¡Te has convertido en la mayor fan de la Reina de Firestone!

Aplaudo, contenta por mi amiga, pero no puedo creerme que haya perdido. Me obligo a sonreír y me acerco a Brianna para darle un fuerte abrazo.

—¡Enhorabuena! —digo con toda mi confianza y, después, salgo del escenario como entre brumas. No sé si tengo que irme o que quedarme, pero de pronto siento que me ahogan la multitud, el ruido, las luces, todo.

Bajo corriendo la escalera y atravieso la multitud a toda prisa, sin dejar de mirar al suelo mientras trato de respirar. Me tiembla el labio inferior y tengo los ojos empañados de lágrimas, que me hacen caminar aún más aprisa hasta que salgo del salón. Y después salgo corriendo del edificio de la convención, bajo por la calle y no paro hasta llegar al vestíbulo del hotel. Alguien me coge de la mano, y me doy la vuelta para ver a Charlie, que me mira con ojos de preocupación.

—Taylor. —No dice nada más. Ni es necesario. Levanto los brazos, y ella me abraza bien fuerte. Cierro y aprieto los ojos, intentando bloquear el resto del mundo.

—¿Necesitas algo? —susurra—. ¿Agua? ¿Comida? ¿A Jamie?

Me río, pero es una risa forzada. Solo quiero subir a acostarme. Puede que ver una película. Pero no una película de *Firestone*.

Me sujeta a la distancia de sus brazos. Frunce el ceño:

—No dejes que esto te estropee la serie *Firestone,* Taylor. Es demasiado importante para ti. Es una parte de quien eres. Puede que no hayas ganado la competición, pero sigues siendo una auténtica fan de *Firestone.* Nadie más puede decirte de qué eres fan. Es parte de la belleza del mundo de los fans, ¿no?

Contengo las lágrimas, me sorbo los mocos y asiento con la cabeza. Su teléfono empieza a sonar, y ella lo saca del bolsillo y cancela la llamada. Un segundo después, anuncia la llegada de un mensaje de texto.

—¿Qué es? —pregunto cuando veo la preocupación en su rostro.

—Mandy —dice.

De pronto, tengo la sensación de que algo va mal, de que Charlie me está escondiendo algo.

—¿Qué pasa, Charlie?

Ella aparta la vista y suelta un gruñido:

—Todo el mundo lo sabe.

Frunzo el ceño:

—¿Qué es lo que sabe todo el mundo?

—Mandy subió la colaboración que hice con Alyssa, pero se equivocó y subió el archivo sin editar. El archivo con el beso. —Se estremece y se tapa los ojos con una mano—. Un vídeo en el que Alyssa y yo nos morreamos se ha hecho viral. Mandy está intentando controlar los daños. —Deja caer la mano de la cara y me ve mirándola con la boca abierta.

—La puta hostia —digo—. Eso es... tremendo. Tienes que ir.

Vacila, mirándome con cuidado.

—No, que esperen. Vamos arriba.

Da un paso hacia delante, pero yo la detengo y niego con la cabeza:

—No, no puedes seguir escondiéndote. Tienes que ir. Primero, habla con Mandy y, luego, busca a Alyssa. —Una expresión de dolor recorre su rostro, y yo le cojo las manos y sonrío—. Esto no tiene por qué ser malo, Charlie. Tal vez ni siquiera haya por qué controlar los daños. Puede que sea bueno. Ahora ya se sabe todo, así que puedes dejar de preocuparte por lo que otros quieren que hagas y preocuparte solo de lo que tú quieres hacer.

Abre la boca para protestar, pero yo empiezo a retroceder hacia el ascensor:

—Ve.

Ella me mira a los ojos.

—Te quiero, Taylor.

—Y yo te quiero a ti.

Entro en el ascensor con un grupo de chicas adolescentes que comentan emocionadas una charla que acaban de presenciar. Me vuelvo y veo a Jamie corriendo, cruzándose con Charlie y viniendo hacia mí, entrando en el ascensor justo cuando se cierran las puertas. En mis prisas por irme del salón, me había olvidado de que Jamie estaba entre el público. De pronto, me siento culpable, y esa sensación de culpabilidad se une a la ansiedad, la humillación y la sensación de fracaso, todas ellas desenfrenadas, que están tratando de acabar conmigo. Jamie se hace a un lado y me mira. Yo evito su mirada. No puedo soportar ver la preocupación en sus ojos. Me estoy resquebrajando. Puedo sentirlo.

Siempre empieza en mi corazón y las grietas se resquebrajan por dentro rápidamente, extendiéndose como la enredadera que trepa por un árbol, hasta que me desgarra completamente. Es una implosión, nunca vista por nadie a mi alrededor. Una de las chicas me ve:

—¡Madre mía! ¡Ese es el *cosplay* más guay de la historia!

Todas sus amigas se vuelven para mirarme, admirando mi atuendo. Yo me esfuerzo por esbozar la sonrisa más amable de la que soy capaz:

—¡Gracias!

Apenas me sale un hilo de voz, tensa por el nudo que tengo en la garganta. Ella abre la boca para decir algo más, pero me salva el sonido del ascensor al llegar a su piso.

Salen sin parar de hablar, y las puertas se cierran, dejándonos solos a Jamie y a mí. Él se vuelve hacia mí:

—¿Vas a...?

El ascensor da un bote inesperado y yo ahogo un grito. Las luces parpadean por unos segundos antes de apagarse completamente y nos quedamos abruptamente parados entre el piso décimo y el undécimo del hotel.

—¡Mierda! —exclama Jamie.

Jamie empieza a apretar botones al azar, una y otra vez, intentando que el ascensor vuelva a moverse. Las luces de emergencia se encienden, proyectando un molesto resplandor naranja, pero sigue estando tan oscuro que apenas puedo verme las manos delante de la cara. Aunque esté atrapada en una caja de metal oscura, suspendida por unos cables a casi once pisos de altura, me siento más segura ahora que hace quince minutos en el escenario.

Respiro y dejo que mi espalda se vaya deslizando hasta el suelo. Me siento con las rodillas pegadas al pecho y la cabeza apoyada en la pared del ascensor. Oigo un clic: es Jamie, que le ha dado al teléfono de emergencia.

—¿Sí...? Sí, estamos aquí atrapados... Vale... Vale... Gracias.

Retrocede un paso y lanza un suspiro:

—Es un problema técnico. Me ha dicho que lo resolverán en unos minutos.

—Bien.

—¿Dónde estás?

—Aquí abajo.

—¿Te has caído?

—No. Es que no me sostenía en pie un minuto más.

Se está un momento callado. Veo su silueta, blandiendo los brazos en el aire.

—¿En sentido literal o figurado?

Esbozo una fatigada sonrisa:

—En ambos.

Se deja caer a mi lado y extiende sus largas piernas, colocando una encima de la otra.

—No tendrás claustrofobia, espero.

Niego con la cabeza:

—Yo no. ¿Y tú?

—Yo no tenía hasta hace treinta segundos.

—No pasa nada. Estoy segura de que Keanu Reeves y Jeff Daniels vendrán pronto a rescatarnos.

Se ríe, pero suena un poco forzado; es una risa nerviosa. Nos quedamos un minuto en silencio. Oigo el sonido de su respiración. Lo curioso es que me calma. Cierro los ojos y lo escucho como si fuera música.

—Tú eras la ganadora evidente —dice de pronto.

—No, qué va —respondo, luchando contra el nudo que tengo en la garganta—. La cagué. No respondí a la pregunta.

—Pero conocías la respuesta. Solo que te quedaste muda. Es comprensible.

Me tapo la cara con las manos:

—No me quedé muda. Olvidé la respuesta. Y perdí. Y ya no veré nunca a Skyler. Y tendré que...

—¿Tendrás que qué?

—¿Me prometes que no te reirás?

—Palabrita del Niño Jesús.

Pongo los ojos en blanco por lo que estoy a punto de decir. Sé que no tendrá ningún sentido.

—Tendré que ir a la universidad sin haberla conocido.

—Espera un momento —dice él, claramente confuso—. ¿Qué tiene que ver la universidad con Skyler Atkins?

—Sé que suena tonto, pero pensé que, si podía conocerla, si podía estar delante de ella, hablar con ella..., eso me daría la confianza necesaria para ir a la universidad al año siguiente. Para dejar mi casa e irme a Los Ángeles.

Decirlo en voz alta me hace más daño de lo que esperaba y no puedo contener las lágrimas por más tiempo.

—Taylor, ¿estás llorando? —No consigo responder, y eso responde a su pregunta—. ¡Ah, Taylor...!

Intenta pasarme el brazo por la espalda, pero yo no le dejo.

—Por favor, no —farfullo—. Ahora no quiero que me toquen.

—Mierda, lo siento —dice apartando el brazo—. Creo que comprendo. Skyler es tu champiñón, como en *Super Mario.* Al conocerla, aumentan tus poderes, convirtiéndote en Super Taylor. Entonces puedes irte a Los Ángeles y a la universidad y lograrlo, ¿no?

Me río entre lágrimas:

—Exacto. Es como si conocerla a ella validara algo. Si tengo agallas para conocer a la persona que admiro más en todo el universo, entonces tengo lo que hace falta para afrontar el horror de la universidad.

—¿El horror? ¡La universidad será la bomba!

Hago una pedorreta.

—Puede que lo sea para ti, don Extrovertido. Pero para mí será duro. Será toda una nueva serie de obstáculos sociales diarios que tendré que saltar cada día. Nuevos lugares, nuevas personas, nuevas reglas. Solo llegar a clase cada día ya es suficiente para hacerme implosionar emocionalmente. Y Charlie estará por ahí en los rodajes; tú tendrás tus propias clases a las que ir. Yo estaré completamente sola, en un territorio desconocido, sin un puto mapa para recorrerlo. —Contengo una nueva tanda de lágrimas y lanzo un suspiro—. ¿Me entiendes?

—Lo intento.

Medito un instante, intentando encontrar una manera de explicar cómo me siento.

—¿Recuerdas aquella escena de *Indiana Jones y la última cruzada,* cuando está resolviendo el rompecabezas verbal y cualquier piedra equivocada que pisa se derrumba a sus pies?

—Por supuesto. Es un clásico.

—Así es como me siento. Como si el mundo se derrumbara a mis pies. Todo el tiempo. Nada es estable nunca. En cualquier momento, la tierra podría colapsarse debajo de mí, y yo caería al abismo. Pero, a diferencia de Indiana Jones, yo no conozco la respuesta del rompecabezas, ni siquiera sé cuál es la pregunta.

—Hostia, Taylor —dice—. ¿Siempre te has sentido así?

—Sí. Últimamente es más intenso, porque se acercan los exámenes y la graduación y Los Ángeles y la universidad... Todo está cambiando.

Me seco otras lágrimas nuevas:

—Jamie, estoy realmente asustada.

—¿Por qué no me habías contado nada de esto antes?

Me encojo de hombros.

—No me gusta pensar en las cosas que me ponen nerviosa. Y no quiero molestar a los demás con mis problemas, especialmente cuando para la mayoría de las personas esto no son problemas de verdad. Y —me callo un segundo para cerrar los ojos con todas las fuerzas— no quiero que me valores menos.

—Taylor —dice con un suspiro—. En primer lugar, yo soy tu mejor amigo y ahora algo más. Se supone que estoy aquí para ayudarte cuando tienes problemas. Para eso están los amigos. En segundo lugar, nada podría hacer que te valorara menos.

Unas lágrimas desobedientes me corren por las mejillas y me las golpeo, irritada conmigo misma.

—¿No sueno demasiado patética?, ¿creyendo que conocer a Skyler sería la solución a todos mis problemas?

Apenas puedo verle mover la cabeza en señal de negación en la oscuridad.

—No. No es patético en absoluto. Los libros y las películas de la Reina de Firestone te ayudaron a superar muchas cosas, la Reina de Firestone no cambiará nunca.

—Exacto —digo volviéndome hacia él en la oscuridad—. Y es más que eso. Esos libros y películas me han enseñado mucho sobre mí misma. La Reina de Firestone se enfrenta a sus peores terrores y se transforma de una niñita aterrorizada en una mujer poderosa que gobierna en su reino. Eso me da esperanzas de ser poderosa yo también.

—Entiendo.

Lo miro:

—¿De verdad?

—Sí. —Respira hondo y se frota la nuca con la mano—. No se lo he contado a nadie, pero, cuando nos mudamos a Melbourne, fue horrible. No conocía a nadie. Allí en Seattle, yo estaba muy próximo a mi familia. Mi abuelo vivía a una manzana de distancia, y yo iba a verlo cada día después de clase. Todos mis primos vivían cerca y también la mayoría de mis amigos. Cuando fui a Melbourne, estaba solo con mis padres y estaba cabreado con ellos por hacerme dejar Seattle.

Me sentía muy aislado y todavía no había reunido el valor para hacer nuevos amigos, así que me enterraba entre películas, cómics y libros. Me ayudaban a enfrentarme a todos los cambios. Y luego, al verte leyendo los libros de *Firestone* en el instituto, encontré la oportunidad para hablar contigo.

Oigo una sonrisa en su voz, y eso me hace sonreír a mí también. Le cojo la mano y la levanto sobre mi cabeza para colocar su brazo en mi espalda y arrimarme más a él.

Me besa en la frente.

—No me cabe ninguna duda de que lograrás entrar en la universidad. Iremos juntos.

—Pero tendré que conocer gente nueva, hacer cosas que no he hecho nunca y abandonar mi zona de confort. —Me inclino hacia él y descanso la frente en el recodo de su cuello.

—Taylor, acabas de hacer eso muy bien aquí en la SuperCon. ¿Conocer gente nueva? Te ha quedado perfecto. ¿Hacer cosas que no habías hecho nunca? Perfecto también. —Lanza una carcajada—. Mira: has estado en un escenario delante de cientos de personas. Y resulta que estás aquí, todavía en pie. —Se queda un segundo callado—. Bueno, todavía sentada. Pero el caso es que lo hiciste. Todo lo que te da miedo de la universidad lo has conseguido ya.

—¡La hostia! Lo he conseguido, ¿verdad?

He conocido gente nueva y no me he muerto. He estado en un escenario y no he salido corriendo, aunque quería hacerlo. Hasta me avergoncé y todo el mundo se rio y no pasó nada: el suelo no se abrió para tragarme entera. Todas las cosas que más miedo me dan las he pasado aquí en la SuperCon y estoy bien. De hecho, estoy estupendamente.

Si me puedo enfrentar a todo eso, entonces seguramente la universidad es algo a lo que también puedo enfrentarme.

Me acurruco con él y respiro:

—Me alegro muchísimo de que te mudaras a Melbourne. Me alegro de que hablaras conmigo ese día en el instituto.

Asiente con la cabeza.

—Yo también. Y me alegro de que me hayas contado todo esto. Quiero ser la persona con quien te sientas lo bastante segura como para contarle tus malos rollos.

—Lo eres.

—Y siento que no ganaras.

Exhalo un suspiro de cansancio:

—Yo también. Se me quedó la mente en blanco. Supongo que me aturullé al ver a todo el mundo delante de mí. Y me distraje. Una chica con mala leche dijo algo bastante asqueroso detrás del escenario. Luego Brianna empezó a sufrir de pánico y yo la tranquilicé. No tuve tiempo para prepararme mentalmente para salir a escena. Y me superó.

—¿Una chica con mala leche? ¿Qué pasó? —Tiene la voz seria, furiosa.

—La oí hablando de mí. Me llamó Reina Gordinone, como si el tamaño de mi disfraz fuera más importante que mi pasión por el fandom. Eso me puso furiosa. No podía pensar con claridad. —Resoplo un poco—. No lo comprendo. ¿La gente no se da cuenta de que, cuando dicen cosas, afectan a otros? ¿No se paran nunca a pensar: «Si digo esto, cómo le afectará a esa persona»?

Entonces, vuelvo a llorar, lágrimas de rabia que queman como ácido.

Jamie me acerca a él:

—No escuches lo que diga nadie sobre ti. Alguna gente intenta rebajar a los demás para sentirse superiores ellos mismos. ¿Sabes lo que hago yo cuando estoy furioso con el mundo por estar lleno de gilipollas superficiales e insensibles?

—¿Qué?

Traga saliva. Noto cómo le sube y baja la nuez de Adán.

—Pienso en ti.

Dejo de llorar. Ni siquiera respiro.

—¿Qué?

—Pienso en ti —repite, esta vez más decidido—. Porque tú eres buena, graciosa, inteligente, preciosa y la persona más asombrosa que he conocido. Si puede haber alguien en el mundo como tú, entonces no puede ser un mundo tan malo, después de todo.

El corazón se me infla de tal modo que podría ocupar todo el ascensor.

Levanto la cabeza para sentir su aliento en mis labios. La respiración se le interrumpe y noto su corazón, que palpita con fuerza. Se inclina hacia mí. Está siendo prudente, dándome tiempo para apartarme si quiero. Pero no quiero. Ni siquiera un poquito. Porque Jamie es mi mejor amigo, el que siempre parece saber lo que estoy pensando. El que me deja mi espacio cuando lo necesito, pero también está siempre ahí cuando necesito que esté. Es la persona con quien me puedo sentar a oscuras, a once pisos de altura en una caja de metal y, sin embargo, sentir que no quiero estar en ningún otro sitio ni con nadie más. Es la persona con la que puedo compartir mis malos rollos. Mis rarezas. Ni más ni menos que él.

Acerca sus labios a los míos, y yo me acerco también a él y le beso con suavidad. Y después con menos suavidad.

Sus labios son suaves y, cuando abre la boca, los míos hacen instintivamente lo mismo. Sonrío y él también sonríe, pero interrumpe nuestro beso.

—¿Sabes? —dice vacilante—. Si esto..., lo de nosotros dos..., si esto es demasiado para ti ahora mismo, podemos tomárnoslo con calma. Con toda la calma que tú quieras. No necesitamos besarnos ni cogernos de la mano si no quieres.

Le respondo acercando mis labios a los suyos. Él vuelve a interrumpir el beso:

—Pero ¿y lo del suelo desplomándose a tus pies como en *Indiana Jones y la última cruzada*?

—Bueno, si he aprendido algo viniendo a la SuperCon es que las experiencias nuevas siempre dan miedo, pero no siempre son malas. Puede que este no sea el momento en que Indiana Jones camina sobre las piedras que se desmoronan. Puede que esto sea la parte en que él da el salto de fe y encuentra el Santo Grial.

Apenas puedo verle la cara, pero algo me dice que está sonriendo.

—Me encanta cuando te refieres a películas clásicas para explicar la vida.

Sus labios acarician los míos, y la temperatura en el ascensor aumenta unos diez grados. Un suspiro se escapa de mi boca, y él responde deslizándome el brazo espalda abajo y atrayéndome hacia él por la cintura. Me pasa la otra mano por el pelo, mandando chispas a lo largo de mi columna vertebral. Me acomete un acceso de valor y paso la lengua por encima de la de él. Él me sorbe la mía aspirando bruscamente y presiona su pecho contra el mío, apretándome tanto que estoy casi encima de él. Estamos sentados de manera bastante incómoda, él con la espalda contra la pared y los dos doblándonos para mirarnos uno al otro, así que decido moverme para buscar una posición más cómoda.

Con los labios firmemente pegados a los suyos, descanso las manos en sus hombros y me coloco sobre su regazo.

Es un movimiento que le sorprende, y ahoga un grito sin despegar sus labios de los míos. Entonces, ese grito ahogado se transforma rápidamente en un gemido y luego siento sus manos en mis caderas, acercándome más a él. Mi atrevimiento nos sorprende a ambos. Todas las veces en que me había imaginado dándome el lote con Jamie, estaba segura de que yo sería prudente, como lo soy en todas las cosas de mi vida. Pero con él no necesito andarme con dudas. No me cuestiono. No hay reglas con Jamie, no hay ni convenciones sociales ni expectativas que satisfacer. Todo cuanto tengo que hacer es ser quien soy. Soy libre de ser tan prudente o tan atrevida como quiera. Y, precisamente ahora, elijo ser atrevida.

Nos estamos besando ahora con tanto fervor que todo mi cuerpo está encendido, y estoy segura de que mis gafas están empañadas. Algo se enciende y, por un momento, me parece que estoy viendo chispas, pero entonces comprendo que son las luces del ascensor, que vuelven a parpadear. Nos quedamos paralizados, como un animal delante de las luces de un coche, separando la boca y lanzando la mirada al techo.

—¿De verdad? —le grita Jamie al tubo fluorescente—. ¿Ahora?

Me muerdo el labio para contener la risa. Esperamos un segundo, y el ascensor brama su vuelta a la vida. Empieza a moverse, y yo salto tan rápido que casi pierdo el equilibrio. Jamie se pone de pie y, para cuando se abren las puertas del ascensor, nos hemos colocado uno a cada lado de este. Nos arreglamos apresuradamente, pero no acabamos antes de llegar a la planta baja. El vestíbulo del hotel está tan abarrotado y ruidoso como antes.

Entra una familia de cuatro miembros, y Jamie y yo disimulamos, intercambiando todo el tiempo sonrisas y miradas. Las puertas se cierran otra vez y el ascensor empieza a subir. Es como si nunca se hubiera quedado parado. En cierto sentido, es como si hubiera intervenido el destino, deteniendo el tiempo para acercarnos a Jamie y a mí y obligarnos a abrirnos el uno al otro. El ascensor se detiene haciendo «¡ding!», y se abren las puertas. La familia sale, Jamie vuelve a apretar el botón de nuestro piso y se cierran las puertas.

Volvemos a estar solos. Él se me acerca tan rápido que yo retrocedo hasta la pared, donde aplasta su boca contra la mía. Se retira lo suficiente para que pueda verle la cara y me pasa por la mejilla el reverso de sus dedos.

—¿Quieres que pidamos de cenar al servicio de habitaciones y que esta noche nos dediquemos a ver películas los dos juntos? —pregunta con una sonrisa pícara.

Lo miro a los ojos:

—Sí, qué coño.

# 26

# CHARLIE

**CUANDO ENTRO EN LA SALA VERDE, TODOS LOS OJOS ME MIRAN.** Una empleada de la SuperCon se viene hacia mí a toda prisa:

—Mandy me ha pedido que te diga que está allí dentro.

Me señala una puerta y yo la abro. Veo que Mandy está junto a la ventana, hablando en voz baja por su teléfono. Reese está en el sofá, buscando algo en el suyo.

—He dejado a Taylor muy agitada para venir aquí, así que espero que valga la pena —digo gruñendo.

—Eres el tema del momento —dice él mirándome—. Número uno en todo el mundo.

Lanzo un suspiro y me dejo caer en una butaca enfrente de él.

—Estupendo —digo yo, con la voz impregnada de sarcasmo.

Miro a Mandy cuando ella termina su llamada.

—Supongo que hablabas con los del estudio...

Asiente con la cabeza y se arregla el moño suelto:

—Sí. Hicieron un chiste malo sobre lo buena que hubiera sido como táctica de mercadotecnia que te hubieras magreado en el vídeo con Reese, pero aparte de eso no han dicho gran cosa. Para ellos, cualquier publicidad es buena, y esto hace que todo el mundo hable de ti y, por tanto, también de la película. Lo único que preguntan es por qué no se les informó antes.

Me cruzo de brazos.

—No ha habido ningún «antes». Esto es nuevo. Y no es asunto suyo. —Apoyo la cabeza en el respaldo de la butaca—. ¿Por qué estoy aquí, para empezar? No he hecho nada malo.

Mandy se inclina sobre mí y me da un abrazo:

—De verdad, Charlie. Si lo hubiera sabido... Lo siento tanto, tanto...

Le doy unas palmadas en la espalda.

—No pasa nada. Fue un accidente. Tendría que haber puesto otro nombre al vídeo editado o haberlo guardado en una carpeta distinta. Créeme, la próxima vez que encienda el ordenador voy a tirar a la papelera todo el lío que tengo de cosas y carpetas para que no vuelva a pasar nada de esto. No es culpa de nadie. Y tampoco es tan importante.

Reese hace un gesto de sarcasmo:

—¿Tienes idea de cómo me deja esto delante de las fans?

Lo fulmino con la mirada:

—No creo que esto te afecte a ti en ningún sentido.

—¡Las fans, Charlie! —dice con tal condescendencia que me entran ganas de darle un puñetazo en la mandíbula—. Adoran a Chase.

—No todas. Y, decididamente, yo no.

Se inclina hacia delante, apoyando los brazos en las rodillas:

—No les puedes arrojar esta bomba. Están destrozadas.

Me siento muy erguida:

—En primer lugar, yo no les he arrojado nada. Si por mí fuera, esto hubiera seguido siendo privado y secreto todo el tiempo posible. Desde luego, durante más de un día. En segundo lugar, las fans de Chase chocaron contra la punta del iceberg hace seis meses, así que no les habrá pillado por sorpresa.

Mandy asiente con la cabeza:

—Tienes razón, Charlie, tienes razón. Pero con toda la atención que habéis recibido de la prensa Reese y tú aquí, pienso que se les ha ido la olla. Las fans empezaron a imaginarse que habíais vuelto.

Lanzo un gruñido:

—No me lo explico. Debo de haber explicado unas mil veces que no estamos juntos.

Reese me dirige una mirada petulante:

—Es por las fotos y las entrevistas. Nos han visto juntos. Eso es suficiente para que vuelvan a encenderse las imaginaciones. Las pobres tenían esperanza. Y tú acabas de aplastársela.

Aprieto los dientes y lo miro fijamente:

—Apuesto a que esto es lo que el estudio quería todo el tiempo. No somos más que accesorios que colocan delante de las cámaras para vender entradas. Nada de esto habría pasado si tú te hubieras mantenido al margen, como se supone que tenías que hacer.

Pone los ojos en blanco.

—Vale. Yo soy el malo aquí.

—Bueno, tú no eres el bueno —digo—. Eso seguro.

—Chicos —dice Mandy, sentándose en una butaca a mi lado—. No hace falta enfadarse. Como tú has dicho, no es tan importante.

Me vuelvo hacia ella:

—¿Cuál es la sensación general entre las fans ahora mismo?

—Están un poco divididas —dice ella moviendo la cabeza de arriba abajo—. Muchas están emocionadas. Os ven como una pareja romántica, a Alyssa y a ti. Otras están...

—Destrozadas —interrumpe Reese—. Cabreadas, traicionadas.

Le pongo los ojos en blanco. Conozco a mis fans. El noventa y nueve por ciento de ellas son personas maravillosas, alucinantes. Pero el otro uno por ciento puede decir cosas muy desagradables.

Me preocupan los tuits que estará recibiendo Alyssa, y los conmentarios de sus vídeos de YouTube. Mandy aprieta los labios y me pone una mano en el hombro:

—Lo superarán. Y, como te dije, la mayor parte están encantadas. He visto lo que cuelgan en los medios para demostrarlo. Se alegran por ti, y morirían por Alyssa.

Reese suelta una risa arrogante:

—Y el resto mataría a Alyssa.

Aprieto los ojos y gruño:

—Eso está bien. Nada como unos pocos ciberataques para comenzar nuestra relación.

—Charlie —dice Mandy—, te estás fijando demasiado en el aspecto negativo. —Y entonces mira a Reese con mala cara—. Y tú no eres de mucha ayuda. Todo está bien.

Levanto las manos en un gesto de exasperación:

—Entonces ¿qué pasa? ¿Por qué tenemos esta discusión?

A Mandy le suena el teléfono y cancela la llamada.

—Solo quería asegurarme de que estábamos todos de acuerdo. Y ver si había que tomar alguna medida. ¿Quieres hacer alguna declaración sobre tu nueva relación?

Niego con la cabeza:

—No. —Ni siquiera comento que podría no haber ninguna relación, después de que Alyssa se entere de todo esto.

—Ey —dice Reese—. ¿Por qué estás hoy de tan mala leche?

Lo miro entrecerrando los ojos:

—Estoy de mala leche porque me gusta mucho Alyssa, y dudo de que yo le siga gustando si empiezan a acosarla las guerreras del teclado solo porque ella no es tú.

—Si yo fuera ella —dice él, arqueando una ceja—, me cabrearía más el hecho de que quieras mantener la relación en secreto. Para alguien que se supone que ha salido del armario, tú te estás esforzando mucho por permanecer dentro.

Me levanto:

—Esto no tiene nada que ver con armarios y sí mucho que ver con lo jodida que me quedé después de lo que me hiciste tú. Yo quería mantenerlo en secreto porque no quiero que mi vida amorosa sea propiedad pública.

—Ahora ya lo es. —Sonríe con su sonrisa petulante, y siento que no puedo seguir más tiempo en la misma habitación que él.

—Me voy. Tengo que ver a Alyssa.

—Salúdala de mi parte —dice Reese con un guiño asqueroso.

Me vuelvo hacia Mandy.

—Mandy, por favor, ¿puedes llamar al estudio y decirles que no voy a volver a atender a la prensa con Reese Ryan? Nunca más. Y no estoy dispuesta a discutirlo.

Ella sonríe y asiente con la cabeza, mientras Reese me mira fijamente, sin habla. Yo lo miro desde arriba:

—Hemos acabado aquí.

Mandy se levanta y me da un abrazo:

—No te preocupes. Todo está bien. Me alegro por ti. Te mereces alguien bueno como ella.

Por el rabillo del ojo, veo que Reese se queda con la boca abierta.

—Gracias. Nos vemos luego.

Me voy y atravieso la sala verde con la sensación de que tengo una nube de tormenta encima de la cabeza.

—¡Charlie!

Me vuelvo y veo a Mandy saliendo de la habitación y corriendo hacia mí. Saca un sobre de su bolso y me lo entrega:

—¡Casi se me olvida! Ya sé que esto no compensa la faena que te he hecho, pero espero que sea un comienzo.

—Mandy, te he dicho...

—Ábrelo.

Cojo el sobre y miro dentro. Veo tres pases VIP para la posfiesta de la SuperCon. Levanto la cabeza de golpe:

—¿Qué...? ¿Cómo...?

—He tenido que hacer algunos chanchullos —responde—. Ahora Taylor, Jamie y tú podréis ir y celebrarlo como Dios manda.

Le doy un abrazo.

—Muchas gracias, Mandy. Te lo juro, todo está olvidado. No ha pasado nada, ¿vale?

Ella asiente con la cabeza, y después me empuja:

—Ve a buscar a tu chica.

Me meto el sobre en el bolsillo y salgo. Saco el móvil y miro por encima los cientos de comentarios y tuits que hay sobre mí. Hay algunos crueles, que me hacen daño. Debería haber una *app* que salte en la pantalla cada vez que un tuit desagradable esté a punto de ser enviado, diciendo: «¿Estás seguro de que quieres decir eso? Es repulsivo». Pero mientras no la haya, dispongo del botón de bloqueo. Afortunadamente, la mayoría de los comentarios son positivos, son comentarios de apoyo, superdulces.

Ahora solo me queda esperar que Alyssa juzgue que merezco la pena de tener que pasar por todo esto.

—Han colgado nuestro vídeo besándonos —digo antes de llegar a la puerta de Alyssa.

Ella levanta una ceja cuando entro y cierra la puerta:

—Hola.

—Perdona. —Me siento en el sofá y levanto las rodillas hasta pegarlas a la barbilla. Me abrazo a mí misma—: Es que estoy flipando.

Alyssa se sienta a mi lado y me pasa un mechón de pelo rosa por detrás de la oreja:

—Cuéntame.

Echo la cabeza hacia atrás y lanzo un gruñido:

—Lo han puesto por todas partes en internet: Twitter, Facebook, Tumblr, blogs de cotilleo. Somos tema del momento en todas partes.

—Lo sé, ya lo he visto. ¿Y...?

La miro, sorprendida de lo tranquila que está:

—Bueno, lo nuestro ya no es exactamente una relación muy privada.

Me dirige una sonrisa lateral:

—No podía serlo completamente.

—Lo sé —digo—. Pero pensaba que al menos tendríamos este fin de semana, ¿sabes? Pensaba que tendríamos la SuperCon. Y esperaba no tener que pasar por todo esto otra vez.

Se apoya en el brazo del sofá, herida:

—Eh, esto no es la misma situación. Ni mucho menos.

Alargo la mano y le cojo la suya:

—No quería decir eso. Es solo que algunas de las fans se sienten traicionadas. Adoran la pareja Chase. Y supongo que al vernos juntos a Reese y a mí este finde se emocionaron. Y ahora que esto ha salido a la luz, algunas están cabreadas.

Suelta mi mano y se cruza de brazos.

—¿Que están cabreadas? ¿Por qué?

Niego con la cabeza:

—No tiene nada que ver contigo. Solo con que no seas Reese. Algunas fans solo quieren verme con él, y ahora que saben que eso no va a ocurrir, ha empezado la reacción.

Se encoge de hombros:

—Lo superarán. —Aparece una sonrisa en sus labios—. Además, pienso que no ser Reese tiene su lado bueno.

Suelto una breve carcajada, y asiento con la cabeza.

—No se trata solo de eso —digo respirando hondo—. Esto me pone nerviosa. Después de todo el escrutinio público por el que tuve que pasar, me costó mucho recuperarme.

Siento que se me escapa una lágrima por entre las pestañas y me la seco con el pulgar.

—Me parecía que era culpa mía. Pensaba que yo no era lo bastante buena. Pasé meses intentando averiguar por qué eligió a otra en vez de a mí, intentando averiguar qué era lo que había hecho mal, en qué sentido yo no valía. Me miraba cada mañana al espejo y buscaba la parte de mí que resultaba tan poco digna de ser amada que él necesitaba engañarme. Y durante semanas no le quería contar a nadie cómo me sentía, porque estaba tan avergonzada de que un chico me hubiera dejado destrozada... Si no hubiera sido por Taylor y Jamie, no sé si hubiera podido salir de esa pesadilla.

Alyssa y yo nos miramos fijamente, llorando ahora en silencio las dos.

—Escucha —dice—. No tienes de qué avergonzarte. Enamorarse es un riesgo. Te conozco lo suficiente para saber que cuando haces algo, lo haces con toda el alma. Así que no te merecías que te pisoteara de ese modo. Y no tienes que avergonzarte por sentirte destrozada. Le pasa a todo el mundo alguna vez.

Respiro, temblorosa:

—Supongo que me da miedo que haya millones de ojos mirándonos ahora. No quiero volver a pasar por eso.

Ella me mira arrugando la frente:

—¿O sea que quieres terminar esto antes de que empiece? ¿Se trata de eso?

Me seco las mejillas y niego con la cabeza:

—No. Claro que no. Por supuesto que no. Pero si tú no quieres pasar por toda esta locura, me gustaría saberlo ya. No quiero arrastrarte a todo este follón. Yo tengo que seguir atrapada con la pareja Chase, al menos durante algún tiempo. Pero tú no tienes por qué estarlo.

Me mira con los párpados caídos:

—Esa es la cosa. Sé que no tengo que estar. Pero quiero estar. Me gustas, Charlie. Hace tiempo que aprendí que lo que otra gente piense sobre mí es su problema, no el mío. Podré soportarlo. —Se me acerca más y me pone una mano en la rodilla—. Lo que quiero saber es: ¿puedes tú?

Ladeo la cabeza:

—¿Eh?

Baja los ojos, levanta los hombros y vuelve a mirarme:

—Entiendo que estés quemada. De verdad. No quieres que las opiniones de los demás dicten tu vida. Yo tampoco. Pero yo también estoy quemada. He sido la chica que tiene que ser ocultada, mantenida en secreto, y eso es lo más doloroso que he experimentado en mi vida. No quiero esconderme del mundo. Y, sobre todo, no volveré a permitir que nadie me esconda. No importa lo mucho que me gustes, si quieres esconderme por alguna razón, adiós. Odio tener que decir esto, Charlie, pero yo no soy Reese Ryan. Yo no voy a hacer trampas contigo. Si no puedes separar tu historia con él de un futuro conmigo, entonces quizá no estés lista para esto. Pero me lo tienes que decir. Tienes que decirme si estás por la labor o no.

Me asoman las lágrimas a los ojos:

—Estoy por la labor.

Me mira entrecerrando los ojos:

—¿Estás segura?

Muevo la cabeza de arriba abajo, diciendo que sí, pero el miedo debe de estar patente en mi cara, porque ella la mueve diciendo que no. Pone una mano en la mía, y después la suelta y se levanta.

—Creo que tenemos que darle al «pause» en este asunto. Tú tienes que averiguar algunas cosas. Tal vez deberías irte ahora. Nos vemos esta noche.

Dejo su habitación, pero sus palabras se van conmigo, se quedan en mi mente y siguen todo el camino a través hasta mi corazón. *No volveré a permitir que nadie me esconda... Si no puedes separar tu historia con él de un futuro conmigo...*

Las palabras me dan vueltas y más vueltas en la cabeza mientras espero el ascensor.

# 27

# TAYLOR

JAMIE Y YO ESTAMOS EN LA CAMA, CON UNA *PIZZA* DE QUESO A medio comer entre nosotros y viendo *El club de los cinco* en la televisión.

—¿Cuál es tu favorito de los cinco? —me pregunta.

Ni siquiera necesito pensar la respuesta:

—Allison. Un caso perdido. ¿Y el tuyo?

—¿A ti qué te parece? —Se sonríe—. Bender. El de la mala leche.

Me río:

—En realidad, él es el delincuente. Además, la gran lección vital que aprenden todos en su castigo ¿no es que todo el mundo tiene sus problemas y que todos son más parecidos que diferentes?

Charlie entra en la habitación. Nos ve en la cama juntos y se tapa los ojos con la mano.

—¡Madre mía! ¿Interrumpo algo? A partir de ahora, vamos a necesitar un sistema..., sobre todo, si vamos a vivir juntos el año que viene.

—¡Charlie! —digo yo. Jamie y yo nos reímos con su reacción—. Relájate. Solo estamos viendo una película.

Mira por entre los dedos:

—Ah, vale. —Tiene los ojos rojos de haber llorado, y yo me incorporo en la cama sobresaltada—: ¿Charlie...? ¿Qué te ha pasado con Alyssa?

Se sienta muy seria en la cama y se echa a llorar.

—Creo que la he cagado.

Jamie y yo nos vamos hacia el borde de la cama y nos sentamos uno a cada lado de ella, abrazándola bien fuerte. Escuchamos cuando nos lo cuenta todo: lo del vídeo, Mandy, Reese y toda su conversación con Alyssa. Se frota una mano contra la cara y se lamenta en tono lastimero:

—Este fin de semana no ha salido precisamente como yo quería. Había tantas cosas que quería demostrarle a todo el mundo..., y ahora todo parece un gran lío. Y, encima, todo está expuesto a todo el mundo, una vez más.

Niego con la cabeza:

—No tienes que demostrarle nada a nadie. Ya sé que los últimos seis meses han minado tu confianza en ti misma, pero tienes que superarlo. Tu percepción de ti misma se ve deformada por la opinión de todos los demás. Eso es relativamente normal para la mayoría de la gente, pero no para ti. —Respiro hondo, esperando que mis palabras le estén siendo de ayuda—. Desde que te conozco, siempre has sido segura e independiente, siempre con tanta chispa... El año pasado, la chispa se apagó un poco, pero está volviendo a brillar. Y ahora brilla más que nunca.

Aprieta los labios hasta que no son más que una raya y sus ojos pierden foco, como si estuviera mirando detrás de mí hacia un recuerdo lejano.

—¿Te lo parece?

—Lo sé. No has llegado tan lejos por nadie más, solo por ti misma. Empezaste de la nada, te hiciste tu canal, conseguiste el papel en esa película..., y todo eso sin Reese. La gente no te quiere porque hayas salido con ninguna estrella del cine. Te quieren porque eres tú misma, sin arrepentimientos. Deja de asumir tanta presión sobre ti misma y saldrás de su sombra. Tú nunca has estado a la sombra de nadie. Tú eres tu propia fuente de energía.

Le aprieto la mano para dar más fuerza a mi mensaje. Jamie asiente con la cabeza y dice:

—Taylor tiene razón, y creo que Alyssa también. Si quieres estar con ella, tienes que dejar de esperar que todo termine en llamas, como pasó con Reese.

Apoyo la cabeza en su hombro y noto cómo se estremece:

—No me lo puedo creer —dice—. Me he pasado toda la SuperCon intentando demostrarles a otros que no estoy deshecha por culpa de él y, sin embargo, eso mismo hace que todo siga girando en torno a él, ¿no? Tengo que dejar de intentarlo con tantas ganas. Odiar a Reese tanto solo me ha herido. E intentar cambiar la percepción que el público tiene de mí no ha servido más que para agotarme. Le he estado cediendo el poder a todo el mundo. Sé que Alyssa tiene razón. Y sé que me gustaría averiguar si entre nosotras hay algo, pero me da —susurra la siguiente palabra— miedo.

Levanto la cabeza y la miro, no muy segura al principio de haber oído correctamente. Puede que sea una ingenuidad mía, pero no se me ha ocurrido nunca que Charlie pudiera tener miedo de nada. Sonrío y le digo:

—Bueno, como experta que soy en eso de tener miedo, te puedo decir que no estás sola sintiéndote así. Pero, si este fin de semana me ha demostrado algo, es que no siempre hay que detenerse por el miedo. —Sofoco una risita—. ¿Ha sonado manido? Me temo que he dicho una cosa bastante cursi.

Jamie y Charlie se ríen, y el ambiente en toda la habitación parece volverse más alegre. Charlie me pasa un brazo por la cintura y me acerca a ella:

—Gracias, Taylor —dice. Mira la *pizza* a medio comer sobre la cama y sonríe—. Por cierto… —Coge un trozo, le da un mordisco y lo mastica contenta. Entonces se levanta de un salto y se mete la mano en el bolsillo—: ¡Casi se me olvida! ¡Tachán!

Levanta en la mano tres papeles brillantes.

—¿Qué es eso? —pregunto.

—Esto que veis —dice mirándolos con ojos voraces— son tres pases VIP para, a ver si lo adivináis, ¡la posfiesta de la SuperCon!

Jamie y yo nos levantamos tan rápido que nos hacemos daño en el cuello.

—¿Qué?

Sonríe como el gato de Alicia y asiente con la cabeza rápidamente:

—¡Sí! Mandy los ha conseguido para mí para resarcirme un poco. Creo que es la primera consecuencia positiva del hecho de que se haya convertido en viral el vídeo del morreo. ¡Así que mis dos mejores amigos en todo el ancho mundo van a pasárselo de puta madre esta noche con todo el quién es quién de la SuperCon!

Me levanto de la cama de un salto y me tapo la boca con las manos.

—¿Sabes lo que eso significa? —digo chillando—. ¡Skyler estará allí! ¡Voy a conocer a Skyler!

Charlie se sube a la cama y Jamie se levanta para unirse a nosotras, y empezamos a hacer el ganso.

Saltamos en la cama y los trozos de *pizza* rebotan por todas partes, pero no nos preocupamos de los estropicios. Los estropicios no son tan malos cuando tienes amigos con los que compartirlos.

Bajamos a la convención para una última ronda de exploración antes de que cierre y, luego, a las cinco de la tarde, volvemos a la habitación para empezar a prepararnos. Jamie se pone una camiseta limpia y ve *Breaking Bad* mientras Charlie y yo nos apoderamos del cuarto de baño. Me siento en el borde de la bañera mientras Charlie se hace la raya del ojo con mucho cuidado.

—Bueno, ¿vas a contarme alguna vez tu cita de anoche o me vas a tener esperando eternamente?

Charlie sonríe:

—Creí que no me lo ibas a pedir. Taylor, ella es increíble. No he conocido nunca a nadie como ella. Me llevó al salón de juegos de la SuperCon para que pudiéramos tener un poco de privacidad y hacer el ganso todo lo que nos apeteciera. Luego comimos *pizza* y bebimos Coca-Cola en vasos de champán. Fue una mezcla perfecta de lo romántico y lo divertido.

Se le ilumina la cara al hablar de Alyssa, y yo sonrío de lo dulce que resulta todo.

—Me imaginé que la cosa iba bien cuando vi que no regresabas anoche.

Levanta los hombros hasta las orejas al mismo tiempo que se pone colorada y parece derretirse.

Me río:

—¿Tan bien te fue?

—Mmm... Hasta el recuerdo es pura dicha.

—¡Vaya! —Tomo aire—. No te miento: estoy un poco celosa.

Suelta una carcajada:

—Bueno, a menos que arregle esto con Alyssa no tendrás nada de lo que sentirte celosa. Espera..., ¿tú y Jamie... no...?

Niego con la cabeza, sintiendo los nervios en el estómago:

—No. Creo que podríamos haber..., pero yo estaba demasiado nerviosa. No estoy segura de estar preparada todavía. Todavía me estoy acostumbrando a poder besarle.

Asiente con la cabeza, como si entendiera muy bien de qué le hablo.

—Los nervios son normales. Y no tienes ninguna prisa. Tienes que hacer las cosas a tu aire.

El sexo siempre ha sido mucho más problemático para mí que para Charlie. Ella está muy cómoda con su sexualidad y con su cuerpo.

—Me da envidia lo fácil que te resulta abrirte. —Ella suelta una risotada—. ¡No pretendía decir nada con doble sentido! —Me pongo colorada y ella vuelve a reírse.

—Yo no diría que me resulta exactamente fácil. Al principio, con Alyssa, estaba nerviosa.

—¿De verdad?

—¡Por supuesto! No solo era mi primera vez con ella, sino que era mi primera vez con una chica. Estaba temblando de nervios. Pero empezamos lentamente, y ella me preguntó más de una vez si yo estaba bien. Sabía que, si yo quería parar, podía hacerlo y que ella me entendería. Me sentí segura. No lo habría hecho si no.

Asiento con la cabeza, mordiéndome el labio inferior:

—¿Lamentas haberte acostado con Reese?

Piensa un instante:

—No. En su momento estuvo bien. Yo quería hacerlo. Ya me conoces: yo no tengo remordimientos. ¿Por qué lo preguntas? ¿Crees que podrías arrepentirte si te acostaras con Jamie?

—Si lo hiciera antes de estar preparada, sí. Físicamente estoy totalmente preparada. —Me siento rara al decir eso y, mientras lo hago, no aparto la vista de las baldosas del suelo—. Pero mentalmente sigo necesitando tiempo para prepararme.

—Y tienes derecho a tomarte todo el tiempo que necesites, recuérdalo.

—Lo haré.

Se pasa una vez más el cepillo por el párpado y da un paso atrás para comprobar su obra.

—Tendría que hacer más tutoriales de maquillaje para mi canal.

—Eso sería alucinante. —Me subo las gafas sobre la nariz, admirando su belleza. El perfilado negro asciende perfectamente hasta el rabillo del ojo dándole ese efecto de ojo de gato tan interesante.

Me levanto y observo mi reflejo en el espejo. Tengo unas espinillas en la barbilla que preferiría tapar si voy a ver a Skyler, pero no me gusta sentir el maquillaje en la piel y el corrector de Charlie es demasiado oscuro para mi color de piel.

—Estás preciosa —dice Charlie, mirándome con ojos de entendida.

Me da un poco de vergüenza. Le dirijo una sonrisa:

—Gracias. Tú también.

Se echa atrás el cabello con un movimiento de la cabeza bastante teatral y lanza un suspiro:

—Lo sé. —Se ríe y me rodea con el brazo—. Gracias, Taylor, te quiero. —Me besa en la mejilla.

—Y yo a ti también.

Abro el tarro del pelo y hundo en él los dedos, tirando de mi pelo corto hacia arriba y empujándolo hacia atrás para hacerme un tupé. Estando ante el espejo del baño, la una al lado de la otra, parecemos muy diferentes. Ella está glamurosa en su minivestido rojo fuego de Iron Man con el dibujo de un brillante reactor de arco. Se pasa el lápiz de labios y después aprieta los labios para repartirlo mejor.

Sigo queriendo sentirme yo misma cuando vea a Skyler, así que me pongo unos vaqueros, una de mis nuevas camisetas de la Reina de Firestone y mis *converse* turquesas con cordones de arcoíris. Decido llevar también mi gabardina, por si acaso le puedo pedir a Skyler que me la firme.

Rodeo con el brazo la cintura de Charlie y sonrío a nuestro reflejo en el espejo:

—Estamos impresionantes.

Ella sonríe y choca su cadera contra la mía.

—Qué tontas. —Me observa durante un momento, y yo evito su mirada, porque me da algo de vergüenza—. Gracias —dice—. Por animarme siempre. Siento no haber podido quedarme para estar allí contigo hoy cuando me necesitabas.

Me encojo de hombros:

—No pasa nada. Además, sabes que no me gusta hablar de eso.

—Estoy orgullosa de ti —dice con cariño—. Si puedes salir al escenario en todo tu esplendor fan y ser exactamente quien eres, entonces yo también. Sé que puedo descubrir cosas con Alyssa. Solo necesito demostrarle que estoy por la labor. En serio. —Piensa un minuto, y después una sonrisa atolondrada se extiende por su rostro—. Tengo una idea...

Entramos en la fiesta pavoneándonos como Derek Zoolander.

—¡Ahí está Alyssa! —le digo a Mandy, y se va corriendo hacia el pinchadiscos para poner en marcha el plan de Charlie. Enseguida, levanta el pulgar en nuestra dirección. Un segundo después, las muchas televisiones que hay en las paredes se quedan en negro. Un segundo después, la cara de Charlie aparece en las pantallas.

El silencio se hace en la sala, y todos los ojos se dirigen a las televisiones. A Charlie le recorre un escalofrío, y a mí otro. Aunque sepa cómo sigue el vídeo (estaba en nuestra habitación del hotel cuando lo filmó hace nada más que una hora), me pongo nerviosa. Ella sonríe, y después empieza su sincero discurso:

«Bueno, a estas horas todos sabéis lo que pasó. Y por si acaso eres uno de los pocos que se lo han perdido: un momento privado entre una persona que me importa y yo fue colgado por accidente en mi canal. Y es tema del momento. El *gif* circula por todos lados. Los sitios de noticias escriben artículos sobre el tema. Creo que hemos arrasado internet. Sé que habla de él gente en todo el mundo».

Deja escapar un suspiro.

«El caso es que la gente va a hablar de mí, no importa lo que yo haga. La gente va a juzgar y opinar sobre lo que llevo, con quién estoy, qué digo, todo eso. Y por un tiempo eso fue lo único que me preocupó. ¿Y ahora? Ya no tanto. Tengo algunos amigos realmente buenos en mi vida». Se queda callada y mira fuera de cámara. Nos mira a Jamie y a mí, que estamos en la habitación del hotel. «Ellos me ayudan a ver las cosas claras, sobre lo que realmente importa. Y alguien a quien conozco me dijo hace poco algo que no me puedo quitar de la cabeza: me dijo que no quería pasarse la vida escondiéndose por miedo a la opinión ajena. En realidad, ella me ha dicho también muchas otras cosas que tampoco se me van de la cabeza».

Sonríe con la más dulce de las sonrisas antes de proseguir:

«El caso es que me niego a pasar la vida tan consumida por el odio y la rabia y tan preocupada por lo que piensen los demás que me olvide de ser feliz». Los ojos le brillan por las lágrimas, e intenta disimularlo echándose el pelo hacia atrás con un movimiento brusco de la cabeza. «Así que, viendo que hoy yo ya soy la comidilla de internet, he pensado: ¿por qué dejarlo ahí? Y por eso me veis aquí. Sí, estoy en cámara delante de tres millones novecientas cincuenta y dos mil personas, pero solo le hablo a una: tú le has dado al botón de pausa para que yo pudiera aclararme conmigo misma. Pues bien, desde aquí te digo que me he aclarado completamente. Tú no quieres trampas. Las únicas trampas que a mí me apetece hacer son en la videoconsola. Estoy por la labor. Estoy muy por la labor. Así que si quieres darle al botón de play, te estoy esperando con un cartucho entero de monedas».

Levanta en la mano el cartucho y sonríe, y entonces las pantallas se ponen otra vez en negro. Los asistentes a la fiesta aplauden, pero la única persona a la que miro es a Alyssa.

Ella está en el centro de la sala, todavía mirando las pantallas. Pero sonríe con la sonrisa más amplia y luminosa que haya visto nunca. Y después se vuelve y sale corriendo por la puerta mientras sus amigos la vitorean. Yo doy un puñetazo al aire y chillo:

—¡Sí!

La música empieza a atronar y estalla la fiesta.

Oigo que alguien me llama y me vuelvo para ver a Brianna que camina hacia mí con los brazos extendidos:

—¡Estoy tan feliz de verte! —dice abrazándome—. ¿Estás bien? No te pude encontrar después del concurso.

—¡Estoy de maravilla! —digo—. ¿Qué haces aquí?

—Eh... me parece como que gané el concurso, ¿no te acuerdas? —Sonríe.

—¡Madre mía! ¿Cómo me iba a olvidar? —Vuelvo a abrazarla—. ¡Enhorabuena otra vez!

—Gracias —dice ella. Parece aliviada de ver que me alegro por ella—. Hay alguien que quiero presentarte.

Brianna se vuelve y saluda a alguien que no puedo ver detrás de todos los fiesteros. Cuando la veo, al principio no puedo dar crédito a mis ojos. Es como un sueño. Parece que se acerca a mí deslizándose a cámara lenta, con su largo cabello rojo suelto sobre los hombros, y balanceando su brillante vestido azul. Se para delante de mí, mirándome a los ojos, y sonríe.

—¡Hola, tú debes de ser Taylor! —Me tiende una mano—. Yo soy Skyler Atkins.

Se me abre la boca, el corazón deja de latirme y ni siquiera me atrevo a parpadear por miedo a que desaparezca. A mi cerebro le cuesta varios segundos asimilar la escena.

—¿Hola? —digo, pero parece más una pregunta que un saludo. Noto que su mano sigue allí tendida, y yo se la estrecho, agitándola con demasiado entusiasmo tal vez.

Me dirige la más dulce y más cálida de las sonrisas.

—Qué curioso: justo ahora Brianna me estaba hablando de ti ¡y apareces!

Me río y lanzo las manos al aire:

—¡Aquí estoy!

Brianna se ríe:

—Le estaba contando cómo evitaste que abandonara el concurso.

Sonrío y asiento con la cabeza porque no puedo recordar cómo se hace ninguna otra cosa. ¡Skyler Atkins está justo enfrente de mí! Mirándome. Sonriéndome. Hablando conmigo.

—Brianna me ha contado cómo la ayudaste —dice Skyler, inclinándose hacia mí para que pueda oírla por encima de la música—. Creo que es grandioso ver a unas mujeres apoyando a otras mujeres y que tú ayudaras a Brianna, aunque apenas os conocíais y estabais compitiendo una contra la otra...; es inspirador.

Resoplo y hago un gesto hacia ella:

—¡Tú eres la inspiradora! La Reina de Firestone me ha ayudado a ser quien soy. El mundo que tú has creado me ha impulsado a través de los momentos más duros de la vida.

—¡Ah, es tan tierno que digas eso! —Sonríe—. Eso significa mucho para mí. Muchas gracias. —Se ha puesto colorada. Skyler Atkins se ha puesto colorada. Y yo soy la causa. Estoy haciendo un esfuerzo enorme para conservar la calma, pero estoy a punto de desmayarme.

Skyler baja una ceja:

—¿Eres de Australia?

Asiento con la cabeza:

—¡Sí!

Me pone una mano en el brazo, emocionada.

—¡Lo sabía! Lo he adivinado por el acento. Me encanta Australia: ¡es un país tan hermoso!

—¡Gracias! —le digo, como si yo fuera la única responsable de las cualidades estéticas de mi país.

Ella toma un sorbo de vino:

—En realidad, estaré allí en diciembre, para el siguiente estreno de *Firestone.* ¿Por qué no vienes?

Creo que la mandíbula me pega contra el suelo y la lengua se me extiende como una alfombra roja.

—¿Lo dices de verdad?

Asiente con la cabeza:

—De verdad. ¡Ven! Y tráete a tu amigo.

Señala con un gesto detrás de mí y, de repente, me acuerdo de que existe Jamie. Miro hacia atrás, y lo veo mirando con ojos como platos y sonriendo a Skyler, igual de obnubilado que yo.

—¡Madre mía! —digo, tirando de él hacia delante para que se ponga a mi lado—. Lo siento. Debería haberos presentado.

—Señalo hacia él—. Este es Jamie, mi... —me corto, porque todavía no hemos tenido esa conversación. La conversación en que se decide que somos novio y novia.

Jamie me dirige una sonrisa picarona y tiende una mano a Skyler:

—Soy su novio.

Aprieto los labios con fuerza para contener un grito. El corazón me palpita con fuerza cuando le oigo decir la palabra «novio». Me encanta cómo suena.

—Hola —dice Skyler mientras estrecha su mano—. ¡Me alegro de conocerte!

Sonríe y mueve la cabeza de arriba abajo, y yo me siento mucho más cómoda con mi propia torpeza en presencia de la reina misma. Skyler es tan terrenal y tan bondadosa que casi se me olvida lo importante que es.

Veo a Josie hablando con algunas personas al otro lado de la sala y corro hacia ella:

—¡Josie!

Me abraza cuando me ve.

—¡Taylor! No sabía que vendrías. ¿Te estás divirtiendo?

Yo sonrío tan intensamente que me duelen las mejillas:

—¡Qué coño, ya lo creo! ¡Mira! —Señalo a Skyler con el pulgar y me encanta ver cómo Josie se queda también con la boca abierta—. Acabo de conocerla. Es aún más asombrosa de lo que me imaginaba.

—¿La has conocido?

Sonrío con orgullo:

—¡Sí! ¿Quieres saludarla?

Parece dudar un momento, pero luego asiente con la cabeza. La llevo de la mano, atravesando la pista de baile. Le presento a Skyler y, al cabo de unos minutos, estamos todos hablando y riendo como si lleváramos años siendo amigos.

Empieza a sonar «Happy» de Pharrell, y Skyler ahoga un grito:

—¡Adoro esta canción!

Me coge la mano y me saca a la pista. Los demás nos siguen. Bailamos y bailamos hasta que me duelen los pies, y después bailamos un poco más. Miro a Jamie a los ojos y lo acerco a mí tirando de su camiseta. Le beso en la boca con todas mis fuerzas. Él me dirige una sonrisa traviesa, me coge de la mano y me hace girar. Después desliza los brazos por mi cintura, y los dos nos balanceamos juntos al ritmo de la música.

—No creo que pueda haber nada mejor que esto —me dice al oído.

Yo asiento con la cabeza, emocionada:

—Estoy de acuerdo.

Le dirijo una mirada de soslayo a Skyler, que baila torpemente con los ojos cerrados y una sonrisa amplia y boba en la cara.

Me río un poco y le digo a Jamie:

—¡Mira! ¡Es tan rara como nosotros!

Él mira hacia ella y se ríe:

—Sabía que lo sería. Es demasiado asombrosa para no ser rara.

Pongo mi mejor acento americano:

—Nosotros somos los rarillos, señor.

Levanta una ceja:

—*Jóvenes y brujas.*

Me pongo de puntillas para susurrarle al oído:

—¿Podemos ser raros juntos para siempre?

Los ojos de Jamie me repasan de arriba abajo, y yo siento un escalofrío. Se ríe:

—Sí, qué coño.

# 28

# CHARLIE

AGUARDO NERVIOSA EN MEDIO DE LA DESIERTA PLANTA BAJA DE la convención, agarrando en las manos el cartucho de monedas. Las luces de las maquinitas de juego brillan a mi alrededor, pero parecen lejanas. Lo único en lo que puedo pensar es en lo que pasa arriba. La posfiesta SuperCon está en plena efervescencia en el piso superior, pero yo estoy aquí. Sola. Esperando.

A estas horas, el vídeo ya debe de haber terminado. Me imagino a Alyssa en la fiesta. Me pregunto si habrá sonreído al verme aparecer en la pantalla. Espero que esté viniendo a buscarme.

El chirrido de una puerta que se abre retumba en el salón, seguido por unos pasos raudos. El estómago me da un vuelco y contengo la respiración, porque no quiero crearme esperanzas. Podría venir a decir que sí o a romperme el corazón. No lo sabré hasta que le vea la cara. Los pasos se acercan a mí más y más, y luego la veo doblar la esquina. En cuanto se encuentran nuestros ojos, ella deja de correr. Yo contengo el aliento. Una sonrisa insinuante se extiende en su rostro. Es entonces cuando sé que está conmigo.

Esto está sucediendo de verdad.

Se me acerca con paso rápido y coqueto, sonriendo más a cada paso que da.

Cuando me alcanza, eleva una ceja y dice:

—Vamos a jugar.

Antes de que pueda responder, me coge la cara en las manos y me besa. Dejo caer los brazos a los costados, y las monedas se salen del rasgado papel del cartucho y corren por todo el suelo, a nuestros pies. Suelto el cartucho ya vacío y echo los brazos en torno a los hombros de Alyssa, fundiéndome con ella. Una chispa me recorre la columna vertebral. Me estoy enamorando de esta chica más aprisa que la velocidad de la luz. Eso me da miedo, pero es el tipo de miedo del que me apetece experimentar más. Mucho más.

Alyssa me empuja suavemente hacia delante, y yo me muevo con ella hasta que mi espalda se aprieta contra la máquina del juego de *El levantamiento*. Lo único que oigo es el sonido de mis rápidos latidos cuando nuestros labios se funden. Le paso una mano por la espalda y la acerco más a mí, queriendo más de ella.

Siento su sonrisa contra mis labios.

—¿Quieres ser mi pareja en la posfiesta?

Le devuelvo la sonrisa:

—Sí: estoy por la labor.

Tengo los ojos cerrados. El ritmo sale vibrando de los altavoces y me atraviesa el cuerpo, haciendo temblar mis huesos. Golpeo en el suelo de vez en cuando con los tacones. Balanceo las caderas. Meneo la cabeza. Los labios se me curvan en una sonrisa. El calor de todos los cuerpos que me rodean es palpable, me hace sudar. La siento a ella cerca de mí. Sus caderas se balancean con las mías. Tengo sus manos en mis hombros, en mi espalda, en mi cintura.

Y, cuando abro los ojos, allí está ella. Tiene los ojos cerrados. Se mueve al compás de la música como si la creara ella nota a nota. Esa sonrisa me dice todo lo que está pensando, todo lo que siente, todo lo que quiere.

Me adelanto, cerrando el espacio que había entre nosotras. Mis ojos recorren su cuerpo hacia abajo y vuelven a subir hasta caer en sus labios. Levanta muy ligeramente una ceja, que me reta a hacer algo al respecto. No soy de las que se acobardan ante un reto. Le rodeo el cuello con los brazos y tiro de ella hacia mí, aplastando su boca contra la mía. Mezclando mi lápiz de labios rojo con el suyo color ciruela.

Besarla me hace estallar el corazón. Así que no paro, ni siquiera cuando para la canción. No me preocupa lo más mínimo quién pueda vernos. Hay fotógrafos aquí. Está la TMZ. *Entertainment Now*. Y otros con la cámara de sus móviles, listos para mandar fotos a los fans. Veo los *flashes* a través de mis ojos cerrados: me importa un rábano.

Los medios, los devotos de Chase, todos pueden decir de mí lo que les dé la gana. Que blogueen todo lo que quieran contando que yo debería estar con Reese. Que tuiteen. Que hagan lo que les salga de las narices. Mis verdaderos fans me quieren feliz. Y si me echan una mirada ahora mismo, en este preciso instante, se darán cuenta de que lo soy. No volveré a permitir que la opinión ajena se inmiscuya en mi felicidad.

Rompemos nuestro beso y siento dedos que envuelven mis dedos y tiran de mi mano, y me vuelvo para ver a Taylor, que me saca de la pista de baile con una amplia sonrisa. La sigo, porque ella es mi mejor amiga y sé que, me lleve adonde me lleve, será estupendo.

Señala hacia el otro lado de la fiesta:

—¡Mira!

Me da la risa tonta.

—¡Sí! Hay que ir. Tenemos que hacerlo.

Corremos hasta un fotomatón y nos metemos dentro. Hay un montón de pelucas y pajaritas y gafas de sol enormes. Nos hacemos juntas más de veinte fotos, riendo y abrazándonos y pasando el mejor rato de nuestra vida. Pronto, Jamie, Alyssa y las nuevas amigas de Taylor, Brianna y Josie, se suman. Hasta Skyler Atkins entra en la diversión, apretándose con nosotras. Somos un barullo de sonrisas y risas tontas.

Mientras esperamos a que salgan las fotos reveladas, Taylor me da un abrazo:

—Gracias por traerme aquí. ¡La SuperCon me ha cambiado la vida!

La aprieto bien fuerte:

—De nada, Taylor. Gracias a ti por venir.

Oímos un clic cuando caen las fotos y volvemos a reír en cuanto las vemos.

—Parecemos las mayores frikis de la historia —digo.

Taylor sonríe orgullosa:

—No solo lo parecemos: lo somos.

Jamie le pasa los brazos alrededor desde detrás, mirando por encima de su hombro mientras nosotras repasamos las fotos. Alyssa tiene su brazo alrededor de mí. Skyler, Josie y Brianna se ríen de lo ridículas que estamos todas en las fotos. A Taylor le brillan los ojos:

—No importa lo que pase, siempre nos quedarán estas fotos. Cuando Charlie pasee por alfombras rojas en Los Ángeles, cuando las fotos de Jamie cuelguen en las paredes de las galerías de arte, cuando mis cuentos adornen las estanterías o las pantallas..., siempre nos quedará esto. —Le aprieta el brazo a Jamie—. Y sabremos, en ese momento del futuro, que éramos felices en este presente. ¡Que somos felices!

La fiesta se prolonga hasta tarde. Cuando el sol asoma, Alyssa y yo estamos en el balcón, contemplando el cielo naranja. Yo apoyo los codos en la barandilla de cristal y respiro hondo:

—Si pudiera elegir un fin de semana para vivirlo una y otra vez, como en *Atrapado en el tiempo*, elegiría este.

Alyssa me pasa cariñosamente un mechón de pelo por detrás de la oreja.

—Y yo.

Miro por encima del hombro y veo a Jamie y Taylor, que están adormecidos en uno de los sofás, acurrucados el uno en brazos del otro. Una sonrisa de orgullo se extiende por mi rostro.

Alyssa sigue mi mirada.

—¡Qué monos están los dos juntos!

—Los más adorables del mundo.

Levanta una ceja:

—Eso ya no lo sé. —Me pasa un brazo por el hombro y me besa la sien—: No me puedo creer que esté aquí contigo.

Suelto una risotada:

—No, no... Soy yo la que no se lo puede creer.

Alyssa me dirige una sonrisa torcida que hace salir ese adorable hoyuelo en su mejilla.

—Yo llevo enamoradilla de ti como... dos años. —Enreda sus dedos con los míos—. Desde aquel vídeo que hiciste para el vigésimo aniversario de la boda de tus padres. Estabas contando la historia de cómo se conocieron en la Universidad de Pekín y se fueron a vivir a Australia. Y contabas que tu madre es una rebelde y profesora de ciencias y que tu padre es un gerente con un corazón de oro. Y se te empañaban los ojos de lágrimas. Era encantador.

—¡Madre mía, no me acuerdo de nada de eso!

—Bueno, pues yo sí. Y vi que tu familia es realmente importante para ti.

—Lo es. Para mí será muy duro irme fuera el año que viene.

Ladea la cabeza:

—¿Adónde vas?

—Me vengo aquí. Bueno, a Los Ángeles. Es realmente el mejor sitio para mí, en cuanto a la carrera. Lo llevo pensando mucho tiempo. Jamie y Taylor vendrán conmigo. Será estupendo.

Sonríe y baja la barbilla:

—Ya sabes que yo... vivo en Los Ángeles.

—Esa información la tengo clara desde hace bastante tiempo.

Se ríe.

—Bueno, entonces podríamos quedar. Puedo enseñarte el sitio. Y ayudarte a asentarte.

—Eso estaría genial.

—¿Cuándo piensas venirte?

—No hasta el año que viene. Quizá en enero. Primero quiero graduarme y pasar el verano con mi familia.

—Mola. —Se relame y me mira con detenimiento mientras dice las siguientes palabras—: He estado pensando; ha pasado demasiado tiempo desde mis últimas vacaciones. Puede que me pase una o dos semanas en Australia, a no tardar. Tal vez en Melbourne.

Sonrío.

—Ya sabes que yo... vivo en Melbourne.

—Esa información la tengo clara desde hace bastante tiempo.

—Sin embargo, el tiempo allí ahora es bastante asqueroso. Estamos en pleno invierno.

Ella baja una ceja y me sonríe:

—No voy allí por el tiempo.

Acerca la boca a mi hombro y sus labios revolotean por mi piel como alas de mariposa. Me maravillo de cómo es mi vida en este momento. La espectacular salida del sol, esta sensación de cansancio dichoso que me embarga y esta chica a mi lado. Me vine a la SuperCon obsesionada con la idea de cambiar la manera en que me ve todo el mundo, pero ahora sé que nunca podré controlar lo que la gente piense de mí. No es mi misión convencer a los demás de quién soy yo. Lo único que puedo hacer es averiguar qué me hace feliz y vivirlo.

—Ya sabes que estoy disfrutando esto —digo—. Todo es mucho más fácil cuando no me invade la paranoia sobre lo que piensan los demás.

—¿Lo ves? —dice ella—. Es una manera de vivir bastante zen. E inteligente, porque, bueno, cuando una ve las cosas en su globalidad, ¿importa de verdad lo que alguien piense o diga sobre ti? —Señala al cielo, en el que las estrellas se van borrando mientras sale el sol—. Porque, mira, ahí arriba, a unos cinco mil años luz de distancia, hay una maravilla del universo que se llama la nebulosa Roseta. La NASA compartió algunas preciosas imágenes telescópicas de ella hace un par de años. Es un barullo de rosas y azules y estrellas y espirales.

Sus ojos pasan de lo enigmático a lo contemplativo.

—Siempre que me meto demasiado en las pequeñas cosas de la vida, como los cotilleos y rumores o la vida en general, miro a lo alto y pienso en esa nebulosa Roseta. No importa lo que suceda, la nebulosa Roseta es una belleza permanente que siempre estará brillando ahí arriba. Hay algo en eso de saber que está ahí, tranquilamente milagrosa, que siempre me hace sentir mejor. Me recuerda que hay cosas que son importantes y otras que, decididamente, no lo son.

La observo, asombrada:

—Tú sí que eres una especie de nebulosa Roseta.

Niega con la cabeza:

—No, no. Yo no me callo lo milagrosa que soy.

Sonrío:

—Bien, porque yo tampoco me lo callo.

# 29

# TAYLOR

**REINADEFIRESTONE:**
Me pone nerviosa esta necesidad de saber siempre qué esperar.

A veces, esta necesidad es útil.

Otras veces, me pone las cosas más difíciles.

Hace una semana, pensaba que esta necesidad podía curarse.

Pensaba que yo tenía que curarme.

Pero ahora veo las cosas de otra manera.

No tengo que curarme.

Porque no estoy mal.

En la SuperCon me han pasado muchas cosas inesperadas.

Me he reído. He llorado. Me he enamorado.

Mis peores terrores se hicieron realidad.

Y también mis sueños más locos.

Antes de la SuperCon, creía que yo solo era...

Miedosa. Rara. Torpe. Y tenía razón. Soy todas esas cosas. Y no pasa nada. Soy todas esas cosas. Pero además soy... Valiente. Heroica. Soberana.

No digo que no vaya a volver a tener miedo nunca.

Ahora mismo lo tengo. Eso no lo he vencido. Puede que no lo venza nunca. Puede que no tenga que hacerlo.

No digo tampoco que no vaya a tener días malos.

Días en los que la ansiedad podrá conmigo.

Tendré días de esos. Así es la vida real.

Y a veces la vida real es una puta mierda.

Siempre y cuando tenga a mi familia, mis amigos y otros fans como yo cerca... Estaré bien. No importa los palos que dé la vida.

Porque tengo una liga de superhéroes a mi lado.

A algunos los conozco desde hace años.

A otros acabo de conocerlos.

Y a otros no los conoceré nunca.

Estoy rodeada de superhéroes.

Y eso significa que yo también debo de ser una superheroína.

Y todo el mundo sabe que no importa las tinieblas que afronten; los héroes están destinados a vencer.

#Yosoylaúnicareinaverdadera #FamiliaFansyAmigos #Fin

# AGRADECIMIENTOS

Nunca podré expresar completamente lo agradecida que me siento a todos los que me han ayudado a dar vida a este libro, pero lo intento.

En primer lugar, gracias a todos los que trabajan en Swoon Reads por hacer realidad mi sueño de ver mi libro en la estantería. En especial, gracias a Jean Feiwel, Lauren Scobell, Anna Poon, Starr Baer, Rich Deas, Kim Waymer, Jo Kirby, Kelsey Marrujo, Emily Settle, Holly West, Teresa Ferraiolo, Janea Brachfeld, Madison Forsander, Kelly McGauley y Emily Petrick.

Gracias a Liz Dresner por el estupendo diseño. Me siento muy afortunada de tener una cubierta que es tan absolutamente preciosa que no puedo dejar de babear encima.

Gracias enormes a mi alucinante editora, Christine Barcellona, por su eterno apoyo, sabiduría y entusiasmo, y por amar a estos personajes tanto como yo. Naturalmente, mando un arcoíris de gratitud a todas las alucinantes personas que leyeron, votaron y reseñaron *Reinas geek* en Swoon Reads.

Estaré eternamente agradecida a las lectoras profesionales que se tomaron el tiempo suficiente para leer *Reinas geek* y para ofrecer sus amables opiniones: Katherine Locke, LeKesha

Lewis, Lucy Mawson y Tara Doyle. Vuestra perspicacia y ánimos me ayudaron más de lo que os imagináis.

Gracias, en especial, a todos los que trabajan en la sede de Wattpad. Estoy muy orgullosa de pertenecer a la familia de Wattpad Stars y agradezco mucho el apoyo continuado y las oportunidades que me habéis ofrecido.

A todos los *wattpadders* que hay por ahí, gracias, gracias, gracias. Cuando mandé mi primera historia a Wattpad en 2012, no me imaginaba que llevaría a esto. Pero está claro que no estaría aquí sin vosotros. Vuestra emoción con los mundos imaginarios sobre los que escribo me ha dado el valor para acometer una carrera como escritora. Quisiera poder abrazaros a todos y cada uno de vosotros.

Hace un par de años, fui a mi primera convención, y eso cambió mi vida. Nunca me he sentido tan en casa como estando rodeada por *cosplayers*, *geeks* y diversión fandom. Por tanto, a todos los fans, chicos, chicas y etcétera que están ahí blandiendo sus banderas *geeks* y haciendo nuestra comunidad divertida y acogedora para todo el mundo: gracias. ¡Sois geniales!

A mi familia, por pensar durante todos estos años que soy alucinante, incluso cuando era como un dolor en el culo. Y, en especial, a mi hermano Rob, por hablar en citas de películas conmigo desde que éramos niños, mucho antes de que se pusiera de moda.

Por último, a Mike. No exagero cuando digo que si no fuera por ti me habría convertido en una insomne muerta de hambre que nunca despegaría los ojos del ordenador. Gracias por recordarme que tengo que comer y dormir cuando estoy hiperconcentrada en una historia durante semanas y semanas. Y gracias por ser mi Jamie y mi Taylor... y por asegurarte de que nunca falta en la mesa la salsa de tomate.

# TOMANDO CAFÉ

JEN WILDE CON LA EDITORA CHRISTINE BARCELLONA

## Para conocerte

**CB: Cuando eras niña, ¿cuál era tu libro favorito?**
JW: Había varios que realmente adoraba: los libros de la serie *Pesadillas,* de R. L. Stine, la serie de Adrian Mole, de Sue Townsend, e *Inocencia interrumpida,* de Susanna Kaysen.

**CB: ¿Y ahora cuáles son tus libros favoritos?**
JW: ¡Es difícil elegir! Sin embargo, normalmente mi libro favorito es el que estoy leyendo en cada momento.

**CB: ¿Cuál es tu pareja de ficción favorita?**
JW: Piper y Leo, de *Embrujadas.*

**CB: ¿Tienes algún *hobby*?**
JW: ¿Darse atracones de tele es un *hobby*? Yo lo hago mucho. También me gusta ir al cine, leer y escribir (¡por supuesto!), dibujar y viajar todo lo que puedo. ¡Ah, y hacer *cosplay* en las convenciones!

**CB: Si fueras una superheroína, ¿cuál sería tu superpoder?**
JW: ¡Volar! O tal vez el teletransporte. Un poder que me permitiera ir a cualquier parte del mundo que quisiera.

**CB: ¿Cuáles son tus grupos de fans favoritos?**
JW: Pienso que el fandom de *Supernatural* es decididamente mi favorito. Es como una gran familia global, y las causas alucinantes, las convenciones y los movimientos que han brotado

de ella hacen que me sienta muy orgullosa de formar parte de él. Ver a los creadores y el reparto tan involucrados en la familia *Supernatural* es lo mejor. También soy miembro devoto de los fandoms de *The Walking Dead* y *Regreso al futuro.* Pero, en realidad, yo apoyo todos los fandoms. Los fandoms unen a la gente para pasárselo bien y emocionarse con algo que adoran. ¡No hay nada mejor que eso!

## La vida literaria

**CB: Empezaste siendo autora de Wattpad, así que llevas mucho en el mundo de la escritura *online*. ¿Cómo han cambiado internet y las comunidades literarias *online* tu manera de escribir?**
JW: Sinceramente, yo nunca habría empezado a escribir si no fuera por Wattpad. Antes de sumarme a Wattpad en 2012, yo no había escrito realmente ficción. Pero, una vez comencé, me enamoró. Tener una comunidad de lectores apoyándome, leyendo cada capítulo y queriendo más, me hizo pensar seriamente en dedicarme a escribir profesionalmente. Estoy muy agradecida a la familia Wattpad por todos los ánimos y apoyo que me han dado.

**CB: ¿De dónde te vino la inspiración de este libro?**
JW: Yo soy muy fan y me encanta ir a convenciones, así que eso explica en gran parte que quisiera escribirlo. Sabía que sería increíblemente divertido escribir (¡y espero que aún más divertido leer!) una historia ambientada enteramente en una convención. También estaba furiosa, furiosa con el constante sexismo, racismo, capacitismo, homofobia y fanatismo general que había presenciado tanto en mi vida como en internet. Como chica autista y bisexual que sufre de ansiedad, me ponía furiosa

que la gente como yo fuera representada en los medios de comunicación como carga o como sujeto de chistes, y eso en caso de que aparezcamos. Estaba furiosa por que la sociedad quisiera encasillarme o estereotiparme a mí y a mis amigos. Y todavía sigo estando furiosa contra todo eso. Al igual que Taylor, tengo problemas en expresar verbalmente mis emociones, así que trato con ellas del modo que mejor sé: escribiendo. Puse toda esa rabia en acción y describí personajes que tratan con todos esos problemas y que representan las realidades del mundo en que vivimos, mientras siguen enamorándose, haciendo realidad sus sueños y siendo maravillosos. Al final, escribí el libro que quería leer, el libro que me habría salvado cuando era adolescente y me sentía deshecha y esperaba que los lectores que siempre se han sentido ignorados o infrarrepresentados se encontraran a sí mismos en estas páginas.

**CB: ¿Qué tipo de investigación hiciste para este libro?**
JW: Mi investigación para esta historia empezó mucho antes de que escribiera la primera palabra y no paró desde entonces. Como alguien que comprende lo que a uno le puede cambiar y reafirmar el verse representado como una persona completa de un modo positivo (y a la inversa, cuánto daño puede hacer verte mal retratado), yo sabía que tenía que hacer todo lo que pudiera para representar correctamente a esos personajes. Paso incontables horas leyendo libros y páginas web como *We Need Diverse Books, Disability in Kidlit, DiversifYA, Everyday Feminism, The Mary Sue* y el blog de Swoon Reads. Sigo chats y discusiones en las redes sobre #ownvoices, feminismo interseccional, noticias de literatura juvenil y los problemas de escribir sobre gente de color siendo una escritora blanca. He aprendido mucho de ver *youtubers* feministas interseccionales, me he educado a mí misma en

importantes temas de justicia social, he escuchado a otros y he hecho todo lo posible para ser consciente de mis privilegios, pero sé que todavía cometo errores. Una de las cosas más importantes y útiles que he hecho ha sido tener muchos lectores profesionales y luego escuchar sus propuestas sobre cómo mejorar tanto la historia como los personajes.

**CB: ¿Cuándo te diste cuenta de que querías ser escritora?**
JW: Siempre he admirado a los escritores y pensado que sería un trabajo alucinante, pero nunca pensé que se me diera bien, así que no lo intentaba. Cuando empecé a escribir mi primera historia en Wattpad, para mí no era más que un *hobby* divertido, algo creativo que hacer porque estaba quemada de mi trabajo. Pero enseguida comprendí que la escritura era algo que quería hacer a tiempo completo y, ahora que lo he conseguido, me siento la persona más afortunada del mundo.

**CB: ¿Tienes algún ritual de escritura?**
JW: Necesito algunas cosas a mi alrededor cuando escribo: una taza de café recién hecho, una botella de agua y mi montón de notas sobre la historia. Normalmente utilizo la *app* SelfControl para bloquear las redes, y la mayor parte del tiempo escribo en mi escritorio, que a la vez es una cinta de correr.

**CB: ¿Alguna vez has sufrido el bloqueo de escritor? ¿Cómo has vuelto a ponerte en marcha?**
JW: Siempre que me quedo atrapada en una historia o una escena, es seguramente porque no me emociona. Y si a mí no me emociona, entonces es probable que tampoco sea muy divertida de leer. Para solucionarlo, pongo en marcha una tormenta de ideas sobre posibles maneras de hacer la historia más interesante y emocionante. Si no encuentro ninguna, enton-

ces o bien me pongo a trabajar en otra escena distinta que sí me emocione y vuelvo después a la otra o la mando a la papelera completamente.

**CB: ¿Cuál es el mejor consejo para escribir que has oído?**
JW: Cuando escribas, tortura a tus personajes. Pregúntate: «¿Qué es lo peor que podría pasarle a este personaje precisamente ahora?», y luego hazlo. Escribe giros, sorpresas, situaciones en que el personaje se salva por los pelos, fracasos, éxitos. Que tus personajes pasen por un calvario, a ver qué tal se les da salir de él. Y, después de terminar tu libro, escribe el libro siguiente. Ser prolífica no solo me hace mejor escritora, sino que me mantiene en la zona creativa y significa que trabajo mucho más. Normalmente necesito un descanso entre libros para recargar fuerzas y dejarme empapar por nuevas ideas, pero intento que no pase demasiado tiempo antes de ponerme a trabajar en la siguiente historia.

**CB: ¿Qué consejo les darías a los escritores que empiezan?**
JW: Que no esperéis permiso para escribir vuestra historia. No necesitáis permiso, no necesitáis tener una cierta cantidad de lectores o seguidores; no necesitáis ser expertos; ni siquiera necesitáis saber adónde os llevará vuestra historia. Simplemente empezad, ya penséis que estáis preparados o no. Elegid la idea que más os emocione y simplemente sentaos y empezad a escribir. Aprenderéis por el camino.

**CB: ¿Qué te hace reír?**
JW: Mi marido me hace reír todos los días. Es el mayor inepto social que puedas imaginarte y, además, es tan *geek* como yo. Para colmo, se asusta con mucha facilidad. Las arañas, los insectos, los ruidos fuertes, las sombras que ve por el rabillo

del ojo: siempre está dispuesto a saltar del susto. O a dar un grito, o a levantarse de golpe de la silla, o a dejar caer lo que tenga en las manos. Una vez vi un paquete abierto de galletitas volando por los aires cuando él se asustó. Y solo estaba viendo la película Elf. Era la escena del muñeco que sale de la caja. Me parto de risa solo de pensar en aquello.

**CB: ¿Y qué te hace llorar?**
JW: Cualquier cosa que tenga que ver con animales heridos o maltratados.

**CB: ¿Qué te acelera el corazón?**
JW: Las películas de terror. O las noticias, que vienen a ser más o menos lo mismo.

**CB: Y, finalmente, ¡dinos qué hace que te derritas!**
JW: Mi marido. Es mi mejor amigo, es el Jamie de mi Taylor. Llevamos diez años juntos, y él sigue derritiéndome y haciéndome reír y sentir que soy la persona más afortunada del mundo. Es quien me escucha divagar sobre mis mundos de ficción y me da de comer cuando estoy en modo hiperconcentrado, escribiendo durante horas. Sin él, yo sería una insomne muerta de hambre que no se despegaría del ordenador. Y, una de las primeras veces que salimos juntos, vimos *Supernatural* (que aún iba por la primera temporada en aquel entonces). Desde entonces, siempre la hemos visto juntos. ¡No hay nada que me derrita tanto como eso!